REINOS OCCIDENTALES

PUNTA EXTRÉMITAS

Castillion

Lago Aranea

Percival

Bahía de Stiria

ACHLEVA

Asamblea

MAR GLACIAL

Silvis

Aylward

Ruinas de Achleva

Morais

Ingram

BOSQUE DE EBONWILDE

Heredad de Rosetta

Gaskin

Hallet

El Canario Silencioso

RÍO URSO

RENALT

Espino Gris

De Lena

RÍO SENTIS

Graves

Parik

Bahía de Cálidi

LAS ISLAS

Syric

Si Vivis   Tu Pugnas

ESPINO GRIS
Finca y aldea

Campamento
de Achleva

RÍO URSO

Antiguo
molino

Aldea de
Espino Gris

Taller de
Mercer

Finca Greythorne

Al
continente

Stella Regina

Espino Gris

GRANTRAVESÍA

Espino Gris

GRANTRAVESIA

CRYSTAL SMITH

Espino Gris

Traducción de
Enrique Mercado

GRANTRAVESÍA

Espino gris

Título original: *Greythorne*

© 2020, Crystal Smith

Traducción: Enrique Mercado

Ilustración de portada: © 2020, Chantal Horeis
Diseño de portada: Celeste Knudsen
Fotografía de la autora: Katey Campbell Jones
Mapa: Francesca Baerald

D.R. © 2020, Editorial Océano de México, S.A. de C.V.
Guillermo Barroso 17-5, Col. Industrial Las Armas
Tlalnepantla de Baz, 54080, Estado de México
www.oceano.mx
www.grantravesia.com

Primera edición: 2020

ISBN: 978-607-557-263-5

A Carma,
quien leyó cada borrador
por imperfecto que fuera

PARTE UNO

PARTE UNO

Conrad Costin Altenar, de ocho años de edad y próximo rey del insigne señorío de Renalt, tarareaba al ritmo de los chirridos y convulsiones de su carruaje. Era una canción popular de Renalt, concebida para recitarse en un tono menor y melancólico: *No vayas nunca al Ebonwilde, / donde una bruja encontrarás...* Todos sabían de memoria la estrofa inicial, pero él prefería la segunda, que pintaba a un jinete misterioso:

No vayas, hijo mío, al Ebonwilde,
porque un jinete infame monta ahí.
Llama plateada de su rucio es crin,
sus ojos dos tizones como el mal.
No vayas, hijo mío, al Ebonwilde,
reposa en esta cama placentera.
Si miras, hijo mío, en el Ebonwilde,
quizá pierdas el tino y la cabeza.

Al tiempo que canturreaba, se entretenía con un juguete nuevo: una puntiaguda caja sorpresa de nueve lados e intrincados bordes y pasadores que debían pulsarse e invertirse en el orden correcto para que abrieran una sección que contenía una recompensa. Era un obsequio anticipado de su hermana, Aurelia, con motivo de su coronación inminente, prevista para dos días más tarde. Persuadido de que la cajita escondía caramelos, se concentró en ella durante su paseo por Renalt. Deseaba descifrarla antes de que el viaje llegara a su fin, y aunque ya se hallaban a un par de kilómetros de *Espino Gris* —su última escala y sitio elegido como punto de partida del desfile de coronación—, estaba seguro de que ya habría resuelto el acertijo y devorado el caramelo para el momento en que arribaran al pórtico.

A medida que se concentraba más y más, su canturreo languidecía.

Presión, vuelta, giro, giro, golpe y...

Nada.

—¡Estrellas infernales! —exclamó antes de que paseara la vista por el vehículo vacío y confirmara que nadie lo había escuchado. Su única compañía era su propia imagen, que lo miró desde el reflejo del cristal en el otro extremo del coche.

Onal, la gruñona anciana que en las últimas cinco décadas había servido como sanadora y consejera de confianza de la familia real, decía siempre que las malas palabras eran señal inequívoca de una mente ociosa, pero no debía creer en verdad en su dicho, pues ella misma poseía una impresionante colección de vulgaridades que usaba con extrema libertad. Aun así, la vieja era irreprochable —nadie se atrevía jamás a censurarle—, mientras que la conducta de Conrad se sujetaba a una vigilancia muy estricta. Ése había sido justamente el motivo de su salida: mostrar al pueblo de Renalt que su joven soberano estaba preparado para gobernar. *Buscan razones para hacerte a un lado,* le dijo Aurelia cuando se despidieron. *No les des una.*

Pese a que le habría agradado que compartiera con él esta aventura, sabía que era mejor que guardara distancia. Si el rey quería que sus súbditos aceptaran sus decisiones, primero era preciso que lo admitieran como gobernante. Más valía que no se les recordara lo que le unía a una bruja sospechosa de haber destruido la capital de Achleva.

Esto no significaba que Aurelia temiera enfrentar a sus detractores. A nada le tenía miedo: personas intolerantes, ciudades en ruinas, conjuros de sangre… ni siquiera la soledad y las sombras.

Conrad tragó saliva y apartó la cortina para mirar las negras nubes que se acumulaban en el cielo. Se aproximaba una tormenta, seguida muy de cerca por el ocaso. Elevó a las alturas un rezo compungido: *¡Piadosa y santa Empírea! Perdóname por haber maldecido de nuevo. Permite que lleguemos a Greythorne antes de que caiga la noche.*

Las tinieblas no le asustaban, pero en los últimos meses las noches más negras habían presagiado los sucesos más aterradores. Toris lo había engañado en la oscuridad para que traicionara a Aurelia; Lisette le fue arrebatada en las sombras y no había vuelto a verla desde entonces. Y en la noche más densa que hubiera visto nunca —la noche de la luna negra— su amada madre había exhalado su último suspiro.

Nada bueno había ocurrido jamás en la oscuridad.

Un trueno grave y estentóreo agitó las tablas del piso y el coche se detuvo poco a poco. Alguien tocó a la puerta. La cabeza de su regente oficial, Fredrick Greythorne, apareció adentro con un aullido que retumbó por encima de otra despaciosa queja del cielo:

—¡Se avecina una tormenta, su majestad! Esta calzada se inunda cada vez que llueve mucho.

El hermano de Fredrick y nuevo capitán de su guardia personal, Kellan Greythorne, esperaba atrás y añadió:

—Podemos abrirnos paso o guarecernos hasta que amaine.

Conrad se asomó al sendero. Habían llegado a los matorrales de espinos que rodeaban la residencia Greythorne. El viaje concluiría pronto, ¿y cuánto podía durar la tempestad? Acaso sería tan sólo una borrasca, una última rabieta del verano antes de ceder su sitio al otoño; quizá se cansaría en una hora. Así, aunque la decisión obvia era que se guareciesen a la espera de que eso pasara, se hallaban muy cerca de las acogedoras chimeneas de Espino Gris y en poco tiempo más se haría de noche.

—Continuemos la marcha —indicó Conrad—. Abrámonos paso.

—De inmediato —Fredrick intercambió una mirada con su hermano y Conrad supo que ambos habrían preferido la otra alternativa, pero el rey ya había dado su orden.

Los caballos avanzaron a un trote vertiginoso hasta que empezó a llover a cántaros. El carruaje chapoteaba sobre el fango, que en cuestión de minutos se convirtió en un pantano. Refugiado en un rincón, Conrad sentía que el artilugio se hundía cada vez más en el lodo y que el ruido exterior cobraba fuerza creciente hasta que los gritos se volvieron alaridos y la carroza paró con una sacudida brusca que lo derribó de su asiento.

Se reacomodó como pudo y estiró el cuello para ver si distinguía algo entre la cortina y el marco de la ventana.

No había nadie.

El camino se revelaba desierto y guardias y caballos habían desaparecido. Tampoco llovía, todo estaba seco y en silencio; sólo se oía el murmullo del viento bajo un crepúsculo nublado teñido de rojo.

—¿Hay alguien ahí? —preguntó al vacío con voz trémula—. ¿Fredrick? —tragó saliva—. ¿Kellan?

Quiso refugiarse en el carruaje, acurrucarse y esconderse hasta que sus vasallos regresaran de... dondequiera que se hubiesen marchado, pero ¿y si había sucedido algo malo?

Aurelia jamás se acobardaría en una carroza ni esperaría a que la rescataran. Sería la primera en bajar y encararía con valor cualquier riesgo, sin permitir que nada se interpusiera en su camino.

Si ella podía ser intrépida, él también.

Puso en tierra un pie embutido en un zapato dorado, luego el otro, y abandonó en el piso del coche su saco de brocado color ámbar. Si iba a ejecutar el papel de héroe, no lo haría con tanto brillo; sus zapatillas de punta y medias de seda eran ya lo bastante incómodas. Habría deseado salir del apuro con la malla plateada y la capa cerúlea de los soldados de Renalt, o con la larga y oscura capa con que Zan proyectaba una apariencia siniestra y amenazadora, pero tendría que conformarse con lo que llevaba puesto.

Todo lucía turbadoramente tranquilo, como si los animales e insectos se hubieran paralizado para ver lo que haría. Sacó de la funda una transparente daga de cristal, el puñal de luneocita que pertenecía a Aurelia. Lo había encontrado entre sus cosas y decidió apropiárselo; con todo y que, como él mismo, era corto y de frágil apariencia, poseía una fortaleza mayor que el acero. Portarlo al cinto le infundía seguridad.

Vio que algo se movía adelante. Aunque al principio pensó que aquello se reducía a un efecto visual de la rara luz rojiza del atardecer, se movió de nuevo.

Conrad entrecerró los ojos.

—¿Hay alguien ahí? —preguntó al silencio.

Una figura se formó bajo el humo plateado y las tétricas sombras: un espigado contorno que se materializó al instante en una silueta espesa e imponente, y se elevó sobre él. Sus ojos se ensancharon y sintió que el cuchillo se escurría entre sus dedos conforme aquel perfil adquiría precisión y se trasmutaba no en una sino en dos entidades.

Se vio de súbito frente a los personajes de su candorosa melodía popular: un jinete envuelto en una capa gris y el espectral caballo sobre el que montaba.

Si miras, hijo mío, en el Ebonwilde, / quizá pierdas el tino y la cabeza.

—¡Estrellas infernales! —exclamó por segunda ocasión esa tarde, giró sobre las puntas de sus zapatillas y se puso a cubierto entre los espinos que bordeaban la vereda.

Aquel cortinaje de agujas y ramas laceró su atavío cuando se sumergió en él. Escuchó los cascos cada vez más cerca. El bosque era casi impenetrable incluso para su menuda complexión, así que resultaría imposible que cualquier otro pudiera entrar pero cuando atisbó por encima del hombro, vio que el gris jinete y su corcel plateado lo cruzaban como hace el humo por una tela de alambre.

Mientras corría, también los espinos alteraban su forma; el matorral mutó en un seto que se abrió ante él para brindarle un camino empedrado. Dobló en una esquina y la siguiente; a derecha, izquierda y derecha de nuevo. Era una maraña, el laberinto de Espino Gris. Sospechó que el jinete lo enfilaba hacia la vetusta iglesia que se erguía en la convergencia de ese caos. Más allá de los arbustos, un racimo de luces titilaba entre los postigos de la ilustre mansión, tentadoras como faros.

La cercanía del jinete lo empujó a apurar el paso. Las campanas del templo tañeron una melodía discordante mientras él salvaba los últimos meandros que lo separaban del santuario. Hizo el esfuerzo de recordar la ruta que Kellan le había enseñado y no cesaba de girar a diestra y siniestra en aquellas curvas y espirales, aunque perdía terreno siempre que se veía forzado a retroceder porque daba una vuelta equivocada.

Llegaron juntos al centro. A un relincho del potro, el jinete alargó los dedos desde los holgados pliegues de su manto incoloro mientras Conrad se empeñaba en alcanzar los escarpados peldaños de la capilla.

Por un momento, todo se detuvo. Ambas figuras se petrificaron en el percutir de un latido, quizá dos, antes de que las campanas enmudecieran y la totalidad de las cosas —el suelo, el aire, la trama de la realidad— se astillara en un destello abrasador y una eufórica vibración de fuerza.

En el camino a Espino Gris, la lluvia feneció de modo tan abrupto como había comenzado, y los peregrinos percibieron a lo lejos las campanadas de la Stella Regina. Fredrick Greythorne fue a comprobar que el chico bajo su tutela no se hubiese alarmado con la tosca sacudida del carruaje cuando lo extrajeron del cieno. Abrió la puerta y vio que cabeceaba con un manojo de envolturas a su lado, la radiante cabellera revuelta y el calzado y las medias de satén hechos jirones. Se había quedado dormido sujetando la extraña caja sorpresa de nueve cantos.

1

Mi adversario era un comerciante de edad madura que respondía al nombre de Brom Baltus. Se había detenido en la taberna del Canario Silencioso con la ilusión de procurarse compañía femenina y jugar un par de manos de Ni lo uno Ni lo otro antes de remolcar sus haberes —una carretada de manzanas, quesos y licores finos— por el último trecho de su ruta. Quiso la mala fortuna que se sentara conmigo en la mesa de juego; cuando acabase con él, se juzgaría con suerte si le quedaban algunas monedas para volver a casa, junto a su infeliz esposa, y ya no digamos para que pagara una o dos horas del valioso tiempo de una de las mozuelas del Canario. Yo lamentaría para entonces haberlas privado de un buen cliente, aunque a juzgar por el aroma de Brom, de seguro que a ninguna de ellas le importaría.

Se inclinó para mostrar su penúltima mano. Su sonrisa de suficiencia exhibió una boca llena de dientes manchados de tabaco.

—El Triste Tom —empujó la carta hacia mí—. Es hora de que eleve su apuesta, señorita, si no quiere verse forzada a enseñar su juego.

Arrugué la frente cuando vi en esa carta la imagen de un sujeto desangelado y con los párpados caídos que apretaba una ajada margarita de cuatro pétalos. Era un lance demasiado audaz para un hombre que menos de cinco minutos antes se había chamuscado el bigote en el intento de encender su pipa. Yo había apostado ya todo el dinero que pensaba poner en juego —doce coronas de oro obtenidas a lo largo de dos meses de cautelosas victorias de naipes— y me quedaba muy poco que aportar. Si no alegraba con algo a ese Triste Tom, perdería todo aquello, y por añadidura la carreta de mercancías.

Dudé un instante, introduje la mano en mi zurrón y tomé el último objeto de valor que me restaba: un fino anillo de oro blanco con una gema exquisitamente tallada. Aunque no lo había usado en varios meses, no me resignaba a guardarlo en un alhajero. Incluso ahora, mientras lucía en el centro de la mesa y el reflejo de las velas en su faz estallaba en un millar de irisadas esquirlas, sentí el agudo temor de perderlo. Pero ansiaba emprender planes que resultarían muy costosos, y los productos de Brom contribuirían a que los hiciera realidad.

—Nada se asemeja a esto en la joyería de Achleva —afirmé—. Es una gema de luneocita pura, diestramente pulida y magistralmente engastada.

—¿Y qué le hace pensar que vale…?

—Pertenecía a la difunta reina Irena de Achleva —lo interrumpí—. Tiene grabadas sus iniciales y el sello de la familia Achlev —tendí los dedos e incliné la cabeza con arrogancia, los ojos todavía ocultos bajo la oscura capucha—. ¡Imagina lo que darían las damas de la corte de Syric por una reliquia como ésta!

Le brilló la pupila; sabía muy bien a qué cantidad me refería. Los vestigios de la arruinada dinastía de Achlev se habían vuelto sumamente preciados entre la élite social de Syric. Y como este anillo había pertenecido a la última reina... valía el doble de las monedas que se apilaban sobre la mesa. Añadí con ostentosa tranquilidad:

—¿Esto aliviará la congoja del Triste Tom?

—¡Desde luego! —respondió con una sonrisa más que satisfactoria—. Acepto su apuesta. Haga su siguiente jugada, damita.

Damita. Si un hombre hubiera realizado ese envite, se le habría visto con recelo. Este idiota se habría preguntado: *¿Qué mano podría justificar una oferta tan extravagante?* Pero dado que yo era mujer, y joven además, Brom Baltus interpretó mi ocurrencia como señal de que se había llevado la partida. De que estaba acorralada y había hecho ilusamente mi última propuesta desesperada, con el único fin de seguir en el juego.

¿Qué había dicho Delphinia alguna vez? *No se juega con la baraja, se juega con el rival.*

Pese a que estábamos todavía a dos jugadas de concluir, yo ya había ganado.

Esperé a que se vanagloriara y en mi turno siguiente saqué al Herrero Prodigioso, esplendente en su lujosa barba castaña y delantal escarolado, martillando feliz en su fragua. Mi enemigo hizo justo lo que supuse: confundió esa carta de soporte con una de escisión y puso sobre ella a la Dama sin Amor. Se arrellanó en su asiento con un gesto de desdén, persuadido de que había asegurado su éxito.

—La Dama sin Amor acaba de meter al horno a su Herrero —dijo—. Ha llegado el momento de que pague.

—¡Ah! —repliqué—, pero el Herrero se vale por sí solo. No requiere el consentimiento de la Dama sin Amor —esbocé una sonrisa—. Lo que significa que dispongo de un naipe más para jugar.

Volteé mi última carta con ensayada lentitud y me regodeé más de la cuenta en la nueva expresión de Brom —desinterés seguido de disgusto, alarma y consternación— cuando reparó en lo que había hecho.

La Reina de Dos Caras lo miraba de frente.

En ese naipe se plasmaban dos versiones de la misma mujer, una con un cabello tan oscuro como la noche contra un fondo nevado, la otra de cabello tan blanco como el hielo sobre un bosque negro. Guardaban una posición idéntica, como si la línea que las dividía y atravesaba la carta fuera un espejo. Y, en efecto, el naipe mismo fungía como tal, porque reflejaba los pasos que habían dado los jugadores. Todas mis cartas habían sido de soporte, y las de Brom una tras otra de escisión. Se había destruido a sí mismo.

Tomé el anillo de la pila de monedas y lo hice girar en la punta de mis dedos. Me permití un fugaz minuto de melancolía antes de depositarlo otra vez en mi bolsillo.

—Bueno —dije con brusquedad y eficiencia—, ¿dónde debo recoger mis ganancias?

Mientras Brom iba a quejarse con Hicks, el propietario de la taberna, subí a mi pequeña habitación para guardar algunos de mis trofeos. Aun cuando era poco más que un armario —en especial, si se le comparaba con las espléndidas habitaciones de las chicas del Canario, al otro lado del pasillo—, tenía una ventana enorme que daba a la puerta del mesón y a la amplia campiña de las provincias de Renalt. Los lugares demasiado callados u oscuros me provocaban en ocasiones arranques de pánico; esta habitación y la bulla del edificio me sentaban de maravilla.

Las chicas del Canario no comprendían mi obstinación de conservar ese aposento cuando empecé a acumular ganancias y estuve en condiciones de costear uno más grande, y siempre me fastidiaban por ese motivo. Eran adorables, y pese a mi reticencia inicial, en poco tiempo nos hicimos amigas. Me recomendaban estrategias para mis partidas de naipes, y en ocasiones me daban pistas sobre las manos de mis contrincantes. A cambio de ello, yo deslizaba algunas monedas para ellas si sus sugerencias resultaban valiosas. Aunque todas habían sido bautizadas de niñas, cuando llegaron a trabajar al Canario Silencioso cada cual había elegido un nuevo nombre. Ahora se llamaban Lorelai, Rafaella, Delphinia y Jessamine, apelativos dotados de un bello fulgor; si los decías juntos, tenías la impresión de que joyas de vivos colores resbalaban entre tus dedos.

Situado en la intersección de cuatro de las provincias más remotas de Renalt, en el Canario Silencioso no cesaban de cerrarse negocios arriba y abajo de la mesa, así que era un asilo tanto para el mercader honrado como para el bandolero. Estaba tan lejos de Syric que a la capital le incomodaba vigilarlo, y era tan céntrico que constituía una escala obligada para los comerciantes y viajeros que atravesaban Renalt. Era un sitio en el que podías ser quien te diera la gana sin que nadie lo cuestionara o le importase siquiera. Y si bien todos sabían quién era yo, jamás me hacían sentir diferente por esa causa.

Delphinia bajó las escaleras en compañía de un cliente al tiempo que yo subía.

—¡Buenas noches Delphinia, padre Cesare! —les dije cuando me crucé con ellos.

—Estás de un humor excelente. ¿Tuviste una noche tan buena como nosotros? —preguntó ella.

—Así es —contesté—. Tenías razón de que debía utilizar la Reina de Dos Caras. Brom Baltus no imaginó lo que le esperaba.

Contuvo una sonrisa.

—No te fíes de ese hombre, Aurelia. Es malo, no lo trates a la ligera.

La tranquilicé:

—Está ofendido, ¡claro!, pero Hicks lo despachará rápidamente.

Por fortuna, durante sus años como dueño del Canario Silencioso, Hicks había desarrollado una lánguida indiferencia. Si nadie moría o agonizaba, prefería que no estorbaran a su afición de tallar juguetes y baratijas, como la caja sorpresa que le había comprado para obsequiarla a Conrad. Desde luego, él no levantaría un meñique para interferir en los resultados de una ronda justa de Ni lo uno Ni lo otro.

Resté valor a las preocupaciones de Delphinia y me volví hacia el padre Cesare.

—¿Tiene alguna noticia para mí?

El cura de suave voz rebuscó algo en su sotana.

—Sí, muchacha —dijo—. Esta mañana llegó al santuario un paquete dirigido a ti, de parte de un tal Simon Silvis. Ésa es la causa de que haya venido esta noche —y agregó, de cara a la sonrisa de complicidad de Delphinia—: Bueno, una de las causas.

—¿De parte de Simon, dice usted? —pregunté incrédula. Tras la caída de Achleva, Simon Silvis había optado por recluirse en la soledad de la abandonada sede de la Asamblea, porque, dijo, dedicaría al estudio el resto de su vida, sin las diarias presiones y penalidades de un reino en guerra consigo mismo. A nadie le pasó por alto que hubiera decidido reti-

23

rarse al único lugar en el mundo donde apenas unos cuantos lo encontrarían: quería que lo dejaran en paz. Aunque no lo culpé entonces, jamás pensé que algún día volvería a saber de él—. ¿Por qué él me enviaría algo con usted?

El padre Cesare me tendió un pequeño paquete y dijo:

—Ocurre con más frecuencia de lo que imaginas. En el santuario de la Stella Regina nos distinguimos por nuestra... discreción... en ciertas materias. Tenemos una mente más abierta que muchos de nuestros seguidores, en particular los adscritos al brazo judicial de la fe —alzó las cejas con toda intención: se refería al Tribunal.

Desaté el cordel y retiré la envoltura. Dentro había un libro de antigüedad indefinida, encuadernado en piel teñida de un color esmeralda oscuro y con un motivo en relieve de largas y rosadas ramas. Lo abrí y hojeé con lentitud sus delicadas páginas. En ellas abundaban arcaicos dibujos de trazos circulares y figuras extrañas, con anotaciones en una lengua que no reconocí.

—No entiendo —dije al fin—. ¿Por qué me lo enviaría Simon? No puedo leerlo.

—Soy el archivista del santuario —Cesare se aproximó y elevó las gafas que colgaban de su cuello para examinar el volumen—. Pese a que es indudable que no soy tan versado en estas cosas como los miembros de la Asamblea, no creo que sea presunción sostener que poseo facilidad para la antigua lengua vernácula. ¡Ah, sí! Esto está escrito en el dialecto anterior a la Asamblea, que utilizaban los clanes encabezados por mujeres en el Ebonwilde. Calculo que es del año 450 AA, aproximadamente.

—¿Está diciendo que este pequeño libro tiene dos mil años de existencia? —preguntó Delphinia boquiabierta.

—Quizás el libro mismo no, pero el idioma en el que está escrito sí. Cien años más, cien años menos.

—¿Pero qué *dice*? —cuando di la vuelta a otra página tropecé con tres siluetas sobrepuestas de apariencia humana, trazada cada una de ellas con una tinta de diferente color.

—Creo que podré descifrar unas cuantas palabras apenas —respondió Cesare—. Veamos... *Vida*, ¿o será *carne*? *Sueño*. *Alma*... —se encogió de hombros—. Aunque mi versión es inexacta y he perdido práctica, en el templo tengo algunos manuales que te ayudarán a traducir este documento. Si así lo deseas, preséntate conmigo mañana antes de la coronación.

Me puse tensa, pero forcé una sonrisa.

—Lo haré si decido asistir a la ceremonia —le deslicé una de mis monedas recién obtenidas—. Gracias por traerme el libro —añadí—. Recorrió un largo camino para entregarlo —miré a Delphinia—. Me alegra saber que ya está sacando provecho de su excursión.

—Siempre es un placer atender a los fieles del Canario —dijo con un brazo firme sobre la cintura de la joven—. ¿Quieres que te compre otra copa con estos nuevos recursos, corazón?

Los labios color grosella de Delphinia se curvaron en una sonrisa.

—Si no hay otro remedio...

De regreso en mi habitación, guardé el inusual regalo de Simon en mi alforja, donde el paño de sangre todavía exhibía la redonda gota color ocre de su sangre, y extendí en la mesa mis ganancias a fin de contarlas. Ya había ahorrado casi lo suficiente. Justo cuando la coronación concluyera y Conrad fuese oficialmente investido rey, con Fredrick como regente, yo estaría en posibilidades de pagar un camarote en el *Humildad*, la embarcación de irónico nombre propiedad de Dominic Castillion. La fortaleza flotante del autoproclamado nuevo rey de Achleva era célebre por su belleza y brutalidad. De insólito diseño, su propulsión no dependía de remos ni viento, sino del carbón y el vapor procedentes de los grandes hornos alojados en sus entrañas, lo que ofrecía amplio espacio para salones de baile, cámaras de banquetes y tocadores en cubierta, bajo la cual desnutridos y maltrechos prisioneros trabajaban sin descanso en medio de un calor infernal.

Las primeras monedas que había cosechado en el Canario las había destinado en su totalidad a pagar una copia de los planos de ese navío a un refugiado de Achleva que llegó una noche ahí, se embriagó y aseguró que había trabajado en un astillero para la familia Castillion y participado en la edificación de la flota de ese ambicioso noble. Aun si embellecía o falseaba la verdad, le ofrecí diez coronetas de plata si producía unos diagramas de la nave en el dorso de la elegante papelería membretada del Canario que Lorelai había ordenado a montones para escribir esmeradas y prohibidas misivas a sus amantes predilectos.

Aquel hombre recreó de memoria la traza del *Humildad* ahogado de borracho, pero sus planos eran notoriamente complicados y estaban repletos de detalles que revelaban un íntimo conocimiento de la disposición física del navío. Di por buenos sus informes y dediqué las ocho semanas siguientes a estudiar sus dibujos con el propósito de memorizar cada detalle decisivo, cada debilidad. Como el buque estaba protegido por una flota de naves de combate bien pertrechadas, el único modo en que podría abordarlo consistía en que adquiriera un pasaje y asistiese a sus bailes y festines. Y aunque esta idea me desagradaba en extremo, haría lo que fuera necesario para poner fin a ese infausto intento de sustraer la corona de Achleva.

Castillion era un monstruo, y yo no descansaría hasta que su barco y él hallaran su última morada en el fondo del gélido Mar de Achleva.

Alguien tocó con suavidad a mi puerta.

—¡Está abierto! —arrastré mis apuntes y monedas al cajón principal del escritorio, donde los reuní con algunas de mis prendas más preciadas: un espejo de mano con marco de plata, frascos de perfume del continente y joyas demasiado bellas para venderlas y demasiado exóticas para portarlas. En ese preciso momento se me ocurrió sacar de mi bolsillo el anillo de luneocita y depositarlo sobre la pila. Si no lo llevaba conmigo, no me sentiría tentada a apostarlo de nuevo.

Cerré el cajón y me senté en el lecho justo antes de que Jessamine se asomara.

—Tengo algo para ti —deslizó sobre un hombro sus profusos rizos castaños y exhibió el brillo espléndido de sus ojos marrones. Pese a que se encorvó para entrar, estuvo a punto de golpearse con los bajos aleros del techo, de muy acusada pendiente—. No sé cómo soportas esto —respingó—. Yo no podría.

—Soy una cabeza más baja que tú —respondí.

—Esta habitación sería sofocante hasta para un bebé —se acomodó a mi lado—. Y con esa ventana y tanto ruido… ¿cómo consigues dormir?

—No duermo muy bien —admití—. Y cuando lo hago, descanso mejor si hay gente cerca, en un vaivén eterno…

—¡Ah, sí! —resopló—. Te gusta demasiado la gente.

—Me gusta saber que está ahí —repuse—. Nada me obliga a entablar amistades.

—¡Luceros celestes! —unos hoyuelos se formaron en sus mejillas—. ¡Vaya si eres extraña!

—Dijiste que me habías traído algo —me animé—. ¿Es más chocolate de Halderia? ¡Dime que eso es, por favor!

—No, no es chocolate —contestó—, sino algo mejor —sacó una botella descorchada que mantenía oculta a sus espaldas.

—¿Trajiste vino? —reprimí una sonrisa—. No podré beber contigo esta noche, Jessa. Tengo que salir.

—No es un vino cualquiera —replicó—. Es vino de gravidulce.

Mis cejas se levantaron en el acto.

—¿Dónde lo obtuviste?

—Brom Baltus guarda una docena de botellas en su cargamento. Por más que este vino cueste una fortuna, vale cada centavo que inviertes en él.

—Supongo que eso significa que ahora *yo* soy la orgullosa propietaria de una docena de botellas de vino de gravidulce, porque acabo de ganarle su carreta en una partida de Ni lo uno Ni lo otro —quedó estupefacta—. Toma todo el que quieras —continué—. Lo único que me interesa son las manzanas y los bienes sólidos.

—No me importa si compartes o no tu vino de gravidulce, Aurelia. Me preocupa Brom Baltus. No le agrada perder. Y no le hará feliz perderlo *todo*.

—Delphinia dijo lo mismo —subí los hombros—, pero el orgullo herido de Brom no es asunto mío —lancé la mirada al cajón de mis ahorros antes de devolverla al recipiente en la mano de Jessa—. ¿En cuánto dijiste que podría venderse este vino?

—En el doble de una botella del Canario, tal vez el triple.

Hice los cálculos. Eso me daría más de lo que necesitaba; podría adelantar mis planes un mes al menos. De pronto sentí un gran alivio.

—Quizá deberíamos celebrar la adquisición —tomé la botella—. ¿Me producirá alucinaciones?

—¿Alucinaciones?, ¡por favor! Sólo dará brillantez a las cosas que te rodean —vio que bebía un sorbo—. ¿Sientes algo?

—Miedo no —respondí—. Y no veo brilloso tampoco. ¿Estás segura de que Baltus no mintió? El gravidulce es difícil de conseguir y no cualquiera lo reconocería adulterado.

—Me terminaré esta botella para ver qué pasa —dijo con cinismo—. Preferiría estar segura.

—Ya me contarás mañana en la mañana —me erguí para tomar mi capa colgada junto al dintel e hice alto cuando me vi en el espejo que estaba sobre la mesa—. ¿Notaste eso? —pregunté.

—¿Qué cosa?

—Mi reflejo. Por un segundo pareció… diferente. Distinto a mí.

—¡Quizás este vino sí causa alucinaciones! —replicó entusiasmada—. ¿Cómo te viste? ¿Como una sirena, un duende?

—No —contesté—. Era yo, pero con el cabello más oscuro, casi negro —sonreí con timidez.

—Siempre he pensado que lucirías imponente de morena —dijo—. Tengo los tintes que necesitamos. Bastaría con que lo ordenaras… —me guiñó un ojo.

—¿Son los mismos con los que el mes pasado teñiste de verde el cabello de Rafaella? —sonreí—. Gracias, no me interesa.

—¡Se le cayó en un par de días! —protestó—. Y sus bonos subieron como la espuma. Ya incluso quiere intentarlo de nuevo.

—Rafaella podría estar calva y de todas formas la asediarían —cubrí mi espalda con la capa y me colgué la alforja al hombro.

—Tienes razón —aceptó—. ¿Adónde vas?

—Adonde no te incumbe —dije.

Me dedicó una amplia sonrisa.

—¡Saluda a Kellan Greythorne de mi parte!

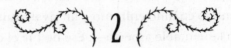

2

Me encontraba en la caballeriza y enganchaba mi nueva carreta a la montura —una yegua leal y vigorosa llamada Madrona— cuando noté que Brom vigilaba mis pasos y rondaba afuera del cobertizo. Ya había descargado todas las botellas de licor, con excepción de la que había reservado en mi costal como un obsequio para la coronación del día siguiente, aun si no me presentaba a la ceremonia; Hicks había llevado el resto a la bodega y me había dejado sola en la lóbrega construcción.

—Sé que estás ahí —dije mientras le colocaba a Madrona la barriguera del carretón—. Si pensabas tenderme una emboscada, perdiste ya el factor sorpresa. Igual podrías acabar de una vez con esto —y añadí para mi yegua—: ¿Cómo te sientes, linda? ¿Contenta y a tus anchas? —acaricié con cariño su cabeza—. ¡Buena chica!

Brom arrastró los pies hasta el umbral y se encorvó para proyectar una apariencia más impresionante.

—¡Eres una vil estafadora! —masculló—. Una asquerosa mujerzuela estafadora.

—¿Asquerosa? —sacudí la cabellera—. Sólo uno de los dos merecería ese término, y no soy yo. Tampoco soy una mujerzuela; me falta talento para ello. ¿Y una estafadora? Todos saben que tuerzo algunas reglas si la ocasión lo amerita, y esto ocurre a menudo cuando enfrento a un rival astuto e ingenioso —miré su lamentable aspecto—. Ése no fue el caso hoy día.

Se arrojó sobre mí con los ojos muy abiertos e inyectados de furia, pero me hice a un lado y cayó en la caseta. Su enfado avivó el mío y sentí que mi magia reaccionaba en la sangre que se enroscó entre mis dedos al tiempo que él se erguía y pillaba una fusta del gancho donde colgaba enrollada.

A modo de latigazos de prueba, en un par de ocasiones hizo chasquear en el aire su agresivo fuete a medida que una sonrisa ominosa se extendía por su rostro y se acercaba a mí. Las chicas habían estado en lo cierto: era de los que guardan rencor.

No uses tu magia, me dije mientras mi sangre no cesaba de bullir ante el peligro. *No uses tu magia*. Pero después de cuatro meses de abstinencia, el ansia no se había debilitado un ápice por más que yo intentara recordarme que un solo hechizo significaría mi muerte.

Renunciar a la magia había sido un sacrificio indispensable: si bien los acontecimientos de la torre de Aren no me quitaron la vida, la enfermedad que me aquejó las semanas siguientes estuvo a punto de hacerlo en varias oportunidades. La hipótesis de Simon era que yo había utilizado más magia de la que mi cuerpo era capaz de generar y que estaba forzada a pagar una deuda de sangre con cada hechizo que pronunciara, por pequeño que fuese. Y aunque apuntó a la probabilidad de que los efectos se esfumaran con el paso del tiempo, era algo que no podía darme el lujo de averiguar.

Como sea, mientras Brom se acercaba me pregunté qué diferencia existía entre morir tras usar magia, y morir por no usarla.

Una vez que se aproximó lo suficiente, cubrí mi rostro con un brazo y el látigo traspasó mi manga. Aun cuando se enredó en mí como si fuera una serpiente, me sobrepuse, atrapé la cinta de cuero y la arrebaté de un tirón a mi adversario. El golpe me dejó un verdugón en la piel mas no la rasgó; es arduo mantener a raya la magia si la sangre ha comenzado a manar.

Privado de su arma, optó por la lucha cuerpo a cuerpo, envolvió mi torso con sus fuertes brazos y me arrojó a la paja e inmundicia que tapizaban el suelo. Aunque ebrio y torpe, pesaba el doble que yo y la cólera le confería una fuerza desmesurada y feroz. Me inmovilizó en el piso; la saliva adherida a los pálidos y chamuscados pelos de su bigote me hizo sentir náuseas.

—¡Te mataré! —rodeó mi cuello con una zarpa rolliza, y con la otra sacó de su polaina un deslustrado cuchillo. Yo respiraba con dificultad y me agitaba bajo su mole aplastante cuando añadió—: ¡Ésta es la suerte que merecen las brujas y las ladronas! —y levantó el puñal sobre mí, listo para hundirlo en mi pecho.

Un hilo de voz atravesó mi garganta con los últimos restos de aire que quedaban en mis pulmones.

—¡No soy una ladrona! —y en el instante en que mi vista se opacaba, clavé mi pulgar en uno de sus ojos.

Expulsó un chillido y aproveché para patearlo, rodar y apoyarme en una de las ruedas de su remolque. En cuanto me puse en pie, se lanzó sobre mí con su navaja, que sacudía por doquier, casi cegado pero resuelto a terminar conmigo. Me agaché para repeler el embate, pero él rasgó la lona que cubría las manzanas y docenas cayeron en tierra.

—¡Estrellas infernales! —maldije furiosa. Tendría que poner rápido fin a este duelo, así fuera sólo para impedir una nueva merma de la valiosa carga. Tan inesperado accidente fascinó a Madrona, en cambio, y contempló el resto del combate en medio de plácidas mordidas a una manzana tras otra.

Le asesté una patada en el pecho a Brom, y un puñetazo en la cara. Mi técnica carecía de refinamiento, y lo que le faltaba en fineza le sobraba en fervor, para que el fuego que crepitaba en mi sangre se apagara en esta desordenada batalla con la misma eficacia que un conjuro.

O casi.

Se llevó la mano a la nariz, de la que manaba un líquido rojo, denso y brillante. Me exasperó también sentir la magia en ese líquido, remota, mortecina e innegable. Cuanto más me abstenía de usar el mío, más clamoroso era el llamado del ajeno. Pero resultaba impensable emplear sangre involuntaria; la Asamblea consideraba eso la mayor ofensa, la única regla que un mago de sangre no podía infringir sin perder su alma.

Durante siglos, Cael se había servido de los matones del Tribunal para procurarse una ilimitada provisión de sangre involuntaria; yo preferiría morir a dar un paso en ese sentido. Y esto significaba que debía saber en qué momento abandonar una contienda de la que habría salido triunfadora.

—¡Alto! —dije cuando se disponía a embestir de nueva cuenta—. ¡Te daré el anillo, déjame la carreta!

Insinuó una sonrisa bajo la mancha carmín de su sangre, que bañaba ya sus dientes con las líneas retorcidas de un vivo escarlata.

—¿Por qué aceptaría tu baratija y te daría mi carreta si te puedo matar y quedarme con ambos, y además con una talega de coronas de oro?

Apuntó el cuchillo a mi vientre en un ángulo que lo haría resbalar por mis costillas. Me aparté, lo prendí del brazo y se lo doblé por la espalda. Tiró de él hacia atrás con un alarido y peleamos unos segundos con la navaja antes de que perdiera mi agarre. El chasquido al soltar su brazo aumentó cuando los dedos chocaron con su dorso como lo habría hecho una resortera. Dio un salto atrás para que el puñal no rebanara su abdomen y se impactó contra una viga de la que colgaba un tridente. Cayó al suelo con expresión vidriosa, empalado en las puntas que se alinearon en el reverso de su cráneo. Decapitado por dentro, éstas habían cortado la unión entre el cerebro y la columna; murió de forma instantánea, irremediable.

En medio de mi conmoción, por un segundo creí que veía un rastro de su espíritu. Pero si acaso se materializó, fue arrebatado demasiado pronto para que lo contemplara. Así eran las cosas ahora; desde el episodio de la torre, en mi mundo ya no había fantasmas, espíritus ni aparecidos. En momentos como éste, agradecía que no tuviera que tratar con un espectro malicioso poco después de haber sometido a su versión física. Aunque a menudo la ausencia de almas en pena hacía que el mundo luciera muy solitario.

Todavía intentaba recuperar el aliento y miraba el espantajo del cadáver de Brom cuando noté que un hombre llegaba hasta la puerta. Me hice a un lado.

Hicks frunció el ceño y una leve traza de censura atravesó su rostro, por lo común inexpresivo.

—¡No puede ser! —farfulló exasperado—. ¡Acababa de limpiar esos gabinetes!

—No es lo que piensa… —me puse a la defensiva.

—Lo que vi fue que Brom se mató —torció los labios—. Su esposa se alegrará, y las muchachas también —lo miré atónita—. Sigue tu camino, chiquilla —agitó una mano—.

Deja que limpie esto en paz. Le avisaré a su mujer, tú lleva esas cosas a quienes las necesiten.

El campamento se erguía a las afueras de la aldea de Espino Gris, una serie improvisada de tiendas que albergaban a las familias de los refugiados de Achleva venidos en busca de empleo. Antes de la caída de su capital y el inicio de la guerra civil en su nación, habían sido curanderos, comerciantes, profesores, artesanos... Para dar de comer a sus familias, ahora ejecutaban las tareas más duras y agotadoras que Renalt era capaz de ofrecerles.

La situación de Espino Gris no era tan angustiosa como la de otras comunidades de Renalt. Sus fértiles campos resultaban ideales para la siembra de linaza con la cual producir telas, y para la crianza de ovejas destinadas a la obtención de lana, ventajas que al correr de décadas habían derivado en una próspera industria textil. Con todo, Espino Gris tenía una población exigua que siempre había forcejeado para conseguir que la producción cubriera la demanda. Pese a los aumentos logrados con la ayuda extra en las ruecas y los tintoreros, los residentes no desistían en su hostilidad e indiferencia hacia sus nuevos vecinos. El prejuicio es más resistente que el más fuerte tinte; aunque las manos de los lugareños ya estaban libres de manchas y callosidades, no era así con sus corazones.

En ese tenso campamento, mi carro y yo llamamos demasiado la atención.

Frente a una fogata chisporroteante, una madre desfallecida mecía a un bebé que no paraba de chillar. En otra, un chico azotaba una vara sobre una piedra a un ritmo lento y letárgico. Un señor de edad indefinida y con los hombros caídos arrastraba entre las tiendas un atado de leña húmeda seguido por un perro jadeante de pelaje pinto y costillas resaltadas.

Menos de un año atrás, esas personas vivían dentro de las murallas de Achleva, protegidas de las tormentas furiosas y los ejércitos invasores, el fuego, la hambruna o los caprichos del encrespado mar. Aunque no fui yo quien destruyó su urbe, fracasé en mi propósito de impedirlo. Y la inestabilidad que sobrevino, avivada por Dominic Castillion, sediento de conquista, enfrentó a nobles contra nobles y ciudades contra ciudades, y sofocó en medio a la población inocente.

Había culpa en eso, y alguien tendría que expiarla.

Detuve el carretón en el centro del campamento y desenganché a Madrona mientras varios pares de inquietos y recelosos ojos me observaban desde las tiendas.

—¡Hay manzanas! —anuncié—. ¡También quesos y cereales! —y como nadie reaccionó, recogí las riendas de Madrona—. ¡Tomen lo que necesiten! —me encaminé lentamente a la aldea.

—No deberías ofrecerles comida —dijo una voz a mi lado—. Son como perros callejeros; si los alimentas una vez, jamás te librarás de ellos. No es correcto que una jovencita de Renalt como tú esté sola a estas horas, en un lugar así —miró mis pantalones y mis botas— y, además, vestida de esa manera.

—¿Quién es usted? —pregunté con toda la cordialidad que fui capaz de reunir.

—Lister. Prudence Lister.

—Igual ya es tarde para una señora, ¿no lo cree?

Gruñó y se echó a cuestas una pértiga, en cuyo extremo se balanceaba una riostra de pequeños peces.

—En otras circunstancias, ni loca se me sorprendería aquí. Pero una mujer debe comer. Y ahora que el viejo Mercer ha

37

regalado mi trabajo a esos ociosos vagabundos de Achleva —escupió en el suelo—, moriría de hambre si no pescara.

—¿Por qué dice eso?

—Fui la mejor tintorera de Mercer durante treinta años, y pese a todo me cambió por esa gentuza —ladeó la cabeza hacia el campamento, que se tendía a nuestras espaldas—. Además, repudió mis teñidos; según él, ¡gracias a las técnicas con mordiente de la gente de Achleva ya no es necesario que usemos orines! ¿De qué otra forma mantendrán su color todas esas telas elegantes si no es con la pipí que se emplea para fijarlo? ¡Bah! —elevó una mano nudosa y la inspeccionó a la luz de la luna—. Es la primera vez en mucho tiempo que mis manos no están manchadas —dijo con pesadumbre y prosiguió—: Tienes suerte de que te haya encontrado de camino a la aldea, para que te resguarde de los malhechores de Achleva. Por cierto, ¿adónde vas, niña?

—Al taller de Mercer —respondí sin rodeos—. Recogeré un pedido.

Arrugó la boca como si hubiera probado un limón amargo.

—¡No lo hagas! —repuso con brusquedad—. Las telas de Mercer han dejado de ser buenas. No sabes qué porquerías sueltan en ellas esas manos provenientes de Achleva…

—Por lo menos no serán orines —corté—. Buenas noches, señora Lister.

De la misma manera que el gobio que colgaba de su caña, me miró boquiabierta y con ojos apagados. Sin más palabra, Madrona y yo nos apartamos de ella en el pozo de la plaza y continuamos nuestro viaje hacia el taller del vendedor de ropa. Cuando volteé, la anciana ya no se encontraba ahí.

El sol se había ocultado horas atrás y la mayor parte de las fábricas estaban cerradas; las ventanas lucían oscuras y los edificios brindaban un aspecto perturbador. Me asombró descubrir que algunas luces titilaban en el viejo molino situado a las afueras del pueblo, que había permanecido en el abandono desde que construyeron uno nuevo a orillas del río Urso.

Até a Madrona a la verja del taller de Gilbert Mercer, subí la rampa y llamé a la puerta.

—¡Ya cerramos! —exclamó una voz del otro lado.

—¡Señor Mercer! —dije—. ¡Vine a recoger la capa que le encomendé! ¡Traje el dinero que le debo!

Los cerrojos chirriaron y la puerta se abrió. Gilbert Mercer era un hombre de edad avanzada ataviado con telas muy finas ciñendo su cintura, y cuyas sonrosadas y joviales mejillas delataban un gusto excesivo por el alcohol.

—¡Ah, milady! ¡Ya empezaba a preguntarme si vendría! Terminé su encargo hace varias semanas.

—Disculpe la hora, señor Mercer, y que haya demorado tanto en venir. Espero no causarle una molestia.

Palmeó las manos.

—¡Tonterías! Siempre es un placer trabajar para su familia, querida princesa.

—Usted sabe que era el vendedor preferido de mi madre. Esperaba sus envíos junto a la ventana; confiaba ciegamente en sus telas, se resistía a coser con cualquier otra.

—¡Su madre era un encanto! —dijo con afecto—. Nos fue arrebatada demasiado pronto, ¡que Empírea la guarde!

Mi respiración se aceleró.

—Así sea.

Permanecí en la antecámara mientras el artesano trasladaba unos lienzos doblados al fondo del taller. Mientras tanto, le dije lo primero que se me ocurrió:

—Conocí a una tal señora Lister en mi trayecto hacia aquí.

—¡Prudence, sí! —soltó a lo lejos—. Me temo que últimamente no está muy contenta conmigo.

—Asegura que la despidió y contrató a los refugiados de Achleva.

Regresó con un paquete en los brazos y me miró con suspicacia.

—¡Hacen un magnífico trabajo! —dijo—. Hilan, tejen, tiñen… Mi producción se ha duplicado desde que los acepté. Y no me habría privado de Prudence si ella no hubiera sido tan grosera con esos pobres…

—No tiene que justificarse conmigo, señor Mercer; al contrario, agradezco que les haya dado empleo. ¡Ojalá hubiera más personas en Renalt como usted!

—No los utilizo porque yo sea bueno; aprovecho una oportunidad que llegó hasta mí. Jamás había contado con operarios tan empeñosos. ¡Y qué trabajo hacen! Es exquisito. Mire esto —me hizo señas para que me acercara a un gancho del que colgaba un vestido color vino que emitía destellos de plata bajo la luz de la lámpara. El diseño era simple; no había ribetes lujosos ni bordados complejos, y no le hacían falta. En realidad, cualquier adición habría restado belleza a la tela—. Desde hace décadas he importado seda sin torcer de las islas —explicó— y nunca logré convertirla en un tejido tan espléndido como éste —y cuando notó mi embeleso agregó—: Creo que le sentaría bien a mi señora.

En otro tiempo, yo había tenido un armario repleto de atuendos como aquel, aunque lo frecuentaba muy poco. ¿Qué decía de mí el hecho de que, ahora que mi vida se prestaba al uso de botas y pantalones holgados, deseara un vestido con todo mi ser? En el Canario Silencioso no podía presentarme como una dama de la corte y esperar que se me tomara en serio.

Y sin embargo… era tan hermoso.

—¿Cómo se presentará mañana en la coronación de su hermano, milady?

Me forcé a no ver más el vestido.

—No pienso asistir.

Si lo estimó poco apropiado, no dio muestras de ello.

—¿Tiene otro evento en puerta que requiera un atavío así? Le sentaría a la perfección. Y yo le daría un precio excelente.

Aun con descuento, esa prenda costaría una fortuna. Pero horas antes había tenido un golpe de suerte; ¿acaso había mejor manera de utilizar esas monedas adicionales? Si la mitad de los reportes sobre el dispendio del *Humildad* eran dignos de crédito, precisaría de la indumentaria adecuada para poner un pie en cubierta.

Oscuro como la sangre y plateado como un puñal, era el vestido perfecto para silenciar a un usurpador.

—Lo llevaré —le dije.

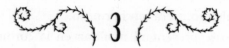

Mercer formaba un segundo paquete con el vestido cuando se percató de que yo le lanzaba una mirada al primero.

—Pienso que quedó muy bien —dijo—, aunque ignoro el motivo de que desee usar una capa vieja y gastada si habría podido hacerse otra.

—Tiene su historia —abrí el bulto y deslicé la mano por la conocida tela azul dotada de nueva vida.

Era la antigua capa militar de Kellan, la misma que me había abrigado y consolado durante los días más aciagos en Achleva, convertida ahora en un resplandeciente manto de coronación para Conrad. Estaba recién estampada con su escudo de rey, una coraza con la flor de lis de Renalt rodeada por un ciervo y una liebre heráldicos.

El trabajo de Mercer era tan bueno como mi madre lo había dicho siempre: con el uso de un hilo dorado había conseguido una versión impecable del sello, y había agregado ribetes de armiño a los bordes. Un broche de oro con el sello afloraba por delante como un símbolo nuevo para el nuevo rey de un nuevo Renalt.

Esto le daría legitimidad a una ceremonia que carecía del ornato tradicional para el ascenso de un monarca al trono. Las piezas oficiales de la elevación —corona, cetro y capa— se hallaban fuera de nuestro alcance, en Syric, la capital de Renalt. El Tribunal, fracturado como estaba tras la muerte de Toris, había sitiado el castillo de mi familia para reducirlo a una mera fortaleza y utilizaba a los habitantes de la ciudad como elemento de disuasión contra cualquier ataque de nuestra parte. No podíamos tomarlo por asalto sin causar bajas civiles, de tal forma que permitimos que, como una rata, el Tribunal se escabullera en su nido dorado. Casi a diario llegaban informes de las intrigas con que los magistrados pretendían mantener el poder en su mermada jurisdicción. Los nombres de los punteros cambiaban de un día para otro, del magistrado Connell a Johns, Michaels y Orryan, sucedidos por Bachko, Arceneaux y Santis... Eran demasiados para seguirles la pista a todos. Yo alimentaba la esperanza de que se destruyeran lentamente unos a otros y así nos ahorraran el fastidio de hacerlo.

Le habíamos aclarado a la población que Conrad gobernaría desde los territorios de su regente en Espino Gris; no necesitaba un castillo para ser rey. Con todo, nada tenía de malo que nos engalanáramos para la ocasión.

Conté mis monedas mientras Mercer amarraba ambos paquetes.

—No me alcanza... —dije abatida—. Tendré que devolver el vestido —suspiré—, a menos que acepte una botella de vino en compensación —deposité la ofrenda frente a él, optimista.

—¡Pero si es vino de gravidulce! —se llevó una mano al pecho—. ¡Le deberé otro vestido por eso!

—Si prefiere las monedas, puedo regresar otro día...

—¡No, no, niña!, con eso será suficiente, aunque tengo una condición —sonrió y sacó dos copas bajo la mesa—. ¿Brindaría conmigo?

★

Seguí el camino largo a la finca y bordeé la aldea para disipar los efectos del licor. No había visto a Conrad en varias semanas y no quería presentarme a nuestro reencuentro demasiado achispada.

Los campos de los agricultores fuera de la aldea pasaban por la última fase de cultivo previa a la cosecha; las plantas de maíz se mecían arriba de mí, protegidos de los cuervos por una rudimentaria marioneta con máscara de caballo, quizá recuperada del Día de las Sombras del año anterior. Más allá, las calabazas ya mostraban su lustre anaranjado en las curvas estriadas de su cáscara, regordetas en virtud del reciente sol del verano. El viento nocturno era fresco, y mientras arreciaba, pude oír que la veleta del molino chirriaba encima de su brida herrumbrosa para apuntar al norte.

El antiguo molino, alguna vez un edificio impresionante, se desmoronaba ahora bajo el peso del tiempo. La noria no giraba más. Pendiente de su eje en un ángulo extraño, el río la lamía a su paso con voracidad, a la espera del día en que el agua la reclamara al fin. La paja del techo era escasa y desigual, y apenas cubría los soportes, que sobresalían como si fueran costillas.

Aunque las ventanas habían perdido su transparencia, ni siquiera varias capas de polvo conseguían apagar la luz de las lámparas. Un nuevo rótulo colgaba sobre la puerta, con la tosca imagen de un huso. Iluminaban el interior lámparas de baja intensidad gracias a las cuales distinguí las siluetas de una docena de mujeres inclinadas sobre ruecas y telares. Mientras la aldea dormía, esas mujeres proseguían su labor y se afanaban hasta bien entrada la noche.

Recordé las palabras de Mercer: *Jamás había contado con operarios tan empeñosos. ¡Y qué trabajo hacen! Es exquisito.*

Me pregunté cómo habría sido la vida de esas mujeres antes de que yo destruyera su ciudad. Entonces apreté el paso y añadí esa pregunta a mi lista de aquellas que aún me dolía formular.

La bandera de Renalt ondeaba sobre los empinados y puntiagudos techos de Greythorne, desde donde anunciaba a todos —a mí entre ellos— que el rey Conrad se encontraba en la residencia real, puesto que su gira había llegado a su fin. Detrás de esas ventanas acogedoras, mi hermano se preparaba para la celebración del día siguiente, rodeado de cortesanos y prósperos huéspedes. Los magníficos establos de Greythorne estarían repletos con los caballos de los dignatarios visitantes, y una extensa variedad de coches y carruajes flanqueaban el extenso bulevar que partía de la plaza y remataba en la magna puerta de la mansión.

Si quería, podía subir esas escaleras, ceder mi capa a un lacayo y hacer que se anunciase mi nombre. Podía reclamar mi lugar junto a Conrad como su regente y conducirlo a la madurez. Eso era lo que mi madre habría anhelado.

Pero yo no.

Doblé a la izquierda para cruzar por los floridos jardines y el costado oriental de los prados y até a Madrona a un poste del huerto.

—Espera aquí —tomé mi alforja y le di una palmada—. Volveré pronto.

Desde la calzada, Greythorne era muy similar a cualquier otra casa solariega: un edificio de madera oscura y piedra clara que se elevaba plácidamente sobre la pequeña aldea y sus onduladas colinas desde un trono de esmerados arriates y cuidados arbustos. Pero mientras la rodeaba saltó a la vista que, por hermosa que fuera, la casona había sido construida para resguardar un sitio más soberbio aún: el sofisticado laberinto de setos de espino que giraban en espiral, como una estrella en explosión, desde los blancos muros y el techo de pizarra negra del célebre santuario construido por un monje del siglo xiv llamado san Urso.

Era la iglesia de la reina de las estrellas, la Stella Regina.

El imponente campanario emergió a medida que me abría sinuoso paso por los angostos y enmalezados senderos del laberinto, y cada vez que llegaba a otro punto muerto mascullaba una letanía de blasfemias. Creí que conocía bien esa maraña y que me sería fácil cortar camino por ella hacia la puerta posterior de la finca, pero el vino me tenía alterada aún y habían transcurrido varios años desde la última ocasión que la había atravesado. De noche, además, todo parecía diferente, más grande, más ominoso.

El laberinto era escalofriante, repleto como estaba de estatuas sobrecogedoras: un zorro con los ojos entornados, una lechuza posada en una rama, una niña cargando una muñeca.

En otro tiempo me habían aterrado. Aunque ya tenía edad suficiente para intuir que no había por qué temer al mármol inmóvil, el laberinto y sus glaciales ocupantes poseían algo turbador, una agitación, como si estuvieran fuera de lugar, extraviados.

Gracias a que me orienté con la torrecilla del campanario, llegué a la parte trasera de la iglesia. La ocupaba por entero un vitral, una abigarrada representación del descenso de Empírea en forma humana para hacer llover fuego sobre pecadores y herejes. Daba al oeste, así que el sol poniente lo cru-

46

zaba y cubría a los suplicantes vespertinos con el portentoso resplandor de la diosa.

El frente daba al oriente, hacia la finca Greythorne, por encima de cuyas puertas pintadas de rojo sobresalía la torrecilla. En la plazoleta tendida a sus pies, una fuente de agua serena era vigilada por la efigie en piedra de Urso, el hombre que había erigido todo aquello: el laberinto, el santuario, las estatuas e incluso el poblado que algún día se convertiría en Espino Gris. Absorto en el centro de la espejada poza, entreveía un misterioso más allá con un semblante de melancólica añoranza, una mano ahuecada y la otra extendida como si quisiera alcanzar algo. Una placa ornaba el pedestal y me incliné sobre el agua para ver lo que decía.

En memoria de Urso,
artista, arquitecto, visionario.
1386-1445

Un zarcillo en mi cabello se deslizó sobre mi hombro hasta caer al agua, y alteró su perfecta quietud con ondas delicadas. Cuando se disiparon, mi reflejo era otro.

No era yo. O sí lo era, pero en una versión diferente. Mi cabello cenizo y mis ojos plateados habían desaparecido; la joven que me miraba tenía el cabello como la noche y los ojos como un mar iracundo.

Entonces susurró con mi voz:

El uno o el otro. El uno o el otro. La hija de la hermana o el hijo del hermano.

En el apogeo de la luna roja, uno de los dos morirá.

Me aparté vacilante justo cuando las campanas anunciaban el arribo de la medianoche, el paso de un día al siguiente.

Cuando las campanas callaron, me obligué a ver la poza de nuevo, pero la aparición se había marchado. Era yo en mi reflejo una vez más.

Me enderecé. Había oído decir que el gravidulce provocaba alucinaciones; nunca pensé que fueran tan inquietantes.

—¿Aurelia?

—¡Por todas las estrellas! —di la vuelta y tropecé con Kellan, quien clavaba en mí sus ojos con los brazos cruzados. Me llevé una mano al pecho—. ¿Tenías que presentarte de improviso? ¡Por poco me causas un desmayo!

—No llegué de improviso. Dije tres veces tu nombre antes de que me oyeras —repuso—. Inspeccionaba los jardines, vi que tu traviesa yegua se daba un banquete en el huerto y supe que estarías en los alrededores —miró el campanario de la Stella Regina—. ¿Ibas a la iglesia?

—No —ajusté la alforja en mi hombro—. Quería llegar por el laberinto a la puerta trasera de la finca, para escabullirme hasta mi hermano sin alertar al resto de sus huéspedes.

—¿En verdad pensabas llegar por el laberinto? Creo recordar que una vez te encontré muerta de miedo en un rincón.

—¡Tenía diez años! —fue así como nos conocimos: mi hermano y yo habíamos venido junto con mi madre a la festividad del Día de las Sombras al final de la cosecha, ocasión en la que, según las leyendas antiguas, la línea entre vivos y muertos se diluye. Y aunque aquella noche paseaban por el mundo innumerables espíritus, los que más me asustaban eran los vivos. A los fantasmas los conocía; en cambio, no estaba preparada para el desfile de disfraces de los lugareños, con enormes y llamativas cabezas de animales hechas de yeso y papel, y decoradas con diabólicas sonrisas y ojos voraces. En el instante mismo en que uno de ellos me miró con malicia y soltó una carcajada histérica, salí disparada hacia el laberinto de los setos.

Kellan, quien tenía doce años entonces, dio conmigo horas más tarde, desconsolada y abatida, en un distante confín del laberinto.

Me tendió la mano y dijo: "No tengas miedo. Conozco la salida. Te llevaré".

Cuando nos vio emerger de aquella encrucijada, mi madre lo colmó de elogios y agradecimientos tan sonoros como la reprimenda con que me recibió a mí.

Insistió en que iniciara al día siguiente su instrucción bélica porque sería mi guardia personal. Si ella no podía estar en todo trance a mi lado para evitarme dificultades, conseguiría a alguien que lo hiciera.

Ese episodio en el laberinto entrelazó nuestras vidas para siempre.

Las repercusiones de aquel suceso saltaban a la vista incluso ahora: pese a que vestía su uniforme del ejército, la capa de Kellan era del lustroso dorado de un capitán, no del azul cobalto de un teniente. Llevaba bordado el escudo de espinos de la familia Greythorne, entretejido con las extremidades de un grifo rampante. Cualquier otra persona lo habría interpretado como un símbolo de la fidelidad y el fervor con que servía al rey, lo cual era cierto, pero yo sabía que la idea del grifo se derivaba del dije que le había regalado antes de que penetráramos la muralla de Achleva, cinco meses atrás. Que él lo hubiese elegido para su capa era la forma indirecta en que me agradecía ese detalle, un guiño a nuestra historia compartida, por tenue que resultara su recuerdo.

Portaba el nuevo color y la responsabilidad que entrañaba con una majestuosidad inalterable que, no por vez primera, me hizo anhelar el retorno a la remota época en que lo que más deseaba en el mundo era que él me amase.

—¿Ibas a entrar sin ser vista?

—Sí, ése era mi plan.

—¿Y ese plan incluía asistir a alguna de las ceremonias de mañana?

Mi silencio fue la respuesta que buscaba.

Juntó las manos en la espalda, su pose de soldado.

—Conrad te echa de menos —aventuró con cautela y me observó atentamente para juzgar mi reacción; ésta era una plática que ya habíamos tenido tiempo atrás.

—Conoces el motivo de mi distanciamiento —repliqué con aplomo—. Lo hago por mi hermano.

—No creo que sea por él —reviró—. Nunca fue por él, sino por ti. Y por lo que le sucedió a Zan.

—¡No te atrevas…! —le advertí.

—He cerrado la boca, guardado distancia y permitido que sufras en silencio, pero no puedes seguir así para siempre. Hay personas vivas, reales, que te necesitan.

Aunque no lo miraba, eso no impidió que tomara mis manos. Las suyas eran hermosas: fuertes y cinceladas, con largos y gráciles dedos de piel morena. Y si bien eran las vigorosas manos de un jinete y espadachín, se habría dicho que pertenecían a un músico.

Aguardó un segundo antes de atreverse a añadir:

—Envié algunos hombres a la bahía de Stiria.

Aparté mis manos de un tirón.

—¡No! Kellan, sabes que…

—Trajeron esto —sacó un pequeño lienzo que desdobló con delicadeza para mostrar un ave en llamas de oro y piedras preciosas—. ¡Tómalo, Aurelia! —puso el lienzo y el dije en mi palma. Cuando se movió, vi que su dije, compañero de éste, asomaba bajo el cuello de su uniforme. Era el grifo: temible, noble, leal, idéntico a su portador.

Contemplé en mi mano las destellantes alas, tachonadas de joyas.

Era el pájaro de fuego: bello, devastador, condenado a morir, pero agraciado con la capacidad de renacer.

Y Zan había muerto y renacido. ¡Ojalá se me hubiese avisado que su segunda oportunidad sería tan breve!

Respiré hondo.

—¿Hallaron esto con su…? ¿Confirmaron que fuera debidamente…? ¿O quizá…?

Cuerpo, sepultado, cremado: las palabras que no me atrevía a decir en voz alta.

—Fue arrastrado a la costa con el resto de los despojos del naufragio. No se hallaron más… —tragó saliva, desvió la mirada— vestigios.

Deposité en sus manos el pájaro de fuego, atacada de súbito por la impaciencia de apartarlo de mi vista.

—¡No te tortures, Aurelia! —dijo—. Acepta lo sucedido. Déjalo atrás para que puedas recuperarte y regresar a casa.

—¡*Basta*! —había en mi tono un filo de guadaña; no me interesaba escuchar su opinión sobre la manera en que debía sufrir—. Visitaré a Conrad y me marcharé.

—¿De vuelta a la taberna, para no dejar de jugar a cambio de baratijas?

—Adonde vaya y lo que haga es asunto mío, no tuyo.

—Antes lo era. ¡Tu seguridad era mi deber, mi única preocupación, durante muchos años!

—Ahora eres un capitán. Y has jurado proteger al rey, no a mí. Fuiste separado de mi servicio.

—Mas no de nuestro lazo de sangre. ¿O ya te olvidaste de él?

Logró callarme con eso. ¡Desde luego que recordaba las secuelas del ritual del paño de sangre! Ocupaban mi mente todo el tiempo.

Continuó:

—Tu vida no te pertenece sólo a ti. Tal vez deberías cuidarla más. Abandonar el juego, tu sed de venganza contra Castillion. No le debes lealtad a Achleva, no eres su reina; apenas puede decirse que Zan fuera un rey cuando falleció. Deja que resuelvan solos sus problemas políticos. Y aunque sé que querrías volver, es muy peligroso que lo hagas en este momento.

—¿Piensas que debería ignorar el sufrimiento? Todo cambio de régimen impone un alto costo a los pobres y los vulnerables. Y no podemos creer que el malestar se limitará a las fronteras de Achleva. ¡Tienes un campamento de refugiados frente a tu puerta!

—Mejor ellos aquí que tú allá. Mis soldados trajeron consigo rumores de pandillas y milicias en las calles. Un justiciero que se hace llamar el Jinete incita a la población a la violencia… Con la ayuda de Fredrick, Conrad ya preparó un decreto mediante el cual ofrecerá asilo a los ciudadanos de Achleva con habilidades…

—¿Y quienes no las tienen? ¿Los demasiado jóvenes, viejos o enfermos…? ¿Les diremos que se marchen por donde vinieron? ¿Que regresen a las pandillas, a las milicias…?

Hizo una pausa.

—Si en verdad te importara lo que ocurre a los refugiados, estarías con tu hermano y Fredrick en la corte, abogarías por ellos y promoverías leyes que les sirvieran aquí.

—¿Insinúas que no estoy a salvo entre las ovejas y me propones que deambule entre los lobos? —contuve como pude mi indignación—. La corte no es amable, Kellan. Sus miembros desean que Achleva arda para que ellos recolecten los huesos y los usen como adornos en su cabello y muñecas.

—Tu hermano tiene que reunirse con ellos a diario.

—¡No es su sangre la que persiguen! —espeté—. Está más seguro sin mí. Todos ustedes lo están.

Lo hice a un lado y me dirigí a la salida del laberinto. La cólera había despejado mi mente; podría hallarla con los ojos cerrados.

—Zan no habría querido que vivieras así —sentenció cuando me alejaba.

Su veredicto silbó en el aire como una flecha que se me clavara en la espalda y traspasara mi corazón.

—Buenas noches, Kellan —alcancé a decir—. Que te diviertas en la coronación.

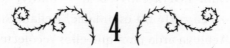

4

Dicen que es probable que Zan se haya marchado en paz, que no sufrió. Que la compasiva frialdad de la bahía de Stiria lo libró del dolor y alcanzó un fin casi dulce. Pero algunos fantasmas que murieron ahogados me han revelado sus experiencias de muerte: en ningún caso fueron suaves o dulces.

Después de la torre me sentí asqueada y deshecha. Lo único que sabía era que la magia me destruía cada vez más y que debía renunciar a ella para siempre. Acababa de perder a mi madre...

No. La había matado. Había cambiado su vida por la de Zan. Pese a mi cálculo de que yo sería la única que moriría en la torre, ¿qué importancia tenían ahora mis intenciones? Mi madre había fallecido por mi culpa.

No fue culpa de Zan. Él no decidió que yo cruzara el umbral de la muerte y lo arrastrara de regreso al mundo material. Eso también fue asunto mío.

Todo ocurrió porque me permití amarlo. Le permití que me amara.

¿Acaso no es cierto que nací de la hoja de sangre? De un veneno. Me obstiné en ayudar a los demás, en aportar algo, pero siempre empeoraba las cosas. Y al igual que la hoja de sangre, cualquier pequeño bien que yo buscara alcanzar jamás igualaría la magnitud del caos que provocaría con mi intento.

Por cada vida salvada, dos deben perderse.

Seis semanas después de la caída de Achleva, le aconsejé a Zan que emprendiera la inspección de la costa occidental de Achleva en compañía de los barones Aylward e Ingram. Le sugerí que negociase con Castillion. Que forjara una alianza con su fuerza en ascenso como nuevo señor de la nevada provincia en el extremo norte de Achleva. *Conviértelo en tu brazo derecho. Mantenlo cerca*, le dije. *Necesitamos gente fuerte de nuestra parte.*

Sentí un gran alivio cuando decidió seguir mi consejo. Y más todavía cuando me avisó que partiría sin mí.

Por unos días al menos, no tendría que recordar al mirarlo que por él había matado a mi madre.

Por unos días no tendría que preguntarme si decidiría lo mismo en caso de que me viera en un aprieto similar.

¡Qué idiota fui, por Empírea! Una completa imbécil.

Aunque me dolía mucho apartarme de quienes amo, resultaba más fácil que verlos sufrir a causa de mi presencia.

Conrad roncaba débilmente en el enorme y bien provisto aposento que lord Fredrick y su esposa Elisa le habían cedido con generosidad a su llegada a Greythorne.

Acurrucado en una pila de edredones, dormitaba con sus pequeñas manos alrededor de la caja sorpresa que le encargué a Hicks. La llené de caramelos de canela espolvoreados de azúcar, segura de que el reto y el premio cautivarían a Conrad. Y en efecto, ahora dormía con ella bajo el mentón, como si fuera un muñeco de felpa y no una caja amorfa con dos extremos puntiagudos. La hice a un lado —ni siquiera en sueños estaba dispuesto a soltarla— y oí que algo resbalaba adentro. Era más pesado que una golosina; de seguro él había solucionado el enigma, engullido los caramelos y rellenado la caja con algún juguete.

Acaricié suavemente su cabello, satisfecha de que se aferrara a un mero capricho y un tanto celosa de su apacible reposo. Yo no había hallado descanso por una noche entera desde Achleva: mi sueño estaba plagado de inquietantes pesadillas.

Aun cuando los sueños variaban de tema y duración, su nitidez los volvía idénticos, tan parecidos a la realidad que yo no percibía su diferencia hasta que despertaba. Eran en su mayoría breves retornos a ciertos momentos de mi infancia, como el día en que Onal me amonestó porque tiré un retrato en la Sala de los Reyes o aquel en que vi canturrear a mi madre mientras escribía una carta en su escritorio.

Otras veces, en cambio, seguían senderos más sombríos. En uno de ellos me encontraba cerca de una cabaña desconocida y oía gritos adentro. Corría de un hueco a otro —la puerta, la ventana, el acceso al sótano, otra ventana— pero todos estaban cerrados. Mi cuerpo era demasiado tangible para traspasar las paredes y demasiado insustancial para girar una perilla o forzar una cerradura. No podía hacer otra cosa que escuchar y esperar. Al final, los gritos desembocaron en un silencio espantoso y desperté de súbito con un zumbido en los oídos.

Terrible como era, el Sueño de los Gritos pertenecía al grupo de los agradables. Los Sueños de la Sangre, del Ahogo y de la Nada eran mucho peores. En ocasiones despertaba empapada en sudor, escupía agua imaginaria o no podía mover los brazos o las piernas durante interminables y angustiosos minutos después de haber recobrado la conciencia.

Conrad suspiró cadenciosa y profundamente y cambió de posición bajo las cobijas antes de recuperar una respiración honda y rítmica, con una mejilla enrojecida por haberla mantenido fija en la almohada.

¡Había atravesado ya por tantas cosas y crecido tan rápido! Ahora soportaba la carga de su nueva responsabilidad con una dignidad y un garbo admirables. Aun así, era todavía un niño de ocho años cuyo mundo se había trastornado por completo en el curso de un par de meses, a lo largo de los cuales perdió su hogar, a su hermana, a su madre…

El uno o el otro.

Levanté de manera abrupta la cabeza cuando escuché un ruido. Un espejo colgaba al otro lado de la alcoba, con un pesado marco de plata dorada más alto que los cuatro pilares del lecho. Conrad era él mismo en su imagen, pero yo había cambiado de nuevo.

Mi reflejo de cabello oscuro habló una vez más, con un murmullo suave, como de papel.

En el apogeo de la luna roja, dijo con aspereza, *uno de los dos morirá. El chico con el pájaro de fuego o la chica con los ojos como estrellas. Si es él, la anciana será libre. Si es ella, la anciana cesará de existir. El uno o el otro. El uno o el otro. La hija de la hermana o el hijo del hermano. En el apogeo de la luna roja, uno de los dos morirá.*

Salí tambaleante de la habitación y tropecé con Kellan, quien había subido las escaleras detrás de mí.

—¿Te encuentras bien, Aurelia? —inquirió con asombro mientras miraba a los guardias apostados a cada flanco de la puerta— ¿Conrad está…?

—A salvo —conseguí exhalar—. El polvo me cerró la garganta, eso es todo.

Recorrí a toda prisa el pasillo y viré en la esquina con los ojos de los guardias sobre mí y Kellan a mis talones. Apenas pude salir de su línea visual antes de que cayera de rodillas y mi explosiva tos derivara en arcadas.

—No estás bien —me puso en pie y en ese instante se abrieron algunas puertas del pasillo, por las que asomaron las curiosas caras de cortesanos invitados a la coronación, como lord Gaskin, el marqués Hallett y lady Parik—. ¡Ven, sígueme! —ordenó e instruyó a los espectadores a su paso—: Vuelvan a la cama, no hay de qué preocuparse.

Me condujo a su habitación y me acostó en su lecho mientras salía en busca de Onal. Mi tos había cedido, pero me sentía débil y extenuada, temblorosa como una hoja frágil en una brisa violenta y con respiraciones rápidas y superficiales que raspaban mi irritada garganta.

Me miré fugazmente en el espejo al pie de su cama. Mi doble se había evaporado y el rostro que vislumbraba era el mío. No fue un consuelo; me veía espantosa, como un perro extraviado, consumido, en estado salvaje. Una criatura con ojeras y el cabello en desorden. Y pese a la escalofriante aparición inducida por el gravidulce, lo más turbador que había visto en todo el día era sin duda ese irreconocible reflejo mío.

Zan no habría querido que vivieras así.

Lo que Zan habría querido no importaba ya. Porque estaba en el otro mundo y se había llevado consigo a la Aurelia que fui.

Desperté antes de que amaneciera y encontré a Onal sentada en la orilla del lecho de Kellan.

—Me dijeron que no te sientes bien —de la alforja que colgaba de su hombro huesudo empezó a sacar un variopinto

58

surtido de tónicos, que dispuso uno por uno en el escritorio frente a donde mi cabeza yacía sobre la almohada, para que viese lo que hacía. Yo estaba muy versada en sus brebajes, y cada nueva muestra de esta variedad era más repugnante que la anterior. Ella observaba mi rostro mientras las formaba, con el propósito de evaluar mi aversión. *Si rechazas la cura*, solía decir, *es que no estás enferma*. Era así como me amenazaba para que recuperase la salud.

—No es nada —repliqué.

—Kellan me dijo que tuviste náuseas muy fuertes en el pasillo. Eso no equivale a "nada" —calló un segundo—. ¿Usaste magia otra vez?

—No, Onal. No la usé anoche ni lo he hecho desde Stiria, hace cuatro meses —respiré hondo—. No fue magia… sólo una reacción adversa al vino gravidulce. Quien haya dicho que esas alucinaciones son gratas, mintió.

—¿Te embriagaste? —su reprobación era palpable.

—Tomé una copa con Gilbert Mercer cuando fui a recoger la capa de coronación de Conrad.

Su censura se acentuó.

—¿No fuiste capaz de soportar una copa de vino?

—Si no supiera que no es cierto, diría que te trastorna más mi ineptitud para retener el alcohol que la idea de que me haya embriagado por completo y sacrificado mi cena en pleno pasillo.

—Estoy afligida e indignada —meneó la cabeza y chasqueó la lengua—. ¡Una copa! Pensé que te había educado mejor —levantó los hombros—. Por suerte, la cura de tu mal consiste en tiempo, descanso y agua.

Retiré las cobijas.

—Todo lo cual puede obtenerse lejos de aquí.

—Es el día de la coronación —reclamó—. Y ya todos saben que estás en la finca —me miró por encima del armazón metálico de sus gafas—. Incluso Conrad, quien se emocionó mucho cuando vio que compraste un vestido para la ocasión.

—¡Estrellas ancestrales! —balbucí—. Anoche dejé ambos paquetes en su alcoba, ¿cierto?

—Así es.

—Supongo que no se puede evitar entonces... —dije.

—En este momento, tu partida llevaría a la gente a cuestionar tu lealtad.

—Estoy harta de preocuparme de lo que piensen los demás.

—Te guste o no, ésa es la vida para la que naciste. Sólo recuerda que tu ausencia es tan notable como tu presencia. Y si estás ahí, al menos tendrás mayor control sobre las ideas que se les ocurran ahora —me escudriñó con la mirada—. Se ha preparado un baño para ti en la habitación contigua. Por el amor de la sagrada Empírea, lávate bien esa cara y quita todas esas ramas de tu cabello antes de que pongas un pie en público. Y toma esto —dejó sobre la mesa una de las botellitas con sus remedios—. Creo que ayudará a que te recuperes.

La tomé y retiré el corcho para oler su contenido antes de devolverla a su sitio.

—Eso es veneno para ratas.

—¡No digas tonterías! Es elíxir de clorela.

—Sé cómo huele el elíxir de clorela y esto no lo es.

—¡Ah, claro! Ahora recuerdo que ese elíxir ocupa el frasco color índigo. ¡Culpa a estos malditos ojos de una vieja! —su timbre era de pesadumbre, pero su sonrisa no—. Toma en cuenta, sin embargo, que sus ingredientes son muy curativos, salvo el cianuro.

—Salvo eso… —crucé los brazos—. ¿Pasé la prueba?

—¡Desde luego!

—¿Qué habría sucedido si no hubiera reconocido el veneno?

—Habrías tenido una muerte muy dolorosa y la responsabilidad sería toda tuya, por no haber recordado tus lecciones.

—¡Han transcurrido más de diez años desde mis lecciones de herbolaria, Onal!

—Entonces es bueno que no las hayas olvidado. Aunque si quisieras reanudar tu educación y hacer algo distinto a sentir lástima por ti, podrías convencerme de que te acepte de nuevo como discípula.

—¿Crees que memorizar las raíces que curan la náusea y aquellas que actúan como laxantes contribuirá a que me sienta mejor? —reí con amargura.

—Es una diferencia valiosa —dijo—. Y sí, eso creo.

—¿Por qué? ¿Qué podrías saber tú acerca de cómo me siento ahora?

—Eres una tonta si crees que eres la única en el mundo que sufre por amor, o por su pérdida —contrajo sus demacrados labios—. ¡He vivido mucho tiempo, jovencita! He visto y experimentado más de lo que imaginas. Y gracias a mi infinita paciencia y sabiduría, esta vez ignoraré tu descaro y no acabaré contigo ni les diré a todos que fue un accidente.

—Eso sería más creíble si no hubieras intentado recetarme veneno para ratas.

Apuntó el frasco hacia mí como si fuera un dedo acusador.

—¡Levántate, vístete y haz algo!

—¿Como qué?

Arrojó el frasco dentro de su alforja y dijo:

—Lo que sea. ¿Quieres que las cosas sean diferentes? Esfuérzate para que cambien. Lucha hasta que te duela la espalda y te sangren los dedos y todo te aflija tanto que te olvides del dolor de tu corazón —y añadió en voz baja—: Nunca podrás huir de aquello que llevas dentro. No pierdas el tiempo intentándolo.

Ladeé la cabeza y la miré con atención. Esta mujer me había criado y yo sabía casi nada de ella. Era franca e irascible y no se guardaba sus opiniones, pero nunca hablaba de sí misma.

Se sintió incómoda bajo mi vista y se dirigió a la puerta.

—Tienes hasta el mediodía para asearte y ponerte un vestido. A esa hora recibirás tu almuerzo aquí, ¿o prefieres asistir al banquete? ¡Ja, ya sabía que no! A la una de la tarde una doncella te ayudará a vestirte; a las dos y media, otra te peinará, y a las cuatro una más vendrá a polvearte la cara y a poner algo de color en esas pálidas mejillas. Esperemos que estés presentable para la procesión, que empezará a las cinco.

—¿Piensas que necesito once horas para estar "presentable"?

—Una semana habría sido mejor, pero debemos trabajar con lo que tenemos. Y todo esto implica que no te pondrás tu desaliñado atuendo de campesina ni escaparás al bosque en cuanto yo salga de estos aposentos.

—Si el rey desea que asista a su coronación —miré de mala gana el vestido extendido sobre la cama—, supongo que no tengo otra alternativa que quedarme. ¿Estarás ahí?

—¿Hablas en serio? —rio—. ¡No me lo perdería por nada del mundo!

El vestido que le había comprado a Mercer era más bello a la luz del día, con el color de las frambuesas maduras que brillan

62

débilmente bajo el rocío. Me quedó perfecto, además; trazaba un amplio arco de un hombro al otro y producía un paralelo exacto con el corte de mi clavícula.

La doncella a la que Onal conminó a que me auxiliara era una chica reservada y discreta llamada Nina; jaló y peinó mi cabello en media docena de estilos de moda antes de deshacerlos exasperada, temerosa de que Onal se mostrara insatisfecha. Tras el séptimo intento fallido le agradecí, la despaché y dejé suelto mi cabello sobre los hombros.

Así era como más le gustaba a Zan, libre para que lo retorciera perezosamente entre sus dedos.

Intentaba desterrar esos dolorosos pensamientos cuando Kellan tocó con suavidad a la puerta y entró.

—Esta noche iba a reunirme con Jessamine a beber una copa —suspiré—. Lamentará que la haya plantado.

—Conozco a Jessamine —repuso— y pienso que se las arreglará sin ti.

Se paró a mis espaldas mientras yo estudiaba mi imagen en su alto espejo con marco dorado.

—Te traje algo —dijo—. Un último detalle.

Apartó mi cabello y elevó las manos sobre mi cabeza. Tendía entre ellas un listón de terciopelo negro del que colgaba un adorno: el dije del pájaro de fuego de Zan. Sobre mi vestido color carmesí, aquellas gemas se trocaban a la menor provocación en llamas incandescentes.

El pájaro de fuego se acomodó en la hendidura de mi cuello mientras Kellan decía:

—Sé que no me corresponde indicarte lo que debes sentir, pero entiendo lo mucho que esto significaba para él. Y para ti.

—Gracias —dije con toda sinceridad.

—Tengo que volver a la fiesta —señaló—. El padre Cesare me pidió que te presentes en el santuario antes de que dé inicio la procesión. Desea mostrarte un libro.

Asentí, secretamente aliviada. En Syric, la procesión de la coronación serpenteaba en las calles —del castillo a la Gran Basílica de Empírea, al otro extremo de la ciudad—, a lo largo de un trayecto de ocho kilómetros en el que la ciudadanía se agolpaba a cada flanco y vitoreaba y lanzaba flores a los pies de los participantes. Yo no había visto jamás un desfile así, ya que mi padre subió al trono muchos años antes de que yo naciera, pero conocía los relatos de mamá, quien describía los sucesos al detalle mientras yo absorbía cada palabra con ojos fulgurantes.

Ésta sería una procesión en miniatura, que ondularía por el laberinto desde la finca Greythorne hasta la escalera de la Stella Regina y representaría cuando menos un guiño a la tradición, sobre un antiguo empedrado en reemplazo de losas con destellos de plata y cubierto por la hojarasca en sustitución de pétalos de rosa. Y pese a que la Stella Regina no fuera en realidad una Gran Basílica, poseía una belleza simple y exquisita: columnas de mármol blanco y puertas de color carmesí que remataban en un llameante tejado negro. Ocupaba además un sitio de honor en la historia de la monarquía: de acuerdo con el propio rey Theobald, mientras oraba en la Stella Regina antes de que terminara la guerra entre Achleva y Renalt, Empírea se le apareció para ordenarle que ofreciera la heredera siguiente de su linaje al nuevo príncipe de Achleva. Ése fue, en cierto modo, el lugar de origen del tratado que un día uniría mi destino con el de Zan.

Aun cuando escuché voces y risas desde el salón de banquetes, viré agradecida en la dirección opuesta; nada deseaba menos que codearme con las personas que habían atestiguado mi imprudente intento de salvar a Simon en mi último banquete en Syric. Así pues, me escabullí por la puerta de servicio hacia el aire fresco de la tarde.

En vista de la procesión, los monjes de la Stella Regina habían atado en los setos listones azules que indicaran la ruta hacia la iglesia, a fin de que nadie se perdiese en el camino. Deseé que hubieran estado ahí la noche anterior, aunque su presencia me alegró por ellos. Había dado unos cuantos pasos cuando oí que alguien se acercaba a mis espaldas.

—¿Aurelia?

Era mi hermano, quien se había plantado en la entrada del laberinto. Llevaba puesta la capa nueva que había dejado junto a su lecho y sus oscuros rizos de oro brillaban contra el azul cobalto del lienzo. Vestía también un jubón de dorado brocado y un reluciente par de zapatos con hebillas áureas.

Lo estreché entre mis brazos.

—¡No te preocupes, hermanito! No me marcho, tan sólo me dirijo al santuario un poco antes de la procesión. Hablaré con el padre Cesare y después elegiré mi asiento. No correré el riesgo de quedar atrapada detrás de lady Gaskin y ese nido de un metro de altura que llama cabello —sentí un pinchazo en las costillas—. ¡Ay!, ¿qué es...?

Portaba la angosta y puntiaguda caja sorpresa cuando lo abracé. La ocultó en el acto bajo su túnica y alisó bruscamente su capa y demás prendas.

—No temo que vayas a ausentarte esta noche, Aurelia —dijo, más serio de lo que tenía derecho a estarlo un niño que carga un juguete, sea rey o no—. Sé que estarás aquí. Debía hablar contigo porque... Toma esto —miró por encima de los hombros para confirmar que no hubiera nadie más y arrojó un objeto en mis manos.

Era mi daga de luneocita. Yo la había guardado en uno de mis baúles una vez que Simon me prohibió que empleara más magia; de seguro mi hermano había hurgado entre mis cosas para recuperarla.

—¿Por qué tienes esto, Conrad? —resollé—. No debería estar...

—Es *importante* —insistió—. Llévala contigo. Hablo en serio —al coincidir con los míos, sus ojos transmitían una sensación de solemnidad.

Hice desaparecer la daga en la bolsa de mi vestido.

—Sabes que no puedo usarla. ¿Por qué...?

—Hazlo —dijo—. Debo regresar antes de que se pregunten dónde estoy... ¡Por todas las estrellas!, me vigilan con ojos de lince. Llévala contigo —repitió y volvió sobre sus pasos en dirección a la finca—. La necesitarás.

A pesar de que Empírea era representada a menudo como un alado caballo blanco, el techo de pizarra, las blancas paredes y las puertas rojas de la Stella Regina honraban la belleza humana de la diosa que el rey Theobald había descrito: una cabellera negra como la noche, labios de un color rojo sangre y piel tan alba como nieve recién caída. A un lado y otro de los suntuosos y radiantes pasillos de la Gran Basílica del Tribunal, se advertían imágenes de ángeles iracundos y cuadros de espíritus vengadores; en su sencillez, la Stella Regina era justo lo contrario, una catedral casi pacífica.

Dentro, el mudo y cavernoso pasillo central rebosaba con la clara luz que procedía de los altos ventanales. Una balaustrada circundaba la marmórea nave mayor, flanqueada por bancas de caoba. Una figura revestida con un manto largo se inclinaba sobre el atril junto al altar, donde una corona de flores aguardaba sobre un cojín de terciopelo. Puesto que las joyas de la corona real habían sido confiscadas por el Tribunal, los monjes de la Stella Regina habían creado un reemplazo compuesto por plantas simbólicas: hojas de olivo y laurel entretejidas con retoños de encino en tardía floración.

Detrás del altar se alzaba la pesada silla de oro que fungiría como el trono al cual el rey ascendería. Sillas menos ornamentadas la bordeaban: asientos para el regente Fredrick Greythorne y su esposa Elisa, y uno más para el capitán elegido por Conrad, Kellan.

No supe si sentía tristeza o gratitud de que en la tarima no hubiera una silla destinada para mí.

Mis talones resonaron en las baldosas y reverberaron en las elevadas vigas. El hombre en el atril se giró sobresaltado.

—¡Ah!, ¡hola, hija! —el padre Cesare intentó ocultar a toda prisa una espigada botella con un paño del altar—. Reviso una vez más el protocolo. Quiero mantener fresca en mi mente la homilía que pronunciaré.

—¿Por qué, padre? ¿Está nervioso?

Secó con un pañuelo el sudor de su frente.

—Un poco —confesó—. He dado sermones en este lugar desde hace casi tres décadas, pero nunca ante tanta gente de semejante prosapia y jamás en una ceremonia tan… auspiciosa… como ésta.

Miré la botella que había deseado ocultar.

—Sin duda, el vino del Canario le ayudará a superar este duro trance —dije con una sonrisa—. ¿Es gravidulce?

—Me lo vendió Jessamine —respondió—. Compré cinco botellas para el Día de las Sombras, aunque es tan bueno que no creo que sobreviva hasta entonces.

—Sea cauteloso —lo amonesté—. Tiene algunos efectos desafortunados.

Rio y cerró el libro que se encontraba sobre el atril.

—Me alegra mucho que haya decidido venir, milady. Cuando conversamos anoche, me dio la impresión de que pensaba ausentarse de la ceremonia.

—Ése era mi propósito, en efecto.

—Admito que el joven lord Greythorne puede ser muy persuasivo.

—Obstinado, querrá usted decir.

—Sí, eso también.

Sonreí.

—Kellan me dijo que quería enseñarme un libro. ¿Encontró algo que me ayudará a descifrar el... regalo de Simon?

—Sí, sí. Se halla en mi estudio. Por aquí, por favor —lo seguí a la nave lateral norte, atravesamos la verja de hierro que demarcaba el espacio público del santuario y las habitaciones monacales, y después cruzamos un recinto adjunto que sólo contenía cuatro camastros formados en fila.

Dijo por encima del hombro:

—El joven lord Greythorne estaba aquí esta mañana cuando llegué. Supongo que durmió en una de las bancas.

—Fue mi culpa, me cedió su habitación. Debió haberse quedado conmigo, pero es demasiado orgulloso, lo cual habla bien de él.

—Podría haber tomado mi catre. Por más que quise regresar anoche, Delphinia me entretuvo hasta muy tarde y me convenció de que me quedara. Pensé que era mejor que durmiera en el Canario y emprendiera la mañana con nuevos bríos. Ella tiene un apetito insaciable...

Levanté una mano.

—No hace falta que me describa…

—… de conocimiento —se encogió afablemente de hombros—. Y también de otras cosas, por supuesto. Aunque debo confesar que en esas materias soy un pupilo más que un maestro.

En el otro extremo de la habitación de los camastros se alzaba la puerta de la biblioteca y el estudio. Montones de hojas y plumas manchadas de tinta cubrían cada superficie no ocupada por cúmulos de libros. Y los había por todas partes, de un extremo a otro de las estanterías, apilados en torres que llegaban hasta la cintura y apretujados en cada esquina.

Pasé junto a los anaqueles y observé uno por uno sus títulos.

—¿Dónde está el tomo del que le habló a Kellan?

—No aquí —se volvió hacia la única sección de la pared que no estaba tapiada por estantes ni pilas de libros y dio tres golpecitos en lugares aparentemente casuales. Para mi sorpresa, la pared se abrió y reveló un armario oculto que almacenaba otros volúmenes—. Aquí guardamos los ejemplares más preciados de nuestro acervo y todos los escritos de Urso. Él era adivino, ¿lo sabía? Pese a que en circunstancias normales el Tribunal habría perseguido tal don, ni siquiera éste fue capaz de negar que sólo podía provenir de Empírea. De hecho, durante muchos años quiso apoderarse de nuestras colecciones —sonrió—, pero no dio con ellas. Urso se hizo cargo de eso —eligió un libro del segmento superior, con un soplido retiró de su cubierta una nube de polvo y me lo tendió. Acto seguido, cerró el armario, que desapareció como si jamás hubiera estado ahí.

Miré el libro en mis manos.

Mane Magicas, se leía en su portada. *Magia primigenia*.

Cesare dijo:

—Está escrito en una mezcla de dialectos: el arcaico anterior a la Asamblea y el posterior a ella. ¿Conoce la lengua posterior a la Asamblea?

—*Satis scio* —respondí. *Sé lo suficiente*—. ¿Cómo consiguió esta joya? Ningún santuario en Syric se habría atrevido a tanto...

Sonrió y palmeó mi mano.

—Los monjes de la Orden de Urso han sido amigos de las brujas desde hace mucho tiempo. Es una tradición heredada del propio santo. Él integró secretos minúsculos en todo lo que hizo, algunos muy pequeños, como ese compartimento para ocultar obras de brujería, y otros lo bastante grandes para esconder a las brujas mismas —me dirigió una mirada benévola—. Disculpe si este término le ofende; a veces olvido que quienes practican la magia prefieren denominaciones distintas.

—No me siento ofendida —repuse—. Simon me dijo en una ocasión que "bruja" es un término áspero y que los miembros de la Asamblea preferían llamarse magos. Pero la Asamblea ya no existe y yo nunca pertenecí a ella. No tengo una razón para ceñirme a su nomenclatura —hice una pausa—. ¿Usted sabía que yo era bruja?

—¡Ay, hija! —exclamó con afecto—, todos lo sabíamos. Y aunque vigilamos lo que podría pasarle, confiamos en que su posición y origen la protegerían. Para nuestra vergüenza, nos equivocamos.

—¿Qué habrían podido hacer si mis condiciones hubieran sido otras? —pregunté.

—Tenemos nuestras vías —sonrió con un ademán ceremonioso—. San Urso diseñó docenas de edificios en esta provincia: la Stella Regina, la finca, el laberinto e incluso —le brillaron los ojos— cierta taberna oportunamente situada en la intersección de los caminos reales de Renalt que corren de este a oeste y de norte a sur.

Subí una ceja.

—¿El hombre que creó la Stella Regina también construyó el Canario Silencioso?

Asintió.

—La continuidad de su labor reside menos en las apariencias que en los elementos estructurales de sus modelos.

—¿O sea que también el Canario tiene sus escondrijos?

—Así es, aunque yo no sería capaz de encontrarlos; ningún plano ni diagrama los incluye. Es más seguro de esta manera —señaló la silla detrás de su escritorio—. Siéntese. Lea un poco. Cuando suenen las campanas, sabrá que la procesión ha llegado. ¿Recuerda cómo se abre el compartimento?

—asentí—. Deje todo en orden. Aun en estos nuevos tiempos, es mejor eludir la horca del Tribunal.

Me abandonó en la comodidad de su estudio, con dos libros abiertos frente a mí. El progreso fue tortuoso en un principio; buscaba en *Mane Magicas* símbolos impresos que coincidieran con los confusos garabatos del volumen de Simon. Mi primer adelanto importante fue la identificación de la palabra *tempus*. En la lengua arcaica posterior a la Asamblea, ese vocablo significaba "tiempo", y a su lado estaba inscrito un símbolo con la apariencia de una rueda. Revolví las delicadas páginas del tomo encuadernado en piel verde y di con él: el jeroglífico en forma de rueda.

Tomé una hoja de pergamino, abrí un recipiente de tinta y anoté: *Rueda: tiempo*.

La traducción procedió muy despacio pero logré progresos considerables. Mi hoja pronto estuvo llena de trazos e imágenes similares a nudos y su respectiva traducción. *Nacimiento, madre, ciclo, doncella, lucero, campana, tristeza, alegría, muerte.*

Me detuve en esta última. La tinta que goteaba de mi pluma dejó junto a ese término negras salpicaduras como de sangre.

Muerte.

La traducción era imprecisa. Pasé otra vez del *Mane Magicas* al libro de símbolos y suprimí la palabra *muerte* con dos rayas oscuras. Debajo de ella escribí una interpretación más certera.

Nada.

Las campanas de la torre tañeron en ese instante y llenaron el callado recinto con un discorde repicar que sacudió mis huesos. Hice atrás la silla, doblé velozmente el pergamino pese a que la tinta no había secado aún y lo deslicé entre las páginas. Recogí mis libros y crucé las estanterías hasta el muro, donde repetí el tamborileo de Cesare. Cuando la pared se abrió, puse a buen recaudo ambos volúmenes y cerré de golpe la puerta al tiempo que las campanas cesaban en su himno y guardaban silencio.

La procesión había llegado a la puerta magna del santuario. Era momento de coronar a un rey.

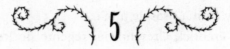

5

Las bancas de la planta principal estaban demasiado desprotegidas; subí los escalones más allá de la compuerta que llevaba al campanario y encontré un lugar aparte en la galería. Los espacios junto a mí ya comenzaban a llenarse con otras personas, sobre todo vecinos de la aldea y empleados de la finca, pero nadie me prestó atención. Era una asistente más a la ceremonia, llegada para ver cómo asumía su trono un nuevo rey. Por las ventanas de arco ojival percibí que en lo alto del laberinto ondeaba la cerúlea bandera de Renalt.

Cuando la gente común llenó la galería y los corredores de la platea, un heraldo procedió a anunciar a los cortesanos conforme llegaban y arrastraban los pies hasta sus bancas. *El marqués de Hallett. El barón Henry Fonseca. Lord y lady Leong. La duquesa Amin y su acompañante.*

Permanecí en mi rincón hasta que todos los lugares se ocuparon y entonces me di cuenta de que mi perspectiva de la tarima era obstruida por el susurrante gentío ansioso por ver a mi hermano. El recorrido de Conrad a través del país debía haber sido un éxito rotundo; jamás me habría atrevido a imaginar un tan nutrido número de espectadores.

Me abrí paso entre aquel remolino de gente para llegar a la balaustrada, en cuyo borde un grupo de niños agitaba unas banderolas y emitía risas de júbilo.

—¡Lord Fredrick Greythorne, regente de Renalt —prorrumpió el heraldo—, y su señora esposa, lady Elisa Greythorne!

Con su mujer del brazo, Fredrick hizo una atenta inclinación a la concurrencia mientras ambos atravesaban la nave mayor y se colocaban frente a sus sillas detrás del altar.

—¡Capitán Kellan Greythorne —dijo el heraldo—, jefe de la guardia real!

Con una mano en un guante blanco sobre el pomo de su espada, Kellan caminó solo y con el mentón en alto hasta la tarima, donde ocupó su sitio junto al trono, en el extremo opuesto al reservado a Fredrick.

—¡Todos en pie, por favor, para recibir a su majestad Conrad Costin Altenar, príncipe supremo de Renalt!

Kellan y Fredrick desenvainaron sus espadas —el primero, la de empuñadura dorada de la guardia del rey; el segundo, la de la familia Greythorne, con el mango en forma de un espino torcido— y las cruzaron sobre el trono al tiempo que mi hermano iniciaba su marcha por la nave de mármol, el último tramo de su viaje a la augusta sede. Dos ujieres cerraron las puertas detrás de él y la sala se hundió en un silencio expectante.

Mientras se acercaba, se abrieron las cortinas que cubrían el vitral y la imagen de Empírea posó su mirada sobre nuestro soberano en ascenso. Una luz traspasaba y rodeaba los abiertos brazos de la diosa, como si lo acogiera en un saludo celestial. Al cabo de su trayecto, Conrad dedicó una reverencia a Fredrick y Kellan y se volvió. El fulgor de la ventana iluminó como un halo su cabello dorado; no necesitaba una corona.

En ese momento se escucharon fuertes golpes en las puertas de color carmín.

¡Pum! ¡Pum! ¡Pum!

Los cortesanos estallaron en murmullos y se miraron confundidos unos a otros. ¿Quién osaba interrumpir esta ceremonia una vez iniciada?

Los golpes se repitieron.

¡Pum! ¡Pum! ¡Pum!

Con una sensación de hormigueo en la nuca, me volví hacia la tarima, donde Kellan y Fredrick cubrían ahora a Conrad con sus cuerpos. Sus armas ya no estaban cruzadas encima de él, sino que guardaban una postura de protección a sus costados y componían así una jaula de dos cuchillas.

Algunas personas emergieron de la multitud, se apartaron del resto de los presentes y al quitarse la capa dejaron al descubierto sus uniformes de cuello negro del Tribunal. Me paralicé mientras aquellas dos docenas de individuos se reunían en la nave lateral y adoptaban una formación marcial. Codo a codo, parecían los ángeles vengadores plasmados en carne y hueso sobre los frescos de la Gran Basílica, enviados por Empírea para lanzar una lluvia de castigos contra un acto del que habían sido erróneamente excluidos. Uno de ellos sujetó al padre Cesare de la capucha de su sotana y apuntó una navaja a su cuello al tiempo que otro se encaminaba a las puertas y las abría de par en par.

Una mujer vestida de blanco se erguía ahí, con las manos unidas en un dramático gesto de imploración a Empírea. Atravesó lenta y sosegadamente la nave mayor y se detuvo al pie de la tarima antes de girar para lanzar su mirada a la galería.

Fijó la vista en la persona que ocupaba el centro de la platea: yo.

—¡Ah, princesa Aurelia! —profirió—. ¡Me alegra verla aquí!

No me tembló la voz.

—¡Magistrada Arceneaux! —repliqué—. Ojalá yo pudiera decir lo mismo.

6

Isobel Arceneaux era bella. Esto saltaba a la vista y engañaba por igual.

Se desplazó por la tarima con peligrosa elegancia, recogido el cabello desde un rostro de pómulos prominentes y unos ojos oscuros como de pedernal. En su calidad de miembro del cuerpo de magistrados, siempre había sido uno de los más estrictos en su observancia del Libro de Órdenes del Fundador, el menos compasivo en sus juicios. Toris mismo la señaló entre los demás clérigos desde los albores de su carrera. Si ella hubiera sido hombre, yo habría apostado que lo reemplazaría en el consejo magisterial. Pero tenía la desgracia de haber nacido mujer; y si bien los reportes de Syric la habían mencionado en una o dos ocasiones, jamás pensé que arrebatara ningún poder efectivo de los firmes puños de los viejos cretinos que prevalecían entre los magistrados. Estos gnomos habrían preferido morir a permitir que una mujer los encabezara.

Que ella estuviera aquí significaba que quizás ellos habían cumplido su deseo.

—¡Únase a nosotros, princesa! —dijo—. No se oculte en las sombras. ¡Hoy es el día de la coronación de su hermano!

La gente me cedió el paso y abrió un sendero hacia las escaleras. Las bajé lentamente; cualquiera que fuese el juego de Arceneaux, no tenía la menor intención de ser su títere.

—¡Es un honor que haya venido, magistrada Arceneaux! —vociferé—. Pero lamento informarle que las celebraciones empezaron esta mañana, así que llega tarde. Y sin invitación, además —la fulminé con la mirada.

Una capa blanca pendía de la definida línea de sus hombros. Su alto y rígido cuello remarcaba la fina línea de su quijada y la contundente caída de su cabello negro sobre la frente. Sacudió su capa mientras alzaba la vista hacia mí. El iris de sus ojos era de un intenso y desconcertante azul glacial, algo más apagado que los fríos ojos de un azul violáceo que aún me atormentaban en sueños.

—Discúlpeme —dijo—. No era mi propósito interrumpir, pero el Tribunal ha oficiado la ceremonia de la coronación de Renalt en los últimos quinientos años y hemos venido a honrar esa tradición.

—La era del Tribunal ha terminado. Éste es el despertar de un nuevo día, para Renalt y para todos nosotros. Usted no puede impedirlo.

Me sostuvo la mirada por un largo momento.

—Palabras muy severas son las suyas, princesa, atrapada como está (perdón, *estaba*) entre dos reyes inexpertos: uno sin país, el otro sin corona.

La mención de Zan me puso tensa. Hizo señas a uno de sus acólitos y reparé por vez primera en sus guantes: de un azul muy intenso, los opacos colores que los veteaban cambiaban de tonalidad al ritmo de sus movimientos, como lo hacen las manchas de aceite o los elítros de los escarabajos, y los listones de satén se entrecruzaban más allá de los codos, salpicados con botones de plata. Contrastaban vivamente con su vestido, de un blanco níveo.

—Yo puedo ayudarle a resolver uno de esos problemas —dijo—. ¡Lyall, por favor!

Tras una profunda reverencia, un acólito alto, delgado y de cabello rubio le llevó un paquete envuelto en una tela satinada. Cuando ésta cayó, los mudos espectadores se quedaron sin aliento.

Era la corona de mi padre, una diadema con astas de oro blanco tachonadas de zafiros ovalados y estrellas incrustadas de diamantes. El modesto tocado de estacas y torcidos tallos que reposaba sobre el altar parecía débil y pobre frente al peso del oro y la historia de un centenar de monarcas.

—No es mi propósito impedir el ascenso de nuestro rey —explicó—. Al contrario, deseo socorrerlo y apoyarlo en su justo gobierno. Como usted dijo, éste es un nuevo día para Renalt. En mi carácter de recién nombrada líder del consejo magisterial, me complace trabajar con el rey Conrad y su regente. Por esta razón, mis colegas y yo fijaremos nuestra residencia en el poblado de Espino Gris, para que nos hallemos siempre a su alcance, lo cuidemos y lo orientemos.

Me sentí enfurecer.

Para que *lo vigilen*. No para cuidarlo, sino para mantenerlo vigilado.

Tomó la corona de mi padre y me la entregó.

—Es costumbre que el familiar más cercano del rey sea quien presente la corona. Nos guste o no, ésa es usted.

Levanté las manos para aceptar su ofrecimiento; no supe qué otra cosa hacer. Cuando sus dedos tocaron los míos, sentí un breve e incisivo escozor. Y si bien no distinguí el utensilio que utilizó —quizás una aguja oculta dentro de sus guantes—, vi que su sonrisa se torcía mientras se apartaba.

—Ahora aproxímese. Corone a su hermano. Nómbrelo rey.

Subí el primer peldaño del altar. ¿Había veneno en aquel pinchazo? ¿Ella me quitaba alevosamente la vida en un lance sutil? Con todo, no me sentía frágil ni desvanecida; de aquella pequeña gota de sangre sólo emanaba la familiar sensación de la magia, a la espera de mi orden para entrar en acción.

¡Luceros celestes! *Mi magia.* ¿Arceneaux perseguía una forma de provocarla?

Me acerqué a Conrad con cautela para juzgar su semblante y descubrí que no lucía asustado ni sorprendido. Lo único que delataba su aprensión era que atenazaba con vigor esa ridícula caja de madera. Hice una reverencia torpe y posé aquella gran corona sobre sus rizos dorados.

Pese a que un amplio y farragoso protocolo había de acompañar este momento, el padre Cesare permanecía inmóvil en la tarima, con una navaja amenazando aún su cuello y los ojos velados de temor. Busqué en mi memoria las palabras que debía pronunciar y no hallé ninguna. Así, deposité mis muñecas en los hombros de mi hermano y dije sin más:

—Eres rey ahora, Conrad. Que sea para bien.

Arceneaux exclamó a mis espaldas:

—¡Salve Conrad, soberano de Renalt! ¡Larga vida al rey!

La gente repitió de mala gana esas consignas y Conrad alzó una mano en respuesta a sus vítores apagados.

La voz de Arceneaux se elevó de nuevo y llenó cada rincón del recinto:

—Ahora, como primer asunto del día, apreciado monarca, hay un enemigo de su pueblo en este lugar, oculto a plena vista entre ustedes —su capa blanca onduló durante su pavoneo por la nave—. Nuestras leyes ancestrales sostienen inequívocamente que toda invasión por una potencia hostil deberá ser contenida con el poderío militar completo y que quien se asocie con el enemigo será sometido a juicio por traición.

—Nadie ha invadido nuestro territorio, magistrada —terció Kellan—. No tenemos problemas con nuestros vecinos.

—¡Cómo desearía que fuera cierto, capitán Greythorne! —repuso ella—. El hecho es que hemos sido ocupados y, si no actuamos ahora, nos arrebatarán el modo de vida que tanto apreciamos hasta dejarnos sin nada. ¿Cuántos de ustedes —levantó los brazos hacia la expectante nobleza— vinieron hoy aquí no sólo para ver subir un nuevo rey al trono, sino también para pedirle que cumpla su obligación y les dé prosperidad? —una oleada de murmullos e inclinaciones de cabeza recorrió las bancas; Arcenaux se demoró un segundo para que impregnaran el ambiente y agregó—: Todos queremos saber, rey Conrad, qué planes tiene para combatir la plaga de Achleva.

Mi dedo pinchado se cerró en un puño para apagar el impulso de lacerar a la magistrada con mi magia. ¿Acaso no era eso lo que ella deseaba? ¿Provocarme para que exhibiera mi magia ante la comunidad? ¿Exhibirnos como monstruos para que ella y los suyos justificaran nuestro exterminio? Y pese a todas las cacerías, juicios y ejecuciones que Renalt había efectuado por generaciones, era probable que ninguno de los cortesanos presentes hubiese presenciado nunca un genuino acto de brujería. No me entusiasmaba la idea de ser quien convirtiera sus amorfas ansiedades en una realidad.

—¿La considera una "plaga"? —siseé.

—¿Qué opina usted, lord Gaskin? —apuntó hacia el señor entrecano y larguirucho que ocupaba uno de los asientos de la

81

primera fila—. Hace seis días, una embarcación de Achleva atracó sin permiso en su puerto. ¿Qué contenía?

—Malhechores —respondió de inmediato el interpelado—, un centenar de ellos. Sucios, escuálidos, infestados de enfermedades. Querían manchar mi ciudad con su inmundicia. Por supuesto que no les permití descender de su buque.

—¿Y usted, Leopold, marqués de Hallett? Su territorio no está lejos de los límites con el Ebonwilde. ¿Cómo han sido para ustedes las últimas semanas?

—Justo durante el funeral de mi madre —relató nerviosamente aquél al tiempo que nos miraba a Conrad y a mí—, los vimos llegar por una de las antiguas veredas militares del bosque. Era una caravana de por lo menos diez carromatos, dos docenas de hombres y mujeres y tantos niños que me fue imposible contarlos. Parecían animales salvajes y desaliñados. Pedí a mis sirvientes que los reunieran en un campamento más allá de nuestras fronteras, para que la buena gente de mi ciudad no tuviese que sufrir con su apariencia.

Fruncí los labios.

—Ésos que usted llama animales, malhechores, alimañas… son refugiados, ¡buenas personas! Personas trabajadoras, familias… ¡hombres y mujeres que lo han perdido todo y enfrentado privaciones inimaginables, y que buscan una vida mejor! ¿Qué clase de demonios son ustedes para rechazarlos cuando su sufrimiento es tan evidente?

—¡Los llama demonios! —Arceneaux avanzó hacia mí—. ¡Menosprecia a los fieles, a los elegidos de Empírea, en favor de los invasores de Achleva!

—No —repliqué con firmeza—. Estoy a favor de que compartamos en paz nuestros recursos con quienes los necesitan, sean de Renalt, Achleva o otra región que requiera nuestra ayuda. ¿Qué harían ustedes si la situación les fuera desfavorable? ¿Si lo hubieran perdido todo y aquellos que podrían salvarlos los repudiaran?

—Nuestros recursos son escasos —dijo—. Y si las cosas continúan igual, nuestra economía, tradiciones y vida misma se verán amenazadas —hizo una pausa—. Pero eso es lo que milady busca, ¿o me equivoco?

Clavé las uñas en mis palmas; si no tenía cuidado, acabaría por sangrarme. ¿Cuánto tiempo lograría mantener el control si eso pasaba?

Me sumé a Arceneaux en el pasillo, desde donde abordé en tono de súplica a la audiencia.

—¡Conciudadanos! Ruego que me escuchen. Entiendo que tengan miedo de mí, de Achleva, de lo que no comprenden, de un futuro impredecible —mi suave imploración optaba ya por las afiladas aristas de una exigencia—. Pero aceptaremos a los refugiados. Prestaremos ayuda a los necesitados e indefensos. ¡Y esto nos hará mejores personas!

La magistrada reaccionó con predatorio donaire.

—¿Supone que habla en nombre del rey, Aurelia? —no mencionó mi título: saboteaba con astucia mi exigua autoridad.

—Pisa terreno peligroso, magistrada —de cerca, su perfume era asquerosamente dulce, de un almizcle floral que me causó un instantáneo dolor de cabeza.

—Ya lo veremos.

El pavor abrió un oscuro túnel dentro de mí. Aquél era el punto culminante de Isobel, su mano maestra. Si esto hubiera sido una partida de Ni lo uno Ni lo otro, su embestida habría equivalido a un montaje para jugar el naipe de la Reina de Dos Caras.

—¡Presento ante ustedes —declaró imperativa— a Aurelia Altenar, la bruja de sangre que destruyó la ciudad amurallada de Achleva, que derivó en una guerra civil y a últimas fechas ha conspirado con su amante, el antiguo rey de Achleva, para apoderarse de Renalt y subyugar a sus ciudadanos!

—¡Eso es falso, además de imposible! Valentin está muerto —se me quebró la voz—. Zan está muerto. ¿Cómo se atreve a invocar su nombre...?

—¡Cuando esta mujer habla de una nueva era —continuó sobre mi pregunta— alude a un periodo sumido en la sangre y la brujería! A una era en la que individuos inocentes como ustedes y yo seremos poco más que esclavos de sus perversos designios.

—¡Mentira! —bramé furiosa—. ¡Hasta la última de sus ridículas palabras es mentira! —añadí con la dentadura expuesta—. ¡Todo lo que deseo es que haya paz, igualdad, ecuanimidad, tolerancia...!

—Para confirmar mis alegatos —agregó—, he traído conmigo una prueba. ¡Lyall, Golightly! —agitó su enguantada mano con resolución—. Hagan pasar a nuestro invitado de honor.

Sus esbirros cruzaron las puertas rojas mientras los ocupantes del templo esperaban en un incómodo silencio. Intercambié una tensa mirada con Kellan y cuando desplacé la vista hasta Conrad lo encontré sentado con las manos sobre el regazo, recatado y sereno.

Los acólitos retornaron momentos después con un hombre a rastras. Una capucha de arpillera cubría su cabeza y la sangre que goteaba de sus prendas dejó un rastro rojo en el inmaculado piso de mármol. Una vez en el fondo de la nave mayor, el segundo de ellos, Golightly, tiró de él y le quitó la capucha, lo que arrancó un grito ahogado de la audiencia.

Mi mundo se detuvo.

Miré con fijeza, inmóvil como un insecto en una esfera de ámbar, incapaz de moverme, de pensar, de respirar.

Aunque sentí que los huesos me pesaban, mi sangre ya corría con atropello por mis venas, caliente e impetuosa, como los espíritus más poderosos se enardecen súbitamente.

Era Zan.

Zan.

Estaba vivo.

Debajo de su casaca, su camisa de lino lucía rasgada y cubierta por una sangre ocre y de un fresco rubí. Aunque estaba amordazado, sus ojos verde esmeralda, presa de una furia encendida, se cruzaron con los míos a través de sus oscuros mechones.

En respuesta a su arriesgada situación, la magia en mi sangre azotó contra las paredes de mi cráneo y la piel de la punta de mis dedos. Para calmarla, empleé el remedio que él me había enseñado en una ocasión. Respira. *Uno, inhala. Dos, exhala. Tres, inhala. Cuatro, exhala…* Pero igual habría podido usar un fuelle para apagar un incendio; la llama de mi cólera aumentaba con el aire.

—¡Suéltelo! —ordené entre dientes—. Es un rey.

—No gobierna sobre mí —protestó Arceneaux—. Ni sobre usted tampoco. Y ni siquiera sobre Achleva; ellos tienen ya un sustituto, y se suponía que éste estaba muerto.

El pinchazo en mi dedo ardía al mismo paso en que, avivada por mi cólera, la magia clamaba venganza y liberación.

Pero esto era justo lo que Isobel deseaba, y yo no se lo concedería.

Golightly y Lyall arrastraron a Zan hasta el altar y lo obligaron a arrodillarse ante Conrad.

—Si la he difamado, Aurelia —dijo ella precavida—, es su oportunidad de demostrarlo.

Golightly se apartó al tiempo que, de la funda negra que portaba en el cinto, Lyall sacaba una espada del Tribunal y la ponía contra la nuca inclinada de Valentin.

Kellan y Conrad guardaban silencio mientras Zan intentaba no moverse; un movimiento en falso podía costarle la cabeza.

—¡Dé la orden! —murmuró Arceneaux en mi trémulo oído—. ¡Pruebe su lealtad! ¡Diga la palabra!

—¿Puedo hablar, magistrada? —inquirió de repente el padre Cesare.

Arceneaux arrugó el semblante, pero asintió y chasqueó los dedos. El clérigo que sujetaba al anciano religioso lo soltó de inmediato.

—Diga lo que deba, padre.

—Aunque aprecio el deseo de la magistrada de erradicar los desafectos, me pregunto si no habrá otro lugar y oportunidad para llevar a cabo un encuentro de esta índole. Éste es un recinto sagrado, un refugio para la tribulación. Su propósito no es celebrar, ni ejecutar juicios —terminó por plantarse implorante frente a Conrad, quien lo miró en reemplazo de Arceneaux—. Hay muchas interpretaciones de nuestro Libro de Órdenes —continuó vacilante—, pero me inclino a creer que nuestra divina Empírea es una diosa de paz y de luz a quien no complacería esto.

—¿Querría en cambio que creamos las palabras de un cura borracho que dedica más tiempo a retozar con prostitutas que a atender a su grey? —preguntó ella con voz monótona—. Estamos al tanto de sus devaneos, padre —deslizó sus ojos hasta mí—. Lo sabemos todo, incluso su asociación con ella, una bruja declarada. Tenemos aquí la correspondencia de nuestra difunta reina Genevieve con este sacerdote —otro secuaz arrojó en sus manos un fajo de papeles— que da fe de la hechicería de Aurelia y la conspiración para sacarla en secreto del país a fin de impedir que se le sometiera a juicio —sacudió los documentos—. Está fechada hace once años. Protegida bajo llave en el escritorio de la reina, se descubrió cuando este mueble fue retirado y desarmado.

Cerré los ojos. Habían registrado los efectos personales de mi madre, destruido sus pertenencias. Me pregunté qué habría quedado de ella en el castillo que alguna vez fue nuestro hogar.

—¡El cura es amante de brujas —gritó alguien—, enemigo de Empírea!

El padre Cesare alargó una mano hacia Conrad.

—¡No, majestad, yo...!

—¡Deténganlo! —aulló otro—. ¡Va tras el rey!

Grité cuando dos acólitos atravesaron al padre con sus armas, dotados de una precisión simultánea, resuelta y terrible.

El cuerpo del sacerdote quedó suspendido entre ellos durante varios segundos, ensartado desde ambas direcciones, hasta que retiraron sus aceros y él cayó de espaldas sobre el altar, donde aplastó la corona de flores.

—¡Que Empírea se apiade de usted —rugí en dirección a Arceneaux— por la abominación que acaba de cometer!

—Es tu última oportunidad —rechistó con voz tan baja que nadie más la escuchó—. ¿Qué harás ahora, bruja?

Sus ojos azules chispearon a la espera de mi respuesta.

Era imposible salir airosa de este escenario. Si usaba magia para detenerla, le daría la razón que precisaba para continuar con la cacería y muerte de brujas. Disponer la muerte de Zan para probar mi lealtad no haría otra cosa que involucrarme más aún; todos pensarían que lo mataba para salvar el pellejo y ocultar mis huellas, por no mencionar la posterior acusación de regicidio que eso me atraería. Y si Conrad intentaba intervenir, quedaría como un guiñapo a merced de una bruja. Arceneaux había jugado bien sus cartas.

Jamás habría ahora un "tribunal justo". A ojos de la corte expectante, yo estaba condenada ya.

—¿Eso es todo? —preguntó desilusionada—. ¿No tienes nada que decir, ningún poder mágico del cual ufanarte? ¡Eres débil!

—Toris de Lena no pensó eso cuando lo maté —balbucí.

Endureció su expresión.

—¡Arréstala! —ordenó a Golightly, quien sujetó mis brazos con un vigor asombroso y me empujó al altar, donde me forzó a hincarme junto a Valentin.

Nadie se había tomado la molestia de retirar el cadáver del padre Cesare, cuya mirada fija e invertida pareció fijarse en mí mientras la sangre de su abierto vientre penetraba el blanco satén de su manto.

Cuando advertí que los zapatos de Conrad también estaban salpicados de sangre, me afligió recordar que en el laberinto los había visto flamantes. Muy derecho en su silla, mi hermano todo manchado de sangre buscó mis ojos con una mirada impaciente, como si preguntara: *¿Qué esperas?*

Recordé la daga en mi bolsa. ¿Qué había dicho él hacía menos de una hora?

Llévala contigo.

La necesitarás.

La voz de Arceneaux retumbó de nuevo.

—¡Aurelia Altenar, princesa de Renalt, y Valentin Alexander, antiguo rey de Achleva! ¡Han sido juzgados por un justo tribunal y se les ha declarado culpables!

Conrad me dedicó una inclinación casi imperceptible. *Hazlo*.

A su lado, la quijada de Kellan se había petrificado en una rígida línea. Confié en que mis ojos transmitieran mi orden muda: *Cuida a mi hermano*.

Zan cruzó su vista con la mía al tiempo que Golightly adoptaba la postura de Lyall y posaba su acero sobre mi nuca.

Introduje la mano en mi vestido.

—¿Quieres pronunciar tus últimas palabras? —inquirió fríamente Arceneaux.

—¡Sí! —sentí que el sudor escurría por mi piel y la rabia se agitaba en mis entrañas—. *Nihil nunc salvet te*.

Y antes de que alguien pudiera impedirlo, me encogí bajo el arma de Golightly y dibujé con mi navaja un arco en él, del ombligo al esternón, que trazó una raya roja en la línea vertical de su blanca túnica. Su esencia vital se desbordó en mis manos y supe que en ella rebullían la magia, la furia, el dolor, el odio y el espanto. Como si un dique se rompiera, dejé que mi magia iracunda se uniera a la suya.

Volteé para rodear a Zan con brazos ensangrentados.

—*Ut salutem!* —gemí.

¡Pongámonos a salvo!

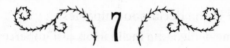

7

Caímos al suelo, rodamos y pasamos zumbando en el trayecto junto a un sinnúmero de rocas mientras acumulábamos hierba y pequeñas ramas en nuestro ropaje. Cuando algo nos detuvo por fin, Zan se apartó de mi lado, se arrancó la mordaza con un jadeo estrepitoso y se desplomó sobre sus rodillas.

—¡¿*Qué acabas de hacer, por todos los luceros?!* —estalló con una voz estridente y gutural, como si hubiera transcurrido mucho tiempo desde la última ocasión que la había utilizado.

Me levanté sin aliento, en plena efervescencia de la magia de sangre, y repliqué:

—¡Salvé tu condenada vida, eso hice!

—¡Pues qué imprudente eres! ¡Pudiste haber hecho que te mataran!

—¿Y eso qué te importa? Hasta hace unos minutos te creía muerto. A ver, cuéntame, ¿cómo te trata el más allá, Zan?

—¡Sí, claro, búrlate! ¡Los últimos meses han sido *fabulosos* para mí! Llenos de fiestas al aire libre y mujeres hermosas de sol a sol. ¡Gracias por preguntar!

—Te mataría ahora mismo si no fuera porque la muerte sencillamente no se te da.

—¿Por qué no dices un conjuro entonces? ¿No es ésa tu solución para todo? Ni siquiera te importa que eso sea capaz de acabar contigo. Siempre que surge un problema, piensas que la magia es la respuesta. ¿Te resistes a esperar a que hierva el agua? Recitas un hechizo para que se caliente. ¿Se cayó un árbol que obstruye el paso? Recitas un hechizo para retirarlo. ¡Lo haces incluso para las cosas más absurdas y banales…! "¡Mira, Zan! Le falta un botón a tu camisa. ¡Diré un conjuro para remendarla!". ¡Ni siquiera se te ocurre que podrías hacerlo con aguja e hilo!

—¡Tienes razón! —exclamé furiosa—. Recurrir a la magia para que mi prometido, quien se niega a morir, conserve la estúpida cabeza sobre sus imbéciles hombros es absoluta y completamente banal. La próxima vez no me molestaré en hacerlo.

—¿Qué hay de Conrad, por cierto?

—Se encuentra con Fredrick y con Kellan —contesté—, y Arceneaux espera controlarlo, no matarlo. ¡Ahora levántate, cretino, antes de que su gente llegue a terminar lo que comenzó!

Aun si habíamos tenido un principio venturoso, estábamos en franca desventaja: no teníamos caballos, y era probable que ellos trajeran sabuesos. A la par que la magia de sangre se extinguía, además, yo empezaba a sentir los graves efectos de su empleo: me dolían las piernas, la cabeza me daba vueltas y el corazón se demoraba en su compás.

Por si fuera poco, no había emitido un conjuro cualquiera, sino el de teletransportación. Mi más reciente intento de utilizarlo había sucedido poco después de que Zan emprendiera un viaje de cinco días para visitar las provincias costeras de Achleva y convencer a sus señores de que le juraran lealtad otra vez.

Según un informe anónimo que recibí, el buque de guerra de Castillion le tendería a Valentin una emboscada en la bahía de Stiria. Ya me sentía enferma y débil la mañana en que, a través de hechizos, quise abordar ese barco para disuadir a su capitán, así que no llegué demasiado lejos. Él no recibió la advertencia y yo me debatí varios días entre la vida y la muerte.

Ésa fue la primera ocasión en que experimenté el Sueño del Ahogo.

Cuando desperté, mi universo estaba de cabeza. Zan había muerto, Achleva sucumbía a la guerra civil y todas las esperanzas de unir a nuestras dos naciones se habían evaporado. No quedaba otro remedio que regresar a Espino Gris y dirigir nuestra atención al ascenso de Conrad al trono.

Al menos, eso fue lo que los demás hicieron. Yo me adapté a la vida del Canario Silencioso, lo bastante cerca de Espino Gris para saber qué hacía mi gente allá y lo bastante lejos para mantenerla a salvo de mi reputación, libre del azote de mi mala suerte.

Que fuera capaz de resistir ahora, tras un nuevo intento de teletransportación, quizá se debía a que para lograrlo había empleado un único pinchazo de mi sangre. El resto procedía de Golightly.

Obtuve nuestra libertad a costa de la regla cardinal de la Asamblea: "No utilices jamás sangre involuntaria".

Mi voz acusadora resonó en mi cabeza. *Si Simon supiera…*

Pero si lo supiera… ¿qué haría? ¿Se rehusaría a enseñarme más cosas? ¿Me prohibiría toda práctica de la magia de sangre? Había merecido el castigo antes siquiera de que cometiese el crimen.

Y aunque quería dejar sin dientes al idiota de Zan, no lamenté mi decisión. Él estaba aquí, vivo y más insoportable que nunca, y yo nunca podría terminar de agradecérselo a las estrellas.

Si había pecado para salvar nuestras vidas, era una pecadora. Llevaría con orgullo este título.

Valentin se puso en pie, acercó una mano a su pecho y se enderezó con precaución.

—Me atraparon hace tres días y desembarqué en Gaskin cuando tu ilustre lord Rudolph nos negó el permiso para atracar y pidió al Tribunal que se encargara de "esa gentuza".

Me eché su brazo a cuestas y pese a que era él quien estaba cubierto de contusiones y manchas de sangre, yo ya empezaba a ceder al agobio posterior a la magia. Mientras cojeábamos, no sabía cuál de los dos se apoyaba más en el otro.

—¿Estuviste todo este tiempo en un barco de refugiados? —pregunté.

Negó con la cabeza.

—Sólo en las últimas semanas.

—¿Y antes, dónde estuviste?

—Por ahí.

—¿Por ahí? —repetí entre risas.

—¿Qué quieres que te diga?

—Quiero saber qué hiciste mientras yo lloraba tu pérdida.

—Trasladaba a refugiados. Liberaba a trabajadores de las minas de Castillion... Hacía todo lo posible por aliviar el sufrimiento de mi pueblo.

—¿Y llegaste a la conclusión de que ocultarte en las sombras es más efectivo que operar frente a todos como legítimo monarca de Achleva? —me mordí el labio; Kellan me había dicho algo similar el día anterior. Aun así, la diferencia saltaba a la vista... yo era la indeseable princesa hechicera de Renalt y Zan el rey de Achleva—. ¿Preferiste ser un justiciero? ¿Eres el jinete del que tanto hablan?

—No exactamente —respondió.

—¿A qué te refieres?

—El jinete es una leyenda que atemoriza a los perversos e infunde valor a los justos. Lo único que yo hago —reprimió un gesto de dolor y continuó con su penoso diálogo— es perpetuar la idea de que alguien se opone todavía a Castillion de que la gente común no ha sido olvidada. Él puede ampliar sus territorios, obligar a los descontentos a trabajar sus minas e impedir que noticias de fuera lleguen a sus dominios, pero nunca podrá sofocar un rumor.

—¿Apuestas a que los problemas de los tuyos se resuelvan con una leyenda?

—No. Espero que la leyenda dé a la gente una razón para vivir un día más. Las cosas marchan mal en Achleva —dijo—, no sabes cuánto —calló un momento y agregó—: Gano tiempo.

—¿Y qué sucederá cuando ese tiempo se agote?

—Allá pensé una vez que esto ya había ocurrido.

—Si acaso hemos ganado un nuevo plazo, no será grande.

Un aullido resonó en las colinas. Probablemente era un sabueso. O un lobo.

—¡Estrellas ancestrales! —exclamé—. Se oyó demasiado cerca. ¿Podrías apresurarte?

—No sé si te mencioné que acabo de pasar tres días bajo custodia del Tribunal. Además, Lyall me guardaba cierto rencor y resulta que le agrada patear. Ignoro si aún me resta una costilla sin romper.

—Sin duda, fuiste un prisionero ejemplar y jamás criticaste sus técnicas de tortura.

Esbozó una sonrisa.

—¿Qué podía hacer? Patea con fuerza, no con puntería.

Cuando el empinado alero del Canario Silencioso apareció por fin, mi alivio fue mitigado por otro aullido, más próximo que el anterior, un eco tenue y espeluznante que se extendió y asentó poco a poco en torno nuestro.

—Eso no parece un sabueso —observó.

—No —dije—. Es un lobo.

—¡Démonos prisa! —la hierba a docenas de metros empezó a susurrar.

—¡No llegaremos!

El Canario estaba a menos de cuatrocientos metros de distancia; si alguno de nosotros hubiera podido correr, habríamos tenido una oportunidad. Pero no podíamos.

Busqué mi daga.

—¡Detente! —siseó muy tarde, porque yo ya había trazado una ligera incisión en mi índice y la sangre manaba fresca de él, con un vívido rojo que contrastaba con las secas y endurecidas manchas del líquido vital de Golightly que aún cubrían mis manos y mis brazos.

—*Sunt invisibiles* —oprimí mis dedos contra los de Zan, piel con piel. *Somos invisibles.*

El efecto fue instantáneo y oportuno. A nuestro lado, los elevados pastos se abrieron de pronto; una criatura emergió de ellos con un suave andar y miró en ambas direcciones. Más negra que la noche, no se le distinguía de la oscuridad desde la que se había materializado.

Era un lobo o algo semejante.

Nos paralizamos a medida que se acercaba, arañaba el suelo y emitía un extraño refunfuño que era mitad gruñido, mitad rugido sofocado. Un arrollador aroma a carne podrida

95

emanaba en oleadas de la criatura, al grado de que se me cerró la garganta. Aun así, yo no cesaba de gesticular la fórmula del hechizo mientras aquello se aproximaba cada vez más.

Hasta que le vi la cara.

Tenía el hocico despellejado; lo único que le quedaba eran tiras de piel que se desprendían del hueso y una lengua goteante e hinchada que colgaba entre colmillos refulgentes. Un ojo estaba destrozado y el otro emitía una infernal tonalidad rojiza. Me aferré temblorosa a Zan, desesperada de mantener el conjuro mediante su repetición en mi cabeza, *Sunt invisibiles, somos invisibles*, y demasiado asustada para respirar cuando la criatura asomó su hueco semblante entre la hierba donde nos encontrábamos.

Mi fuerza menguaba cada segundo en que aquel monstruo permanecía ahí y me bañaba con su asqueroso aliento, a la par que gotas de su saliva acre resbalaban por su inflamada lengua hasta la tierra a mis pies.

Se oyó otro aullido. Cuando alcé la mirada, vi a lo lejos un contorno gris plata, un caballo a todo galope montado por un jinete. No eran imaginaciones mías; también el lobo volvió la cabeza en esa dirección.

Soltó un bramido sibilante y se lanzó en pos de la sombra. Volteó en una sola ocasión hacia el sitio donde nos habíamos detenido.

En cuanto interrumpí el conjuro, caí de rodillas, extenuada. Zan debió tirar de mí para levantarme y sostuvo mi cuerpo mientras me balanceaba en sus brazos como una muñeca.

—¿Qué fue eso? —preguntó.

Aun cuando no entendí si se refería al lobo o al corcel, la respuesta era la misma:

—No sé.

—Continuemos —ganó terreno a una velocidad asombrosa pese a sus incontables heridas, y recorrimos el último tramo hasta la taberna en cuestión de minutos.

Me arrastró a la puerta trasera, que golpeó tres veces.

—¡Abran! —dijo—. ¡Ayúdenos, por favor!

Transcurrieron varios minutos antes de que Hicks lograra abrir la puerta.

—¿A qué viene tanto alboroto? —rezongó—. Ésta es una oficina privada. La entrada a la taberna no es por... —miró a Valentin, quien me sujetaba en el zaguán, con ojos arrugados que escudriñaron su manchada camisa de lino y mis brazos cubiertos de sangre— aquí. ¡Piadosa Empírea!

—Lamento molestarlo, señor —dijo Zan—, pero lo necesitamos. Ayúdenos, por favor.

—No es molestia —se apartó para dejarnos entrar.

—Ahora sí te sobrepasaste, ¿cierto, cariño? —Rafaella me asistía en el descenso por las pronunciadas escaleras a la bodega, seguida de Zan. Arriba, Lorelai consolaba a la sollozante Delphinia, quien era muy sensible y se había encariñado en exceso con el padre Cesare. A pesar de que le ahorré los detalles, los hechos eran más que elocuentes.

—Un poco, quizá —respondí con un susurro fatigado y me miré las manos—. Pero no te preocupes, tan sólo estoy cansada. Ninguna de estas manchas proviene de mi sangre.

—Eso ya lo sé —replicó.

Jessamine nos esperaba en el rellano.

—Es por aquí.

Rafaella hizo una mueca.

—Aún pienso que debimos esconderlos en una de las habitaciones de arriba... Aquí hace mucho frío y es muy húmedo, y ambos lucen fatal. Convendría que los hiciéramos entrar en calor con un té caliente...

—El Tribunal nos persigue —explicó Zan—. Te aseguro que no resultaría agradable que nos encontrara con ustedes. Si nos ocultamos en la bodega y somos sorprendidos ahí, podrán defenderse; digan que forzamos una cerradura y nos escabullimos sin que lo notaran. No podrán hacer eso si somos descubiertos en una habitación con una taza de té entre las manos.

—San Urso... —dije con voz entrecortada—. Cesare afirmó que el santo edificó este lugar y que añadió escondites para brujas. ¿Es cierto? ¿Hay un cuarto secreto en el Canario?

—¡Sí, es por aquí! —contestó Rafaella—. Creo que Hicks lo usa ahora para guardar cosas extra, es muy pequeño.

Lorelai nos alcanzó en los escalones.

—¡Más vale que se apresuren, chicas! Hay luces, carruajes y caballos en el páramo. Avanzan muy de prisa y parece que vienen hacia acá.

—Tendremos que dejar para más tarde la taza de té —dijo Zan a Rafaella.

—¿Y tú quién eres? —preguntó Lorelai con una ceja en alto; siempre era la más suspicaz y precavida de todas.

—Me llamo Valentin —respondió—, pero me dicen Zan.

Rafaella ensanchó los ojos.

—¿Eres Valentin, el rey de Achleva?

Él asintió con aire sombrío.

—Contra lo que suele afirmarse, sin embargo, no estoy loco ni muerto ni soy un asesino.

—Pues te ves (los dos, en realidad) como si hubieras estado al filo de la muerte —Jessamine apoyó sus manos en las caderas, envueltas por una seda color esmeralda.

Me sentía cada vez más exhausta, a duras penas mantenía los ojos abiertos. Aun así, proseguí mi camino por las escaleras, pese a que me tambaleaba.

—Fue un error que hayamos venido aquí, es demasiado arriesgado. No hay un solo lugar en la taberna donde no puedan dar con nosotros. Y aun si aceptaran que nos escondimos en este sitio sin que ustedes lo supieran, las castigarán por ignorarlo. Deberíamos irnos.

—¡Si apenas puedes mantenerte en pie! —Rafaella frustró mi desganado intento de fuga.

Jessamine chasqueó la lengua y enfiló hacia el fondo de la cava, donde abundantes botellas de vino y cerveza abarrotaban las estanterías.

—No sabía que este armario hubiera sido hecho para ocultar brujas, pero tiene lógica; el Canario ha sido desde siempre una escala obligada de forajidos —metió una mano detrás de los anaqueles, soltó un pasador y se alejó mientras la pared se deslizaba a un lado. Iluminó con su lámpara un reducido socavón, un armario minúsculo que dos mesas sin sillas ocupaban por completo. El techo era tan bajo que Jessamine, de casi uno ochenta de estatura, tenía que inclinarse para no golpearse con él.

—¿Ése es mi vino de gravidulce? —señalé una serie de botellas sobre la mesa.

—Hicks pensó que sería mejor que lo separáramos de nuestras provisiones —contestó Jessamine—. Es demasiado valioso para que lo consuman nuestros clientes. Algunos de ellos beberían copas de arsénico y las confundirían con cerveza.

Lorelai insistió de nuevo desde la escalera:

—¡Apresúrense, chicas!

—Quédense quietos y no hablen hasta que nos hayamos librado de ellos —Rafaella le entregó unas mantas a Zan—. ¿Podrán hacerlo?

—Seremos una tumba —respondió.

—A ti te resulta fácil decirlo —respingué mientras descendía pausadamente al suelo helado—. Tuviste cuatro meses de práctica.

Suspiró y depositó una cobija sobre mis hombros antes de sentarse a mi lado con los brazos sobre las rodillas y decirme en voz baja:

—Tuve mis razones para hacerlo, Aurelia. Sé lo difícil que fue para ti...

—¡No mientas! —me alejé tanto como lo permitía el pequeño cuarto justo cuando Jessamine cerraba la puerta y se llevaba consigo el último rayo de luz.

Me alegró que nos quedáramos a oscuras. Gracias a eso, Zan no veía las dos absurdas lágrimas que escapaban de mis ojos y dejaban un rastro salado en mis mejillas.

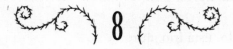

8

Resultó muy sencillo establecer la hora en que arribó el Tribunal, porque todo se sumergió en el silencio.

Siempre había un bajo zumbido en la hostería: conversaciones privadas, el tintinear de vasos, risas de sarcástica ebriedad. No me di cuenta de que lo escuchábamos incluso detrás de las gruesas paredes de nuestro escondrijo hasta que de repente cesó.

El silencio concentró la negrura aún más.

Mi respiración se agitaba a paso creciente. Zan y yo no habíamos hablado desde que se cerró la puerta; tras escuchar durante varios minutos mis intensos resuellos, preguntó en un murmullo:

—¿Estás bien?

—Sí —contesté con un siseo y añadí—: No. Tengo un sueño recurrente parecido a esto en el que estoy perdida en las tinieblas, aunque en realidad no está oscuro; no hay luz ni penumbras, sólo la nada. Yo misma soy nada. No hay pasado ni futuro, arriba ni abajo, cielo ni tierra. Todo es... —tragué saliva— nada.

—Tienes un ataque de pánico —dijo—. En otro tiempo, yo los sufría muy a menudo. Controla tu respiración. Uno, inhala. Dos, exhala. Con eso bastará —su tono era rítmico y bajo—. Haz tierra, pon las manos en el piso. ¿Qué sientes?

—El suelo. Está frío, duro.

—Métete eso en la cabeza. El suelo está debajo de ti, es real; oyes mi voz, soy real. Toca algo sólido y no lo sueltes.

Hubo un leve susurro como de forcejeo y después un ligero estallido a mi izquierda.

—¿Qué fue eso? —mi respiración se aceleró una vez más—. ¡Tal vez nos oyeron…!

—Es imposible que nos escuchen allá arriba, te lo aseguro. Abrí una botella de vino, eso fue todo. Al menos te dará algo de calor.

Tendió la botella en la oscuridad y la acepté con manos torpes y vacilantes. Me la llevé a los labios y permití que el espeso líquido resbalara por mi garganta. Zan tenía razón; sentí un calorcillo inmediato, como si alguien encendiera una vela dentro de mí. Tomé con avidez un segundo trago antes de devolverle la botella.

—Jessamine asegura que esta cosa cuesta tres veces más que el vino común.

Oí el burbujeo del líquido mientras él bebía un sorbo.

—Se quedó corta —dijo—. No sé si sean tres veces más, pero igual…

—Confío en que te agraden las alucinaciones —a mí casi me regocijarían esta vez; cualquier cosa que fuera una evasión de la realidad.

—Es la demanda —dijo—. Si no puedes tenerlo, quieres más —oí que se movía en su sitio y recargaba la nuca contra la mesa—. Y una vez que lo tienes, entiendes que quizá no lo querías.

—No estoy lo bastante ebria para tener esta conversación, Zan.

—Es lógico —bebió otro trago antes de pasarme la botella de nuevo.

Pese a que callamos, mis sensaciones giraban sin ningún control, movidas por el vino. Templaba mis nervios para animarme a romper el silencio cuando desde uno de los escalones de la bodega llegó un chirrido, y después otro y otro más. También se escuchaban voces, aunque era imposible distinguirlas con claridad.

Alarmada, sentí que mi respiración volvía a acelerarse. Zan se arrastró hasta mí sin decir palabra y me estrechó para que apoyase mi espalda en su pecho. Halló mi mano derecha con la suya y la llevó hasta el piso para que sintiera su fresca solidez.

—Shhh —percibí en mi oído un ínfimo siseo. Ahora que no podíamos hablar, su ayuda para que respirara consistía en que sintiera el subir y bajar de su tórax, la eclosión de su aliento en mi cuello. *Uno, inhala. Dos, exhala. Tres, inhala. Cuatro, exhala.*

Cerré los ojos. ¡Me sentía tan cansada!

Las voces se acercaron. Una de ellas era la de Hicks.

—¡Ya se lo dije! —explicó molesto—. Aquí abajo no hay más que barriles de cerveza, algunas cajas de verduras y demasiados peldaños para llegar a eso. No vale la pena, si me lo pregunta.

—No se lo pregunté —replicó un hombre en voz baja y desdeñosa. Un hilito de luz se filtraba bajo la puerta de la destilería; vi que unas sombras deambulaban por la bodega.

—Le aseguro, señor Lyall, que no encontrará a alguien oculto entre los rábanos —dijo Hicks.

Lyall movía las botellas en el anaquel.

—¿Esto es todo lo que hay aquí? —inquirió.

Era como el lobo con el que habíamos tropezado en el páramo: aunque intuía nuestra proximidad, no conseguía precisarla. Por mero instinto, me llevé la mano izquierda a la bolsa con la daga que Conrad me había dado. Si Lyall abría la puerta, recitaría a toda prisa el hechizo para ser invisibles...

Pero Zan me sujetó del brazo. Sentí el roce de su cabello cuando sacudió la cabeza. *No, Aurelia.*

—No hay brujas en este lugar —resopló Hicks—, sólo jovencitas bien dispuestas y borrachos honestos.

Mientras Lyall proseguía su registro al otro lado de la puerta, cerré sin remedio los ojos y elevé a Empírea una plegaria incoherente. *¡Sácalo de aquí, por favor! Líbranos de este peligro.*

No contestó, desde luego. Nunca lo hacía.

—Si ya acabó de inspeccionar esos nabos, aún hay otros sitios de interés para usted: la chimenea, las cloacas traseras. También hay una antigua pajarera, por si desea revisar a conciencia que nadie se oculte ahí...

—¡Basta! —dijo Lyall terminante—. Lléveme otra vez a su caballeriza.

El propietario refunfuñó a todo lo largo de las escaleras. En cuanto escuchamos que abrían y cerraban la puerta, nos apartamos uno de otro, así que cuando Jessamine y Lorelai llegaron, largos minutos después, para sacarnos de nuestra mazmorra, estábamos justo donde nos habían dejado.

—¡Hola, queridos! —dijo Lorelai—. Nuestros visitantes se han marchado ya, gracias a las estrellas. Espera, ¿adónde vas?

Pasé bamboleante junto a ella para subir a la planta principal y salir a la calle. El aire estaba demasiado fresco; respiré con desesperación contra los descoloridos tablones de la pared del Canario y bajo una lámpara de gas que titilaba en un gancho.

No estuve sola mucho tiempo.

Cuando Zan me alcanzó en el zaguán, esperó unos segundos antes de aventurarse a decir:

—Dice Lorelai que no permitirá que durmamos en la bodega. Se quedará esta noche en la habitación de Delphinia, a quien hará compañía, e insiste en que yo ocupe su cama. Jessamine aseveró que te cedería la suya pero que sabe que te negarás. Dijo: "¡Cómo le gusta ese apretado gabinete de escobas donde duerme!".

Asentí. No le propuse que compartiéramos la habitación; prefería arriesgarme en esta esquina, pese al Tribunal y sus lobos. Por más que no hubieran dejado un centinela, era probable que merodearan en los alrededores.

Se ablandó.

—Aurelia, sobre lo que sucedió después de Stiria... —solté un suspiro de apatía y lo dejé plantado en el umbral—. ¡Espera! —me siguió escalones abajo—. ¡Aurelia, espera! —y como lo ignoré, levantó las manos—. ¿Sabes qué?, de acuerdo. Insiste en culparme de lo que pasó en Stiria, pero ambos sabemos que para entonces ya estábamos distanciados.

—¿Piensas que eso te excusa de que me hayas hecho creer que habías muerto?

—Pensé... pensé que así sería más fácil para ti.

—¿*Más fácil*? —mi voz chirrió—. ¿Qué sería más fácil?

—Que admitieras en voz alta lo que habías rumiado varias semanas en tu cabeza: que lamentabas haberme salvado. Porque si no lo hubieras hecho, tu madre seguiría viva. Que habrías preferido que la víctima hubiese sido yo.

Miré hacia otro lado.

—Quizás estoy más cansada de lo que creía...

Lanzó una carcajada de demente, me tomó del brazo y tiró de mí para que lo viera a la cara.

—¡No hagas esto! No reprimas todo en tu interior.

Buscaba a tientas las palabras adecuadas, algo que expresara la aflicción que había sentido cada vez que lo miraba, aterrada de que pudiera perderlo, culpable de que su salvación hubiera costado la vida de mi madre; mi angustia y furia corrosivas y calcinantes cuando creí que había muerto. Contra Castillion, contra él en cierto grado, pero sobre todo contra mí.

—¿Qué quieres que diga?

—¡Cualquier cosa! —vociferó—. ¡Háblame! ¡Grítame! ¡Lo que sea!

—¿En verdad deseas saber por qué me distancié de ti? —mis palabras crepitaban—. Porque en cada ocasión que te miraba, veía que agonizabas en la torre. Una y otra vez, sin tregua, no veía otra cosa que pérdida y desintegración.

—¿Sabes qué veía yo siempre que te miraba? Un muro. Presenciaba su desplome sólo para toparme con el siguiente.

—Todo lo que aconteció fue culpa mía, cada pérdida. La de mi madre, Kate, Falada, Lisette, el padre Cesare... Soy una... una... peste para cuantos me rodean, una infección, un veneno. Y cuando pensé que te habías ahogado... ¡sentí que no podría más, Zan! —mis ojos se anegaron en lágrimas—. ¿Cómo pudiste hacer eso? —susurré—. ¿Cómo pudiste hacerme eso después de que yo morí por ti?

—¡Y yo morí por ti también! —estalló—. ¡Por todas las estrellas! Habría ido al más allá, al averno o cualquier otro recinto miserable que nos aguarde al otro lado, y te habría arrastrado de regreso a la vida como tú hiciste por mí. Pero no soy tú, Aurelia. No tengo magia, ni ningún otro poder. Luego de Stiria, fue obvio que Castillion no se detendría ante nada con tal de verme muerto. No le importó quién estuviera en ese barco; mató a todos sus ocupantes para poder atraparme, docenas de inocentes... Cualquier persona junto a mí era su blanco, tú incluida. Quedaba un último recurso para mantenerte viva y, ¡Empírea me guarde!, lo utilicé —tensó la quijada—. "Morí" para que me dejaras atrás y siguieras con tu vida. Y en el instante mismo en que me marché, renunciaste a tu magia, te recuperaste —señaló el edificio a nuestras espaldas—, hiciste amigos. ¡Dime que estoy equivocado!

—¡Lo estás!

—¿En verdad? —se acercó—. Pruébalo. Veamos qué sucedería si finalmente dejaras de correr y permitieras que yo llegara a ti.

Me miró con furia, tan cerca de mi rostro que, de haber querido, podría haber besado la dura línea de sus labios.

Posados sobre mí, sus ojos habían dejado su color verde y adquirido un tono dorado. Un efecto visual, inferí, aún en trance de recuperar el aliento. Pero no era verdad; se habían vuelto francamente dorados, líquidas y agitadas pozas de oro derretido.

Ese color me recordaba algo...

Alcé la mano hasta el dije que colgaba de mi garganta, el pájaro de fuego.

Ya en dos ocasiones, Zan se había levantado de entre los muertos.

Deslicé el cordón por mi cabeza.

—Kellan envió soldados al naufragio. Hallaron esto en la playa —lo deposité en sus manos—. Te pertenece.

—Aurelia...

Me aparté, dejé el collar entre sus dedos y me adentré en la taberna sin decir más.

Permití que las chicas del Canario me persuadieran de tomar un baño, sobre todo porque carecía del vigor necesario para oponerme a ellas. Aunque el agua estaba caliente y relajante, mis manos se resistían a limpiarse; aun después de tallarlas con fuerza, sentía bajo mi piel la mancha de la sangre involuntaria de Golightly.

Cuando Jessamine entró al cuarto de baño, me encontró sentada en la tina de agua tibia con las rodillas recogidas bajo el mentón.

—¡Hola, cariño! —dijo con dulzura—. ¿Te encuentras bien?

Sacudí la cabeza. Mi mente me tenía atrapada ya en otro interminable ciclo de pesar e inquietud, y repetía todo lo que yo había dicho y hecho, con el propósito de afilar sus críticas y censuras en cada ronda.

—¿Quieres hablar de lo que pasó?

Sacudí la cabeza de nuevo.

—Si necesitas algo…

—No —le dije—. Ya hiciste suficiente. No debí haber venido aquí. Las he puesto en peligro a todas…

—No te preocupes por nosotras —me reconvino.

—Ellos volverán, ¿sabes? —me estremecí.

—Y nosotras estaremos alerta cuando lo hagan. ¡Mira! Te traje algo —sacó una botella que ocultaba a sus espaldas—. Vi que ustedes la habían abierto y pensé que sería una vergüenza que la dejáramos así. ¿Brindamos?

Reí ligeramente y asentí. Por lo menos podría ayudarme a conciliar el sueño.

Tomó un trago largo y me tendió la botella.

—¿Has oído hablar del origen de la flor de gravidulce? —negué una vez más con la cabeza y ella me recibió el licor a cambio—. De niña, mi abuela me llevaba a recoger hierbas al Ebonwilde y me contaba viejas historias de magia fiera para que no me enfadara.

—¿Has probado la magia fiera? —le pregunté.

Movió su cabello de un lado a otro.

—No. La única magia que conozco es la que ocurre bajo las sábanas —mis mejillas se encendieron, ella emitió una adorable risa gutural y me devolvió la botella—. Todas tenemos algún talento.

Tomé otro sorbo largo y lento; sentí como si consumiera minúsculas y burbujeantes gotas de miel.

—¿Qué narra esa historia? ¿Cómo se creó el gravidulce?

—Cuenta la leyenda que la Madre Tierra y el Padre Tiempo se enamoraron —me congelé y pensé al instante en el libro de Simon; Jessamine bebía un sorbo y no se percató de mi inmovilidad—. Juntos crearon todos los seres vivos del planeta. Con cada nueva creación, sin embargo, la Madre Tierra se debilitaba, hasta que descubrió que ya sólo le restaba suficiente inmortalidad (vida, chispa o divinidad, como quieras llamarla) para una creación más: una hija de carne y hueso.

Era el mismo relato del libro de Simon que ahora yacía oculto detrás de una pared en el estudio de Cesare; yo no había logrado terminarlo antes de que diera inicio la coronación.

¿Eso había pasado esta tarde apenas?

—Sus lágrimas se tornaron una joya —continuó Jessamine— y su dicha una flor, que ella entretejió para hacer una campana.

—¿Y qué ocurrió después? —pregunté, con la mansedumbre de una niña.

—La Madre Tierra murió. La última de sus chispas estalló en un millar de puntos luminosos que tras caer al suelo se volvieron semillas. Cuando éstas arraigaron, se abrieron en flores con forma de campana, que ella legó a su hija. Gravidulce —levantó la botella—. Dicen que posee muchas propiedades mágicas, aunque la principal es que permite que veamos la chispa de la Madre Tierra en cada ser vivo.

Bebí otro prolongado sorbo, para que la historia y el licor hallaran cabida en mi alma.

—Nunca he visto alguna "chispa" —admitió—. Pero más allá de la luz mágica de la vida, este vino tiene otros maravillosos atributos.

—¿Como cuáles?

Exhibió una sonrisa traviesa.

—Nos hace valientes —se levantó y, aún sin vaciarla del todo, puso la botella junto a la tina. Antes de cerrar la puerta a sus espaldas, añadió con fingida inocencia—: Lorelai dejó abierto su dormitorio, por si hace falta.

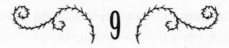

9

Fue preciso que bebiera el resto del vino para armarme de valor.

Cuando la botella y la última de mis excusas se agotaron por fin, respiré hondo y salí al lóbrego pasillo. Todavía faltaban dos horas para la medianoche y el Canario Silencioso ya estaba demasiado quieto; la visita del Tribunal había enviado a la calle o a la cama a la mayoría de los comensales. La única luz visible era el tenue resplandor que emergía bajo la puerta de la última habitación a la derecha.

No estaba cerrada con llave, por supuesto.

Sentado en el alféizar, Zan dibujaba algo en la papelería de Lorelai.

—¿Aurelia? —me miró sorprendido.

¿Había un fulgor dorado bajo su piel? Después de todo, quizá la historia del gravidulce era cierta, o tal vez yo había bebido demasiado y comenzaba a tener visiones.

—Aurelia, sobre lo que dije… —hizo a un lado su boceto.

—Calla —le ordené. Me recorrió con la mirada y de pronto tomé conciencia de la ligereza de mi camisón y la delicadeza con que se ajustaba a mi cintura y mi pecho, con la transparencia suficiente para insinuar la forma de mi cuerpo debajo.

El centelleo de Zan se intensificó.

Me acerqué y le retiré el lápiz para posar yo misma sus desocupadas manos en cada extremo de mi cadera.

—No sé si deberíamos... —se interrumpió nervioso, desarmado.

Bajé mis labios hasta los suyos y murmuré contra ellos:

—Ya no quiero pensar, Zan, sólo olvidar —y lo besé lenta, detenida, minuciosamente hasta que la luz que emanaba de él se convirtió en un genuino calor.

Me estrechó más fuerte aún y nuestro beso se humedeció, salpicado por una respiración superficial arrancada de labios entreabiertos. Sumergí mis dedos en su espesa cabellera oscura y permití que mis labios descendieran hasta su oreja, el cuello y de vuelta a su boca. Dondequiera que tocábamos, sentía que mis ansiedades e inhibiciones se dispersaban en su luz, lo que me producía un vahído exaltado, embriagada del deseo de permitir que mi alma entera se disolviera en la suya.

Consciente de eso, ahora veía un destello en cada contacto entre nosotros.

—Aurelia —susurró mi nombre contra mis labios como una doble y contradictoria imploración: *Espera* y *No te detengas*.

—Te amo, Zan —volví su rostro hacia el mío para que viera la certeza en mis pupilas mientras yo desataba los listones de mi camisón a fin de que cayera poco a poco al suelo. Su mirada era una tormenta verde y oro resplandeciente; cada vez más encendidos y brillantes, sus ojos calcinaban mi desnuda piel al mismo tiempo que se deslizaban por ella.

Musité:

—Te quiero, quiero esto —y lo besé de nuevo con la devota convicción de una estrella fugaz que se postrara a las plantas de Empírea. Suspiró y se relajó en mí mientras sus aprensiones se evaporaban y derretían. Este acto era bueno, lo anhelábamos y habíamos esperado demasiado para cumplirlo.

Preguntó entre dientes:

—¿Estás segura de que deseas esto? ¿No temes que las cosas terminen mal para nosotros?

—Lo temo —contesté—, pero igual lo deseo.

Se puso en pie y me apretó contra él; sus manos, libres por fin de sus inhibidoras ataduras, vagaron por la curva de mi espalda a la vez que mis torpes dedos soltaban los últimos botones de su camisa de lino y buscaban con ansia su piel cálida. Cada caricia era a la vez una revelación y una provocación, como si un libro largamente cerrado se abriera de golpe ante mí y cada palabra mágica que descubría me instara a devorar la siguiente y la siguiente, hasta consumirlas todas y grabarlas para siempre en mi piel.

Caímos juntos en la cama, entrelazados. Él fue el primero en tenderse, con el pecho desnudo y los pantalones puestos, y cuando lo seguí, encerré sus caderas en mis piernas y me incliné para que mi cabello húmedo nos cubriese con una cortina y dibujara en su pecho las volutas de un dorado fulgurante. Había sangre seca en su torso pero su piel era impecable debajo, sin una sola marca ni magulladura. Sentí en mis dedos el reclamo embriagador de su pulso y de mi chispa, que cantaba con él en cada músculo y tendón, dentro de sus huesos y la sangre en sus venas. Él no podía ver la luz como yo, pero sin duda la sentía. Lanzó un suspiro agónico, me enredó entre sus brazos y con un vuelco se acostó sobre mí. Una vez invertidas nuestras posiciones, mis manos exploraron libremente las cinceladas superficies de su mentón, mejillas y hombros, y se maravillaron con el bello y afilado arco de su boca mientras él oprimía con rudeza la mía... Cada beso remarcaba la escarpada frontera de la vida y la muerte. ¿Era así como se sentía morir? Si tal cosa fuera, yo moriría mil veces, por propia voluntad y sin reservas.

Con todo, unas sombras empezaron a acumularse a mi lado. ¿Por qué de pronto estaba tan fría? Mis párpados me agobiaban con su peso creciente y un ronroneo en mis oídos apagaba la voz de Zan.

—¿Aurelia? —preguntó a lo lejos—. ¡Aurelia!

No pude contestar, no podía moverme. Mi sangre corría cada vez más despacio...

Mi corazón dio una última sacudida y se rindió.

Soñé que estaba de vuelta en Espino Gris, con mi vestido rojo en la escalinata de la Stella Regina.

Nadie había en torno mío, ni curas, ni clérigos, ni nobles. Abrí la puerta de dos hojas y un débil rayo de luna iluminó la nave de mármol hasta el altar, donde alguien oraba de rodillas bajo el sonoro repicar de las campanas.

Me había equivocado; ese sitio no era la Stella Regina. Faltaba el vitral con el que Empírea dominaba sobre el presbiterio. Esta capilla era una obra de tallas intrincadas y relieves oscuros, murales de monstruos y bestias mitológicas, ángeles coléricos y reyes arruinados que asomaban detrás de un velo de telarañas y me miraban entre capas de polvo.

Cuando me acerqué, vi que el altar no era tal en absoluto, sino una larga y elegante caja de denso cristal y oro repujado.

Era un féretro de vidrio con alguien adentro, un rostro sereno y silencioso oculto por la oscuridad.

El ruido de mis pisadas contra el negro mármol alertó de mi presencia al feligrés, quien se levantó contrariado y sin apartar la vista del ataúd de cristal.

—Es así como comienza y como termina —dijo—. Tal como lo señalaste.

—¿Simon? —pregunté indecisa y entorné los ojos para distinguirlo en las tinieblas—. ¿Dónde estamos? ¿Esto es... real?

Poco a poco, su rostro encontró la luz como una luna creciente.

—Esto —cubrió la blanca capilla con un movimiento de su mano— es el Gran Santuario de la Asamblea. Y es muy real, si bien no en la acepción en que lo entiendes ahora. Éste es el plano espectral, el lugar intermedio, una frontera entre el ahora y el después. Algunos lo llaman el Gris.

Puse una mano frente a mi rostro, con el miedo en aumento.

—¿Soy un... fantasma?

—Sí. Eres en cierto sentido una sombra de ti. Sé que esto es difícil de aceptar, pero ambos hemos venido aquí para consumar el intercambio —dijo—. Mi vida por la tuya. Unidos por la sangre, por la sangre separados —su rostro se dulcificó cuando posó su vista en mí—. ¡Tranquilízate, hija! No ignoraba los riesgos el día en que colaboré con el hechizo.

El conjuro de sangre que había matado a mi madre esta vez se llevaría a Simon.

—¡No estoy muerta! —clamé—. ¡No puedo estarlo! Éste es un sueño más, como el de los Gritos y el del Ahogo. Bastará con que despierte para que todo marche bien... ¡para que tú estés bien!

—Aurelia —se mostró cauteloso—, sabes que lo que digo es verdad.

De pronto reparé en que no sentía frío en los pies, descalzos sobre la piedra.

Mi respiración se agitó, pese a que no tenía pulmones. Mi corazón se aceleró, pese a que carecía de él. Yo era una mera colección de instantes y pensamientos que recordaban cómo se hacían esas cosas. Mi cuerpo —mi cuerpo físico— estaba en otra parte. Cobrar conciencia de esto fue para mí como si una ráfaga glacial esparciera escalofríos en toda mi piel, si hubiese tenido una piel capaz de temblar.

—¡Me encontraba *bien*! Usé un poco de magia de sangre, pero no mucha. No la suficiente para… para…

—¡No, hija! —repuso—. Nos equivocamos, yo me equivoqué respecto a tu magia. Nunca fue la magia de sangre lo que te estaba matando. Era Zan.

—No. ¡No! No te creo. Zan nunca me haría daño —dije convencida.

—No quiere hacerlo —replicó—. Él jamás querría lastimar a nadie. Pero lo hace. Aunque lo ignora. Mira.

La escena cambió. Ya no nos encontrábamos en el santuario abandonado, sino en el balcón junto a la recámara de Lorelai. Sobre el lecho, dos personas se habían petrificado en un momento específico. Una chica y un joven, fijos en un abrazo apasionado.

Aunque verme de esa manera debió abochornarme, me conmovió. Sin ropa y con el alma y la piel al desnudo, esa muchacha era a un tiempo vulnerable e invencible. Y el chico en cuyos brazos se arrojaba tenía una expresión de timidez, desparpajo e incredulidad al mismo tiempo.

Eso era amor, en todo su fervor y fragilidad.

—¿Lo ves? —se acercó a mis espaldas—. ¿Percibes el vínculo?

Había creído que el brillo era efecto del vino de gravidulce, pero mientras Zan resplandecía, mi luz era débil e incierta, y transitaba hacia él como el agua de un arroyo casi seco hacia un lago insaciable.

—Es tu vitalidad —dijo—. Tu vida. La chispa que la diosa te otorgó.

Zan irradiaba por doquier, pero nuestras manos enlazadas estaban tan blancas como el sol. Me estaba despojando de mi vida, me estaba matando con su tacto, y él no lo sabía.

—Cuando murió en la torre… no lo soporté —deseaba comprender, unir las piezas.

—Fuiste al otro lado. Viniste aquí, a este lugar.

—Sí —dije distante—. Usé mi fuerza vital para reanimar la suya. Tomé sus heridas como mías. Y crucé el límite que nos separa de la muerte para reemplazarlo en el otro lado.

—Pero el traspaso no se completó —agregó—. El circuito no se cerró, debido a…

—Al ritual del paño de sangre —comprendí—. Mi madre tomó mi lugar.

—Ese acto tiene dos efectos graves que debes afrontar ahora, Aurelia. El primero es la realidad de que cuando ni Zan ni tú fallecieron, el ensalmo de la torre quedó inconcluso. Si hubieras muerto, el conducto entre los planos se habría cerrado para siempre. Si *él* lo hubiera hecho, el conducto se habría abierto y Maléfica, la entidad eternamente exiliada en la penumbra del después, habría sido libre de vagar por el mundo material.

—El uno o el otro —susurré. Los versos que recitaba mi reflejo no eran tan absurdos a fin de cuentas. Yo descendía de Aren, la hermana; Zan, de Achlev, el hermano. Y ambos éramos la clave para mantener presa a Maléfica o liberarla.

El uno o el otro. El uno o el otro. La hija de la hermana o el hijo del hermano.

En el apogeo de la luna roja, uno de los dos morirá.

—Escucha, Aurelia —continuó—. Nos queda poco tiempo y tengo mucho que decirte todavía. No toques a Zan de nuevo. Su vida identifica la tuya como propia. Tomará todo de ti y te dejará sin nada.

—¿Pero no acabas de afirmar que debo morir? Si lo hago, el portal se cerrará para siempre.

—Había tres gotas en ese paño de sangre, Aurelia. La mía era apenas la segunda.

—¡Por todas las estrellas! —suspiré—. ¡Kellan corre peligro! ¿Hay algo que pueda romper el lazo del paño de sangre? ¿Qué debo hacer, Simon? —pregunté en tono de súplica.

—La única que puede romperlo es la muerte, o algo similar. No tengo respuestas para ti, hija; los detalles con que cuento son escasos. Lo más que puedo hacer es enfilarte en la dirección correcta: si existe alguna forma de quebrar tu lazo, deberás hacerlo aquí, en el Gris. Y como ésta no es una frontera que cruces sola, acudirás a una persona que te guíe: una maga fiera que vive en el Ebonwilde, poderosa, peligrosa, y muy anciana. Búscala. Requerirás su ayuda si deseas impedir que Maléfica ingrese al mundo sin que sacrifiques a Kellan contigo.

—¿Qué debo hacer para dar con ella? —inquirí.

—Onal te mostrará el camino.

—¿Onal? Pero...

Los contornos del cuarto de Lorelai comenzaban a perder precisión. Lanzó la vista arriba y en torno suyo.

—Ha llegado la hora de que trascienda.

—¡Aguarda, Simon...! —lo detuve, impotente—. No te vayas. ¡Lo siento tanto!

Fijó en mí una mirada cargada de compasión y tristeza.

118

—No te desanimes, hija. Volveremos a vernos. Es probable que éste sea mi fin, pero es indudable que se trata de tu principio —ladeó la cabeza—. ¿Escuchaste eso? Son alas.

—Me enviaste un libro —le dije de prisa—. ¿Qué es, qué significa?

—Es magia fiera —respondió—. De cientos de años de antigüedad y llena de sabiduría originaria. Te servirá para que enfrentes lo que viene.

—¿Qué es lo que viene? —y añadí atormentada—: ¡No entiendo nada de esto!

—Lo entenderás —dijo con la mirada perdida— más pronto de lo que crees —dirigió hacia mí unos ojos que reflejaban una luz invisible—. Te aguarda un camino muy difícil, pero saldrás airosa —su voz era cada vez más débil—. ¿Lo ves? ¿Ves al cuervo?

—Nada veo. Simon…

—Supongo que ha venido a guiarme —sonrió al viento. Tendió su mano y por un breve instante creí ver que la sombra de un ave se posaba en él y emitía un sobrenatural e incandescente fulgor plateado.

Simon empezó a desvanecerse, y el escenario junto con él. Yo fui arrebatada de súbito por un presuroso torrente de nada. De Gris.

—No olvides, sólo eso, hija mía… —me rodeó con su último eco—. Unidos por la sangre, por la sangre separados.

Y desapareció.

Desperté sin aliento.

Zan me miraba fijamente, con la boca abierta.

—¿Te encuentras bien, Aurelia? —preguntó—. Dejaste de respirar un segundo. No sabía qué hacer… —alargó una mano a mi mejilla y retrocedí de golpe en la cama para rehuir a su contacto. La cabeza me daba vueltas todavía, confundida por el vino y los restos de una aterradora ensoñación que distaba mucho de ser un sueño.

—¡Detente! —resollé mientras me obstinaba en cubrirme con las cobijas, con cualquier cosa que pusiera una barrera entre su piel y la mía.

—¿Qué? —tartamudeó estupefacto—. ¿Qué ocurrió? Lo siento mucho, Aurelia. Déjame…

—¡No me toques! —grité jadeante—. Por favor, no te acerques.

—Discúlpame por lo que hice —se le quebró la voz—, sea lo que sea. ¿Qué necesitas? ¿Qué puedo hacer por ti? Sabía que no debía… ¡Ay, Empírea! —se revolvió el cabello.

—Esto fue un error —dije temblorosa—. Cometí un error y… ¡Estrellas ardientes!, ni siquiera puedo pensar bien —buscaba una forma de tranquilizarlo, alguna explicación que mitigara el daño para ambos, y no se me ocurría una. Levanté mi camisón del suelo y me lo puse apresuradamente, ebria aún.

—Aurelia, ¿qué…?

—¡No puedo creerlo! Bajé la guardia un segundo y… Soy una idiota, ¡una idiota redomada! También yo lo quería, ¿sabes? Lo quiero… pero no puedo hacerle esto a Kellan.

—¿A Kellan? —preguntó indignado.

—No es lo que piensas —las palabras salían de mi boca en una avalancha sin sentido—. Es mi culpa. Siempre ha sido mi culpa. Porque… no puedo… no permitiré que me lastimes. No me permitiré lastimar a Kellan.

—No te haré daño —dijo—. Jamás lo haría.

—Pero lo has hecho. Y lo harás. Y yo lo haré también. Perjudico a todos —mis copiosas lágrimas empañaron mi vista, ya de sí distorsionada por el vino—. Porque estoy maldita. ¡Soy una maldición! —aquellas palabras se repetían en mi cabeza. *El uno o el otro. El uno o el otro. La hija de la hermana o el hijo del hermano.*

Avancé a tientas hasta la puerta, tropecé con mi camisón y me alejé aterrada de Zan cuando intentó ponerme en pie.

Aun cuando todos mis recuerdos de esa noche acabarían por ser tortuosos y agitados, la última imagen de Zan antes de mi huida se grabó en mi conciencia con una claridad absoluta: su mano extendida, la cabellera en desorden, su rostro turbado, el corazón herido. Sin embargo, fue su mirada lo que más me afectó.

Atónita y brillante, irradiaba un vívido matiz dorado.

10

Cerré la puerta de mi habitación y me recargué en ella, sólo para descubrir que la otra yo me miraba desde el espejo. Con mejillas ardientes y el camisón fruncido, se refugiaba en sus propios brazos. Su oscuro cabello y las lágrimas que manaban de sus ojos azules reflejaban la luz rojiza de la lámpara. Con todo, ésa no era yo; de su boca colgaba la dulce insinuación de una sonrisa.

Di media vuelta y azoté las manos contra la pared, a cada lado del espejo.

—¡Dime qué significa este caos! —le exigí—. ¡Qué debo hacer!

No contestó. En cambio, habló en sincronía conmigo, casi en tono de burla.

Tomé fuerza con el puño y lo estampé en su rostro. El vidrio se partió en una docena de fragmentos y cayó de su marco a la mesa, donde se pulverizó en un millar de piezas de plata.

Retiré el puño y examiné mis sanguinolentos nudillos. A pesar de todo, algo había cambiado para bien en las últimas horas:

Ya no le temía al uso de la magia.

Mi sangre parecía cantar en respuesta, rogándome que lo hiciera. Que la usara. Que desatara su poder.

En ausencia de Simon, el único lugar donde hallaría respuestas era el libro que me había enviado, ahora oculto en la Stella Regina. Me hervía la sangre en el momento en que cerré los ojos y murmuré:

—*Urso fons est scriptor* —*A la fuente de Urso.*

Aun cuando el conjuro que usé para huir con Zan de la coronación había sido muy desgastante, en realidad no sentí sus efectos, porque casi toda la sangre pertenecía a Golightly, el clérigo del Tribunal, y yo estaba demasiado alterada por la ira y la inminencia de nuestra posible muerte. Mi segundo intento no fue tan idílico. Con la mira puesta en la estatua de san Urso, mi embriaguez me impidió presentir que era probable que todavía se encontrara en poder del Tribunal, así que fui a dar al río Urso.

El agua estaba helada, y me estremecía mientras me arrastraba hacia las luces de Greythorne. Las rocas del río eran tan irregulares que me herían y raspaban siempre que pasaba sobre ellas, eran también demasiado resbaladizas para sostenerme.

¡Ahí! El molino descollaba en la oscuridad. Extendí una mano y sujeté la noria de un extremo. Desesperadas, las puntas de mis dedos intentaron asirse a la astillada madera y el artefacto crujió y se combó bajo mi peso, pese a lo cual mantuve la cabeza fuera del agua el tiempo suficiente para recuperar el aliento y conservar mi agarre. Desde ahí, pude moverme hacia la orilla del río y me impulsé contra los carrizos al tiempo que tiritaba bajo mi ligero y empapado camisón.

Escuché voces ásperas y enfurecidas al otro lado del molino. En cuanto me puse a cubierto entre los juncos, me deslicé hasta la esquina y me asomé al taller.

Estaba infestado de clérigos del Tribunal, cada uno de los cuales llevaba a cuestas una rueca y desfilaba indiferente ante los angustiados gritos de las propietarias de las ruedas de hilar y hasta la plaza de la aldea, donde las arrojaban en una pila. Las ruecas formaban un montículo desordenado, encima del cual se rajaban y crujían luego de cada nueva adición.

Arceneaux se elevaba como una barra de acero junto a la puerta del molino, con una gélida máscara de tranquilidad, impasible a los ruegos de las tejedoras provenientes de Achleva. A su lado, Prudence Lister asentía de cara al trajín de los clérigos.

—¡Pisoteen hasta la última de ellas! —clamaba—. No podemos permitir que fabriquen más hechicerías.

—Gracias por su ayuda, Lister —Arceneaux deslizó sobre ella una mirada de tolerancia que rayaba en desdén—. Le ha hecho un gran favor a su nación.

El helado río me había despejado por entero y ofrecido la cabal comprensión de mi apuro. Estaba temblorosa, desabrigada y sitiada por Arceneaux y su cohorte con alzacuello. Aun si recitaba un conjuro de sangre que me volviera invisible, dejaría tras de mí húmedas y fangosas huellas, si acaso el castañetear de mis dientes no alertaba antes a alguien. Pero si no me movía pronto, me exponía a congelarme.

No me quedaba otra opción que la de emplear mi magia. Y pese al exiguo resultado de mi intento de teletransporte, conocía bien el ensalmo de invisibilidad. Por suerte —si puede llamarse suerte al hecho de que las melladas rocas del río me habían herido más de la cuenta—, ya había comenzado a sangrar.

—*Ego invisibilia* —"Soy invisible", susurré y di un paso tentativo desde mi escondite.

Para escapar de los ojos de la magistrada, me encogí detrás del clérigo que portaba la última de las ruecas. Con conjuro o sin él, tenía la seguridad de que Arceneaux no caería en la trampa si me aproximaba demasiado.

Tuve que salir corriendo mientras el clérigo depositaba la rueda de hilar sobre la pila y retrocedía para admirar su labor, como si acabase de dar la última pincelada a una obra maestra. Escurrí mis pies al mismo ritmo de los suyos mientras le hacía lugar a Arceneaux.

—¡Hermanos y hermanas! —Isobel se dirigió con potente voz a los lugareños, salidos de sus casas a presenciar aquella función de medianoche—. ¡Hoy es un día glorioso! Coronamos a un rey, sí, pero mejor todavía, pusimos en evidencia a su hermana traidora, de cuya tutela lo libramos. No se confundan, aún nos resta mucho por hacer. Pasarán meses, incluso años, antes de que nos recuperemos y eliminemos la plaga que ha infestado nuestros hogares, talleres y comunidades. ¡Pero somos fuertes! —un murmullo de consentimiento se alzó entre los aldeanos y ella sonrió—. ¡Somos trascendentes! Y esta noche seremos las primeras chispas de un fuego arrasador. ¡Juntos recobraremos nuestro país!

Encendió un fósforo y lo arrojó al impresionante altero de ruecas. Vi con horror cómo las llamas se propagaban y crecían en voracidad y volumen al tiempo que la gente aplaudía.

Hoy eran ruecas, mañana serían brujas. Por más que Cael hubiera muerto, su legado perduraba.

Cometí un error al creer que las cosas cambiarían. Esta hostilidad era una infección del corazón que calaba los huesos y corría por la sangre, y eso la hacía casi imposible de erradicar. Permanecería latente durante años, a la espera de las condiciones que le permitieran rugir otra vez, en forma de miedo, después como furia y, al final, como una vasta epidemia de odio.

Pese al creciente calor de la hoguera, el frío no me abandonaba.

Luego de escapar del tumulto en la aldea, tuve la fortuna de que mi sigiloso conjuro se prolongara hasta que arribé a la habitación de Kellan en la finca. Pese a mis torpes y congelados dedos, fui capaz de encender la chimenea. Cuando mis entumidas extremidades se calentaron lo suficiente, me quité el camisón y lo lancé al fuego, que aceptó poco a poco la ofrenda a pesar de que crepitó enfurecido.

Mi alforja permanecía junto a la cama de Kellan, junto a las prendas que me había quitado. Me vestí en medio de una fervorosa acción de gracias a Empírea de que se me hubiera ocurrido dejarlas ahí el día anterior; nunca había agradecido tanto el confort de mi blusa y mis pantalones holgados.

Entonces, esperé.

Kellan entró con los hombros encorvados y se despojó de su manto con la lenta fatiga de un hombre del triple de su edad. Se sobresaltó cuando vio que aparecía en el lóbrego rincón junto a la ventana, aunque el alivio sustituyó de inmediato a su sorpresa.

—¡Aurelia! —me dio un fuerte abrazo—. ¡Gracias a Empírea que estás bien! —su emoción se evaporó, me apartó y preguntó con severidad—: ¿Qué diantres te empujó a volver aquí? Después de que destripaste a ese clérigo, se armó un gran alboroto. Arceneaux puso precio a tu cabeza y ordenó el arresto de los refugiados, la quema de sus pertenencias…

—Ya lo vi —miré a la chimenea y recordé las ruecas lentamente devoradas por las llamas.

—Fredrick los echó de la finca, en apego a una antigua ley según la cual los señores tienen derechos legales sobre sus terrenos, y Conrad... —puso cara larga.

—¿Qué sucede? ¿Mi hermano se encuentra bien?

—Sí, muy bien. Pero debes saber... que me separó de su servicio. Me dijo que ya había cumplido mi responsabilidad con él, que buscaría a alguien que me reemplazara y que a partir de ese instante retornaría a mi antiguo puesto. ¡Me destituyó! Y después me despachó a mis aposentos como a un niño desobediente —soltó un hondo suspiro—. Siempre he querido ser soldado, servir fielmente a la familia real, y ahora... —calló.

—¿Te devolvió a tu antiguo puesto? —dije casi entre risas—. ¡No te destituyó, entonces! Te reasignó la tarea de protegerme. Y lo hizo de tal forma que nadie que lo escuchara prestase atención —¡vaya si era astuto mi hermanito!

—¿Crees que sabía que me esperarías aquí?

—Esta tarde me ofreció la daga. Me dijo que la necesitaría y así fue —di media vuelta hacia la ventana—. ¡Ojalá pudiera agradecérselo! Sin él, Zan y yo habríamos muerto.

—¿Dónde está Zan? —inquirió con cautela.

—Se encuentra a salvo —respondí—. O al menos, eso espero. Nos separamos muy pronto.

—¿Qué dices? ¡Debiste marcharte con él tan lejos como fuera posible! Más allá de las islas, a Halderia o a Marcone, donde pudiesen iniciar una nueva vida juntos.

Cerré los ojos.

—Él y yo... no debemos estar juntos nunca más.

Hubo un largo silencio antes de que preguntara:

—¿Y ahora qué hacemos? No podemos quedarnos aquí. Si te atrapan, Conrad no tendrá más remedio que ordenar tu ejecución —me miró con suspicacia—. ¿O acaso no te preocupa que te enjuicien?

—Tengo la sospecha de que enfrentamos problemas mayores.

—¿Más graves que una ejecución?

—No le temo a la muerte, Kellan. Debo morir —supe que era verdad en cuanto lo dije. No había otro camino. Éramos Zan o yo, y si él moría, Maléfica asolaría el mundo entero.

Con el estómago revuelto, saqué el paño de sangre de mi alforja y se lo tendí.

Sus ojos encontraron los míos.

Donde alguna vez hubo tres gotas de sangre, hoy quedaba una sola: la suya.

Dije:

—Lo único que resta saber es si te llevaré conmigo.

11

Kellan quiso partir al Ebonwilde en cuanto le relaté lo sucedido —aunque omití por prudencia el episodio de mi encuentro con Zan en la cama—, pero debíamos hacer dos cosas antes. Simon me había dicho que necesitaría a Onal si quería dar con la bruja del Ebonwilde, así que envié a Kellan por ella mientras yo regresaba a la Stella Regina a recuperar el libro de mi tutor.

Conocía Greythorne demasiado bien, de manera que no necesité volverme invisible para caminar en sus pasillos y deslizarme de sombra a sombra. Además, la mansión estaba abandonada casi en su totalidad; la mayor parte de los cortesanos visitantes había enganchado sus lujosos carruajes y había dejado el lugar, dejando atrás el disgusto de la coronación lo más rápido posible. Una vez en la puerta de servicio, salí disparada al laberinto sin haber tropezado con nadie.

Los setos lucían imponentes bajo la noche serena. Era muy probable que los miembros del Tribunal que en ese momento no se encontraban quemando los bienes de los ciudadanos de Achleva en la aldea estuvieran dispersos en la provincia detrás de mis pasos.

Por fortuna, los listones azules continuaban atados en los espinos. Seguí su sinuoso curso hasta la plaza central, donde miré de reojo la estatua de Urso. Aunque había sido mi culpa acabar en el río Urso y no en la fuente, estaba molesta con él.

Me deslicé por el acceso de la rectoría que daba a la nave lateral sur, y a través de una puerta sin llave me escurrí en el sombrío corredor de las habitaciones de los sacerdotes. Por la verja de hierro de la capilla vi el débil titilar de los cirios mortuorios.

El estudio estaba vacío, pero las pilas de libros fueron todo un reto en la oscuridad; un paso en falso y caerían por el suelo, uno sobre otro. En el laberinto me habían guiado los listones, al menos.

Llegué al armario oculto, lo abrí con leves golpeteos y avancé a tientas hasta que mi mano cayó sobre la lisa piel de la cubierta del libro verde. Lo apretujaba en mi alforja cuando alguien carraspeó a mis espaldas.

Uno de los curas de la Stella Regina ocupaba el umbral con una vela en alto. Era tan menudo como Cesare había sido fornido y pestañeaba a la manera de un ave detrás de sus gruesos anteojos.

—Lo siento —balbucí—. Vine a recuperar algo que dejé aquí. No busco hacerle daño…

Me dirigió una sonrisa triste y desvaída.

—Sé que no lo hará. Cesare hablaba de usted en buenos términos. Tome lo que necesite.

Cerré con suavidad la puerta del armario, incliné la cabeza y dije:

—Lamento mucho lo que le ocurrió, no era mi intención…

—Lo sabemos, hija. ¿Te gustaría despedirte de él?

Seguí al cura y su oscilante vela por el pasillo de la nave lateral hacia la capilla. Mi partida de la coronación había hundido a la Stella Regina en el caos: reliquias rotas se apreciaban en oscuros rincones, había bancas volcadas en ángulos extraños y numerosos listones cubrían el suelo. Sólo la primera fila había sido devuelta a su sitio original. Otros dos curas cabizbajos la ocupaban ahora, quienes daban el último adiós al difunto, tendido en el mismo altar en que había muerto. No había habido tiempo para lavar todas las manchas de sangre, y proyectaban una negra apariencia bajo la penumbra.

Ver ahí al padre Cesare hizo que todo cobrara repentina realidad.

Contuve las lágrimas mientras el religioso me guiaba de la mano hasta la tarima.

—Es muy triste que debas despedirte de nuestro amado mentor, pero anímate, hija. A él le habría alegrado saber que murió al servicio del verdadero propósito de la Stella Regina.

Me sorbí la nariz y limpié mis ojos con una manga.

—¿Y cuál es ese propósito?

—Proteger a los inocentes de quienes desean destruirlos. Todo se erigió aquí para frustrar la acción del Tribunal. Tal vez se trate del brazo judicial de la fe, pero ya no imparte justicia, si acaso alguna vez lo hizo. Únicamente persigue su bien y satisface sus más perversos prejuicios, en pos de un poder ilimitado, todo con el pretexto de servir a Empírea —suspiró—. ¿O acaso es posible discutir con quien dice actuar por mandato divino? Los peores males los perpetran aquellos que niegan su humanidad en nombre de la deidad.

Se formó un nudo en mi garganta.

—Siento mucho haber traído aquí esa desgracia, padre.

Giró hacia un candelabro de latón y tomó una vela de sebo.

—¿Te gustaría dejar una luz en memoria de nuestro amigo?

La acepté y me acerqué a la tarima donde el difunto reposaba. Arrimé el pabilo a la flama de otra vela y cuando crepitó y se afianzó en el candelero agregué mi minúscula luz a las docenas más que ya ardían ahí.

—¡Que Empírea lo guarde, padre Cesare! —miré su rostro apacible, no las lúgubres manchas sobre la tarima y el altar.

Volví con los otros, que me esperaban en la nave mayor, y estreché la mano del sacerdote.

—Gracias por permitir que me despidiera.

—Esta misma noche lo sepultaremos en la cripta, entre nuestros guías más venerados desde Urso. Es un honor descansar ahí, que él merece sin la menor duda. ¿Querrías acompañarnos?

—No puedo, padre. En menos de una hora debo llegar a las afueras de Espino Gris donde me aguardan.

—Llámame Edgar, hija. Y éstos son mis hermanos, los padres Brandt y Harkness. ¡Desciende con nosotros, por favor! Te aseguro que no llegarás tarde a tu cita —se acomodó junto al altar y lo golpeó de forma semejante al armario del estudio.

Mientras observaba impresionada, los cuatro costados del mueble se elevaron varios centímetros y se apartaron con un chirrido mecánico. El altar del santuario real en Syric estaba vacío; yo había ocultado en él mis libros de brujería. En cambio, éste alojaba un entramado de engranajes y poleas.

Dos artefactos similares a bobinas aparecieron en cada extremo de la plataforma del altar. Tanto Harkness como Brandt tomaron una manija, las giraron y el cuerpo de Cesare comenzó a descender despacio. Cuando se detuvieron, observé la cavidad del altar. Cesare descansaba sosegadamente ahí, con las manos unidas y el rostro bañado por la pálida luz de las velas.

—¡Ven ahora! —Edgar me indicó que lo siguiera—. Debemos tomar el camino largo.

Se llegaba a la cripta por la base del campanario, donde la angosta y empinada escalera de caracol proseguía su descenso a través de otra puerta oculta.

—Por suerte, no tuvimos que bajar a Cesare por aquí —dijo Brandt—. En ese caso, yo habría preferido darle celeste sepultura, como he oído que hacen en las tierras altas del continente.

—La idea de que su bazo fuera consumido por los buitres le habría fascinado —el afecto de Edgar era visible—, aunque supongo que subirlo en una plataforma a las montañas habría sido una proeza de ingeniería ajena a personas como el propio Urso.

—¿Qué criatura creen que lo haya transportado al más allá? —preguntó Harkness—. Sospecho que fue un mapache peludo, de cola pesada y aspecto amenazante, pero aficionado a dormir bajo el sol.

—Un oso blanco y negro como los que hay en el continente —repuso Brandt.

—No —dijo Edgar—, un perro del norte, de enormes patas blancas. Tenía uno de niño; cuanto más te relacionas con cierto animal de este lado, es más probable que te reciba en el otro.

—Desconocía esta parte del canon de Empírea —aventuré.

—No lo es —replicó Edgar—, es un canon ursoniano. Urso pensaba que, al morir, la parte de nuestro temperamento que ata el alma al cuerpo físico adopta la forma de un guía que nos ayuda a cruzar la frontera al después. Él vio a su guía en una ocasión en que, muy joven aún, estuvo a punto de atravesar al otro lado.

—Yo morí una vez —observé—, por así decirlo. No presencié algo semejante.

—Eso significa que tus lazos de azogue no se cortaron del todo —dijo Brandt.

—¿Qué son los lazos de azogue? —inquirí.

—El azogue es al alma lo que la sangre a la carne —contestó Harkness—, y la chispa divina a la conciencia.

—Todos tenemos dos cuerpos —explicó Edgar—. Uno de ellos es material, de carne y hueso; el otro es sutil, capaz de atravesar los planos astral y espectral. Mientras vivimos, ambos están juntos. Cuando morimos, dejamos nuestro ser físico en el plano material y pasamos al mundo siguiente, con el alma y la conciencia unidas.

—Lo que se llamaría un fantasma —dijo Harkness—, si crees en esas cosas.

Al pie de la escalera, llegamos a una superficie de tierra apisonada y gravilla. Edgar tomó una antorcha de un candelero de pared y la encendió con su vela. Los otros dos lo siguieron e iluminaron el bajo techo de la cripta con un cintilante fulgor naranja. Las pequeñas cajas de piedra con que uno tropezaba en los pasadizos se apilaban en grupos de al menos cuatro y estaban marcadas con runas antiguas.

—La Stella Regina fue construida sobre una serie de catacumbas —detalló Brandt—, osarios que contenían esqueletos desde muchas centurias antes de que surgiera la escritura. Pero esos antiquísimos antepasados nuestros no carecían de medios para el registro. Mira —pasamos de un pilar al muro de una catacumba, donde se hallaban garabateados varios símbolos. Reconocí el primero: una rueda, en representación del tiempo. Más adelante había dos figuras sobrepuestas e imágenes de animales: aves, osos, cuervos, felinos, zorros, caballos, murciélagos… Parecían gigantescas cabezas de papel y yeso.

—Alude al Día de las Sombras —dije.

—Sí —confirmó Edgar—, una celebración del tránsito natural del ser etéreo propio, que engloba el alma y la conciencia, hacia la frontera y la otra vida durante la noche en que la cortina entre los planos se atenúa más que nunca. Era una tradición de esta zona mucho antes de que Renalt la adoptara, y permanecerá aquí después de que Renalt se disuelva.

—Es un milagro que el Tribunal no haya censurado y perseguido esta creencia —dije—. Le repugna todo aquello que el Libro de Órdenes no consigue explicar.

—Hasta hace poco —dijo Harkness—, no tenía razón para enfadarse con las inofensivas tradiciones de la gente del campo, demasiado lejos de la capital para que valiera la pena erradicarlas cuando Syric rebosaba aún de pecadores que perseguir.

—Y ahora…

—Nos adaptaremos —me tranquilizó Edgar—. Siempre lo hemos hecho.

El cadáver de Cesare reposaba en un recinto central al descubierto, en torno al cual varias hornacinas menores contenían ataúdes de piedra dispuestos en forma de rayos, como un reloj. El primer recoveco, equivalente a la una, contenía el sarcófago más ostentoso, decorado con rebuscadas tallas florales y el retrato de su ocupante. A pesar de que esta versión era más joven que la estatua en la fuente de la plaza, Urso era reconocible de inmediato, aun sin sus arrugas. Cubierto con una sencilla túnica, de sus manos emergía un ramito de flores en forma de campana. El gravidulce.

Edgar agitó mi hombro y me causó un sobresalto.

—La sepultura de Cesare está lista, pero necesitamos que nos ayudes a trasladarlo.

135

—¡Desde luego! —dije.

El sistema de poleas había tendido el cuerpo del difunto sobre un bastidor. Los tres sacerdotes dejaron a un lado sus antorchas y cada uno tomamos una esquina y nos la echamos a cuestas, en callada dirección al féretro abierto en el undécimo nicho. Un único ataúd permanecería vacío a partir de ahora, el situado en el punto más alto del círculo, el número doce.

—¡Que Empírea te guarde, hermano! —susurró Edgar mientras desataba la tensa tela del bastidor.

—Que cruces a salvo el río gris —dijo Brandt.

El padre Harkness musitó:

—*Ligat sanguinem, sanguinem facere* —*Unidos por la sangre, por la sangre separados*, las mismas palabras que Simon había pronunciado en la ejecución del paño de sangre, si bien en estos labios sonaron menos como un embrujo que como una invocación. Y aunque quise preguntarle qué había querido decir, Edgar y Brandt ya levantaban la tapa sobre el ataúd, lo que me hizo sentir un repentino arranque de pánico.

—¡No, no! —grité—. ¡Todavía no, por favor! No soporto la idea de que el padre Cesare quede atrapado ahí para siempre, solo y confinado en la oscuridad.

El padre Edgar me dedicó una sonrisa comprensiva.

—No te preocupes, hija. No quedará atrapado en la caja. Éste es sólo un lugar que alojará sus restos materiales, como el cajón que guarda un viejo manto.

Tras dirigirle una señal a Brandt, colocaron la tapa sobre el catafalco. Y pese a las seguridades que me dio, yo no había cesado en mis temores cuando el rostro de Cesare desapareció bajo la losa.

12

Edgar cumplió su promesa de que llegaría a la cita a tiempo, pero no fue necesario que abandonáramos la cripta, porque me guio a través de ella. La sección principal, donde sepultamos a Cesare, servía de eje a un sinnúmero de túneles interconectados que se ramificaban en múltiples direcciones. Mientras los otros dos curas se retiraban a sus camastros, Edgar me condujo por un polvoriento pasadizo.

El camino se hacia más angosto a medida que avanzábamos y se volvía más molesto aún porque un centenar de metros más adelante ya no había osarios en perfecto orden. Las catacumbas más profundas estaban flanqueadas por capas de huesos y cráneos apilados.

Para mantener la calma en ese estrecho y tenebroso espacio, repetí las técnicas de respiración de Zan. *Uno, inhala. Dos, exhala. Tres, inhala. Cuatro, exhala. Éste no es el Sueño de la Nada,* me decía. Éste no es el *Sueño de la Nada.*

Por fortuna, concluimos nuestra marcha antes de que el techo descendiera demasiado y me impidiese continuar a pie; no me agradaba la idea de arrastrarme en la oscuridad, con cráneos mirándome desde ambos flancos.

Tosí cuando Edgar forzó el tejado y me cayó polvo en la cara y los ojos. Una vez que me sacudí, descubrí que el cielo tachonado de estrellas de la medianoche brillaba sobre nosotros.

—¿Dónde estamos? —le pregunté.

—Esta derivación de las catacumbas termina justo donde empiezan los matorrales de espinos —contestó—. Otra rama surge en el piso del viejo molino, pero si alguna vez regresas por aquí, no las hallarás; es imposible detectarlas desde afuera. Y aun cuando había más catacumbas en los campos de linaza y las pasturas para ovejas en el costado sur de la Stella Regina, muchas cedieron al paso de los años, ya que los hermanos las usaban poco. Un bote abordado en el molino podía llevar a una bruja acusada hasta la bahía de Cálidi, donde obtenía un pasaje a las islas o al continente. En dirección al norte desde ahí, las fugitivas disponían de la protección de los espinos durante casi todo el trayecto al Ebonwilde, donde un antiguo camino (accidentado pero transitable) conducía directamente a la Puerta del Bosque de Achleva. Ahora, escucha. Aunque no sé adónde te diriges ni qué te propones hacer, si avanzas un kilómetro al norte desde aquí, encontrarás una roca marcada con las siete estrellas de la gran constelación de la osa. Debajo de ella, conservamos siempre bien abastecida una reserva de alimentos y provisiones. Toma todo lo que necesites, si sigues ese camino.

—Gracias, padre —le dije—. Que Empírea lo guarde.

—También a ti —se encorvó y juntó las manos—. ¿Estás lista?

Me impulsó hasta el borde del agujero y antes siquiera de que hubiera salido, escuché el chirrido de la puerta que volvía a su sitio.

Cerré los ojos y aspiré el fresco aire nocturno, agradecida de estar de nuevo a la intemperie. Pero mi alivio no duró mucho; menos de cinco minutos más tarde, una voz de enfado se escuchó arriba de mí, y cuando abrí los ojos encontré el irritado rostro a quien pertenecía.

—¡Aquí está! —dijo Onal—. Tendida en un campo como si no tuviera una preocupación en el mundo, mientras el bestia de su guardaespaldas me saca de mi cama a la media noche —lucía su mejor blusa, la del botón de plata en el cuello, y la peor de sus caras.

A unos pasos de ahí, Kellan llevaba fatigosamente de las riendas a dos robustos caballos de Greythorne y a Madrona.

—Se quejó a cada paso del camino, Aurelia. A cada paso. Es un milagro que los clérigos del Tribunal no nos hayan aprehendido cuando atravesamos la aldea. Por el amor de las santas estrellas, ¡dile adónde vamos y el motivo de que deba venir con nosotros! A mí no me prestará atención.

Onal gruñó.

—Creo que ya entendí la esencia de lo que él estaba intentando decirme: Zan te tocó, moriste y Simon falleció en consecuencia, pero antes de marcharse al más allá dijo que debo salir disparada a quién sabe dónde para hacer quién sabe qué con grave riesgo para mi vida. Y todo a causa de una forajida. Porque eso eres, Aurelia: una forajida. Lo cual quiere decir que si te acompaño o coopero contigo, yo también lo seré ¡y ya no estoy para esas andanzas! Es demasiado tarde para que considere un cambio de oficio en esta etapa de mi existencia.

Miré a Kellan con aire de disculpa y abordé a Onal, quien había cruzado sus huesudos brazos.

—Antes de morir, debo encontrar una forma de romper el lazo que me une a Kellan —expliqué—. Simon me dijo que la única persona que puede ayudarme a hacerlo es la bruja del Ebonwilde, y tú la única persona que puede ayudarme a dar con ella.

Torció la boca.

—¡Todavía faltan décadas para que la muerte te preocupe, niña! Y él es un soldado. Peor aún, es uno de esos combatientes espantosamente nobles y devotos que son siempre los primeros en caer, así que ten por cierto que se te adelantará a la tumba —giró sobre sus talones como si pensara regresar por donde llegó.

—¡No me quedan décadas! —afirmé a sus espaldas—. Simon me lo confió.

Onal se quedó helada.

—¿Cuánto tiempo te queda?

—Hasta la próxima luna de sangre. Si no muero entonces, Maléfica asolará el mundo de los vivos, y me niego a involucrar a Kellan en eso. Como acabas de decir, es noble y devoto, justo quien deseo que proteja a mi hermano cuando me haya ido —tragué saliva para aflojar el nudo en mi garganta—. ¡Por favor, Onal! Si sabes cómo hallar a la bruja del Ebonwilde, ayúdame a encontrarla.

—Está bien —dijo al fin—, te ayudaré. Pero advierto que no le agradan los desconocidos ni las visitas —calló un segundo—. Y tampoco la gente.

—¿*Tú* crees que ella no es amable con las personas? —pregunté.

Respingó sin sonreír:

—No tiene tanto carisma como yo, ya lo verás.

Puesto que evitamos los caminos y veredas, la mayor parte de la noche cabalgamos por matorrales de espinos con la esperanza de que los temibles sabuesos del Tribunal no nos olfateaban. Nos detuvimos una vez, para localizar el escondite de provisiones que Edgar había mencionado. Fue lo mejor que pudimos hacer. Habíamos salido de Greythorne con poco más que la ropa que llevábamos puesta; la bota de agua, los vasos de hojalata, la cecina y la media docena de papas que conseguimos ahí fueron una bendición.

Improvisamos un campamento entre los encinos unas horas antes de que amaneciera. Hice la primera guardia. En cuanto confirmé que Kellan y Onal dormían, serví un vaso de agua y saqué mi daga.

Me pinché el dedo, siseé a causa del momentáneo dolor y dejé que una pequeña gota de sangre alterara la superficie del agua. Había perdido práctica; pese a que sentía la magia, el dolor que requería me sentaba mal. Con tanta dificultad para concentrarme, invoqué en mi memoria el rostro de Zan e hice todo lo posible por mantenerlo ahí.

—*Ibi mihi et ipse est* —susurré. *Muéstrame.*

La sangre se abrió como una flor en el agua y sus rojos hilillos se extendieron y giraron hasta formar una imagen en la que Zan se alejaba del Canario Silencioso al lomo de una yegua pinta que sin duda pertenecía a Hicks. Aun así, la imagen fue efímera; desapareció antes de que yo estableciera la velocidad con que marchaba o la dirección que seguía.

—No, no, no —dije impaciente—. Muéstrame lo que necesito ver.

A esta demanda, y en el último segundo, se formó en el reflejo una imagen más: la de otro jinete, encapuchado, descomunal y cuyo corcel arañaba el aire apoyado en sus patas traseras.

Cuando esta segunda visión se desvaneció, la imagen restante fue mi reflejo con cabello oscuro.

El uno o el otro, murmuró.

Sobresaltada, tiré el vaso al suelo debido a la premura con que me aparté de él. El agua teñida de rosa se esparció sobre la tierra y el vaso giró como un trompo de plata bajo la luz de la luna.

Abatida, recogí las rodillas bajo el mentón y me ajusté la capa de lana. Cuando Kellan despertó para reemplazarme, le cedí de buena gana mi puesto.

Aun cuando creí que no podría, dormí. Para mi sorpresa, mi reposo no fue aquejado por sueños de sangre, ahogo ni oscuridad. Y a pesar de que el amanecer llegó demasiado pronto, lo hizo con dulzura.

Hasta que salimos de la provincia de Greythorne, cabalgamos de noche y dormimos de día; sólo nos detuvimos en ocasiones para comer y que los caballos descansaran. Aquélla era la misma ruta al Ebonwilde que Kellan y yo habíamos seguido menos de un año antes, aunque parecía que hubiera pasado una vida. Repetir esa experiencia causaba una sensación extraña, que con todo era más agradable sin el incesante silbido de Toris. De todas formas, esa melodía popular se las ingenió para abrirse paso hasta mi cabeza: *No vayas nunca al Ebonwilde, / donde una bruja encontrarás...*

Si bien siempre pensé que aquella canción era una leyenda para asustar a los niños, esta vez seguíamos el mismo camino con la meta exacta de hallar a la solitaria protagonista de la tonada.

Su blanca dentadura insinuará
lo negro que mantiene el corazón.
Si alguna vez la ves en Ebonwilde,
ya no regresarás.

Consciente de que el riesgo de tropezar con tan feroz figura debía asustarme más, lo cierto era que no me importaba que la bruja del Ebonwilde se comiese a viajeros descarriados; si me ayudaba a romper el lazo de sangre con Kellan, yo misma me metería en su horno bañada en mantequilla.

No me di cuenta de que tarareaba la canción hasta que Kellan dijo:

—Conrad me pidió durante la gira que le enseñara la segunda estrofa de esa melodía. Lo hice, muy a mi pesar.

—Ignoraba que hubiera una segunda estrofa —repuse.

—Son tres, pero los Greythorne nos empeñamos en olvidar la segunda, porque trata de un miembro indigno de nuestra familia.

—No pensé que los Greythorne tuvieran algo indigno en su pasado.

Hizo una mueca.

—Hace cien años, un hombre de nombre Mathuin desertó de la caballería del rey. Lo abandonó todo y desapareció en los bosques. La mayoría cree que se hizo ermitaño, pero otros dicen que se enredó con la Bruja del Bosque y se volvió esclavo de... ¡ejem!, sus demás apetitos... hasta que se aburrió de él y le cortó la cabeza. Desde entonces cabalga como un fantasma sin cabeza por toda la eternidad.

—¿Y tú le enseñaste esa historia a mi hermano?

—Es mucho más benévola en verso —se justificó.

—Lo que más me sorprende, en realidad, es que te hayas atrevido a perpetuar un relato que refiere un tropiezo en el linaje Greythorne.

—Jamás lo menciona por nombre. El orgullo de los Greythorne permanece intacto.

Al quinto día de viaje alcanzamos por fin la orilla del bosque. Al sexto, Onal nos dijo que continuaría sola.

—La bruja es astuta, ¡vaya si lo es! Y tan poderosa que enmarañará los senderos si lo decide. Nadie dará con su casa si ella no lo desea, a menos que sepa dónde está.

—¿Y cuál es tu caso? —preguntó Kellan.

La anciana esbozó una sonrisa y persistió en su deseo de proseguir sola por el denso bosque.

Solos por primera ocasión, esa noche Kellan y yo instalamos tranquilamente el campamento. Nuestra fogata era pequeña, apenas suficiente para mantener a raya el frío del otoño y calentar las papas de la cena.

Introdujo la suya en las brasas.

—¡Qué no habría dado yo por disfrutar de un banquete como éste la última vez que estuvimos aquí!

Sonreí.

—No es tan difícil habituarse a los berros y los ratones de campo —hice una pausa—. Aunque en aquellos días, eso habría equivalido a un banquete.

—Cuando la opción es morir de hambre…

Derivamos en un cómodo silencio mientras contemplábamos el crepitar de las llamas.

—Aurelia —aventuró por fin—, ¿has pensado en lo que harás si no damos con la bruja devoraniños?

—Estoy segura de que ésa es una mera leyenda —posé el mentón sobre mis rodillas—. Y sí daremos con ella.

—De acuerdo —dijo—. Supongamos que así es… ¿Qué pasará entonces si no puede ayudarnos?

—No he llegado tan lejos… —contesté con una evasiva.

—¿No? —me miró con sus pensativos ojos marrones—. Porque yo sí.

—¿Qué crees que deberíamos hacer si no rompemos el lazo de sangre? ¿Permitir que Zan muera y arriesgarnos con Maléfica? —me estremecí—. Sabes que no puedo hacer eso.

—No —respondió—. Iba a sugerirte que… nos asociemos.

—¿Qué significa eso? —inquirí con recelo.

—Durante la mayor parte de nuestras vidas he sido responsable de protegerte. Si vas a salvar al mundo, quiero hacerlo contigo —bajó la voz—. No creo que exista muerte más honorable que ésa.

—La muerte no es honorable, Kellan —dije conmovida—. Es sólo… muerte. El mundo no mejoraría con tu sacrificio.

—No comprendes —reclamó—. Mi *único* propósito en la vida es luchar y morir por la corona de Renalt, por el bien común, por ti —se aclaró la garganta—. Sólo quería que lo supieras. Que pase lo que pase, siempre estaré a tu lado, aun si la bruja nos hornea en un pastel. De este modo, al menos tendrás compañía —se interrumpió un instante—. Aunque sería preferible que descubriéramos algún modo de sobrevivir.

Escuché en mi oído el rumor de mi reflexión. *En el apogeo de la luna roja, uno de los dos morirá.* No había escapatoria de este destino. Aun así, vi sinceridad en las palabras de Kellan y suspiré. No quería que me acompañara en la muerte. Ya era lo bastante difícil permitir que estuviera aquí.

—Kellan —le dije—, yo… —su vista se había desplazado lentamente de mi rostro al bosque—. ¿Qué sucede? —se llevó un dedo a los labios para que guardara silencio.

Un zorro vigilante fijaba en nosotros su mirada incisiva. Contra el gris oscuro del bosque, destacaba como un vivo pincelazo de color, con su profuso pelaje rojizo, patas manchadas de blanco y ojos amarillos que centelleaban como la luna a medianoche.

Tiré de la capa de Kellan.

—¡Es ella! —exhalé. Ya había visto esos ojos en el bosque, luego de la traición de Toris. Entonces, le lloré a un zorro por Kellan y él llegó a la puerta de Greythorne unos días después, cuando un zorro fue avistado en las cercanías. Eran demasiadas coincidencias para que todo fuese mera casualidad—. Tiene que ser ella.

El zorro nos mostró la cola y salió como bólido en dirección a los árboles.

Me arrojé al instante en su persecución, seguida muy de cerca por Kellan.

—¡Espera! —grité—. ¡Debo hablar contigo!

Sin previo aviso, invirtió su curso y se precipitó sobre mí. A medio salto, sus huesos se alteraron en un chasquido, sus extremidades se alargaron, despidiendo destellos de plata. En menos de un segundo, fue sustituido por una mujer fiera y arrolladora de cabello llameante que sofocó con su mano el grito que yo me disponía a proferir.

—Calla —susurró con voz opaca y vaga, como humo de leña otoñal. Sostenía en la otra mano un cuchillo de hueso con empuñadura de piel.

Kellan nos pisaba los talones, pero cuando vio el cuchillo hizo alto de golpe.

—¡No le hagas daño! —bajó su espada—. ¡Déjala ir!

—¿Qué haces, por Ilithiya? —siseó ella—. ¡Levanta tu espada, idiota!

Entonces las vi: eran unas sombras vacilantes entre los troncos que nos circundaban. La mujer farfulló una sarta de creativas maldiciones.

—Demasiado tarde, ya nos oyeron. ¿Tienes una espada, un puñal, cualquier cosa? —me soltó y dirigió su navaja hacia las siluetas en pleno avance.

Saqué mi daga de luneocita de mi bota. Las sombras cerraban su círculo cuando escuchamos un gruñido apagado.

El gruñido se repitió, más próximo y grave. La zozobra ascendió en mí como una marea; vi que los ojos del lobo emitían un escarlata sobrenatural. De su mandíbula, floja de un lado, colgaba una lengua hinchada y putrefacta. Nos observaba con una fijeza obsesiva; su pelambre en descomposición estaba más deteriorado que la última vez que me había cruzado en su camino.

—Es el del Tribunal —balbucí.

A mi lado, Kellan se apartó con impaciencia de él y su terrible hedor.

—No corras —le dijo la mujer—. Y hagas lo que hagas, no le des la espalda. Protégete primero, deja tus caballos para después.

Como en respuesta a ello, el lobo consintió una sonrisa somera y se lanzó al ataque.

Alcé mi daga para repelerlo, aunque no tan rápido y alto para asestarle un buen tajo. Lanzó un zarpazo mientras yo retrocedía y desgarró mi carne bajo una manga. Cegada de dolor, lo ataqué.

—¡Uro! —su carne putrefacta ardió por obra de un fogonazo.

—¿Estás loca? —la joven enterraba su cuchillo en el vientre de otro lobo—. ¡Incendiarás el bosque!

Una bestia más saltó sobre Kellan, quien la rebanó con su espada y traspasó su piel como si fuera de mantequilla, mientras la criatura se agitaba, gruñía y babeaba en el filo reclamado de inmediato por su dueño. Cayó en cuatro patas; sus entrañas asomaban por la herida y su disparejo pelaje se encrespó en el lomo al tiempo que expiraba.

Alivié el dolor de mi brazo con un suspiro profundo y me preparé para otra acometida. El lobo había dado diez pasos atrás y se encogía como un resorte listo para saltar. Se lanzó entre aullidos y orientó a mi garganta sus dientes afilados.

Un rayo rojizo cruzó la oscuridad. Tras clavar sus fauces en el cuello de la bestia, la chica —en forma de zorro una vez más— cayó con ella en la hojarasca. Kellan le tajó el lomo mientras el zorro emergía bajo su peso. En otro salto, se volvió nuevamente mujer, sin mayor transición entre una forma y otra.

—¡Ayúdalo a sujetarlo! —me espetó.

Despojado de su sable, Kellan rodaba con el tembloroso lobo al que sofocaba entre sus brazos para evitar que le hiriera el rostro. Ambos nos debatimos con la criatura en medio de terribles náuseas, porque su helada piel se desprendía del músculo en tiras viscosas y deshilachadas. La mujer trazó en el aire un complicado dibujo, en cada giro del cual sus dedos despidieron chispas de una luz azulada. Al momento posó las manos en tierra, cerró los ojos y transfirió el dibujo al suelo, donde se extendió como un relámpago hasta el lobo, atrapado en líneas entrecruzadas.

Mientras las líneas blanquiazules volaban cada vez más rápido y ataban al animal con creciente fuerza, un humo penetrante emergió de los brillantes amarres. El miserable perro gimoteó consumido por la luz, y la roja aureola de sus ojos se apagó con el humo hasta reducirlos a cuencas vacías. La magia pasó entonces a las otras dos bestias, que convirtió en cascarones.

—No puedes matar lo que ya está muerto —dijo la chica—; tienes que exorcizarlo. ¡Levántense! —arrugó la nariz—. No hay necesidad de seguir cargando esos bultos llenos de gusanos, porque aquello que los infestaba ya fue devuelto al otro mundo, donde pertenece.

Kellan se puso en pie con dificultad y sacudió su ropa para quitarse las negras manchas de fango. Me ofreció una mirada de disculpa y corrió al primer arbusto, presa de un incontrolable acceso de vómito.

—Nos salvaste —le dije a la joven—. No los vimos. Ni siquiera sabíamos que estaban ahí.

—Por suerte no atrajeron algo peor —apagó nuestra fogata a pisotones y cuando iba a aproximarme se apartó para recoger la espada de Kellan—. Si te acercas a mí con ese aroma, te aniquilo.

Levanté las manos.

—Sólo queremos hablar, hacerte unas preguntas y continuar nuestro camino.

—¡Y yo que creí que me haría un pastel con ustedes! —dijo—. Aunque no pareces bien alimentada. En cambio él... —ladeó la cabeza y examinó a mi guardia.

Kellan se había serenado y la contempló por igual, con arrugas de consternación en la frente.

—¿Te conozco?

—¡Deberías! Yo los identifico muy bien a ambos. Por segunda ocasión en su lamentable vida, me la deben —miró los despojos de las fieras—, por más que ahora me arrepienta de haberlos auxiliado —nos dirigió sus ojos amarillos y añadió—: Soy Rosetta, más conocida como la bruja devoraniños del Ebonwilde.

149

PARTE DOS

Isobel Arceneaux aborrecía los espejos.

Esto no se debía a que su imagen le disgustara; forzada a mirarlo, admitía que su rostro era agradable, dueño de un simétrico conjunto de rasgos que combinaban a la perfección con el vivo color de su mirada y el oscuro contraste de su cabellera. Poseía una belleza atemporal, y ése era precisamente el problema.

A sus cincuenta y tres años de edad, su aspecto era el de una joven de veintisiete. A los veinte se le había tomado por una de quince, y a los treinta por una de diecinueve. Había crecido al ritmo propio de sus años hasta que llegó a la mayoría de edad; ese maleficio cayó sobre ella al mismo tiempo que sus flujos mensuales.

"Un don", lo llamó su padre. Irving Arceneaux era lo que podría denominarse un negociante, un hombre con buen ojo para la oportunidad, capaz de sacar partido de lo que fuese. Isobel era para él una mercancía; cuando sus "amigos" —casi siempre viejos rancios aquejados por el mal aliento y la piel flácida— pagaban por pasar un buen rato con ella, Irving le restaba varios años para obtener algunas monedas adicionales. Isobel desconocía la cantidad de ocasiones en que su virginidad había sido ofrecida en subasta, pero creía que por lo menos fue una docena.

Su atemporalidad no era para ella un don sino un castigo, una maldición, obra de malevolencia o brujería. No había otra explicación posible.

Lo único que eclipsaba su odio a su padre era su desprecio por la magia y los infames practicantes de sus artes arcanas. Cuando por fin le quitó la vida a aquél, poco después de su cumpleaños número veintinueve, la sangre de Irving no había secado aún antes de que ella recuperara de su caja fuerte todo el dinero que se merecía y procediera a destruir a esos nigromantes, uno por uno.

Nunca lamentó haberse desembarazado de su único pariente. De cualquier forma, Irving Arceneaux no era su verdadero padre. En más de una ocasión, lo oyó jactarse con sus amigos de la huérfana que se había agenciado la helada noche en que tropezó con la escena de un accidente, en el invierno de 1567. El conductor y el único pasajero de la diligencia habían fallecido, y aunque hizo una somera revisión de los cuerpos y el interior del carruaje, no encontró algo que identificara a tales hombres. Consideró esto como un espléndido regalo y se apropió de sus objetos de valor: monedas, relojes de bolsillo, alfileres de solapa e incluso las plateadas manijas del coche. Ya había prendido fuego a éste cuando escuchó un chillido desde los nevados juncos al borde del sendero, donde encontró a la bebé todavía arropada dentro de su cesta. Sin duda, había salido disparada cuando el carruaje se volteó, y por fortuna no había muerto del impacto ni se hubiera congelado después. Pero lo que más le alegró de su hallazgo fue que la prenda artesanal que vestía contenía cuatro botones en forma de flor que eran de oro platinado puro. Se los arrancó y calentó a la bebé junto al coche en llamas mientras se preguntaba si quizás ella también valdría algo. Más de una mujer estéril se desprendería gustosa de una fracción de sus bienes a cambio de una nena tan linda como ésta, de eso estaba seguro.

Resultó que un sinnúmero de esposas estériles preferían comprar varones; las ofertas que recibió por la bebé eran risiblemente bajas y decidió conservarla. En definitiva, una niña podía venderse una sola vez, mientras que una joven se vendería muchas. Sería su mejor inversión.

Con todo, incluso las mejores inversiones fracasan a veces. Isobel lo mató despacio, a efecto de que él contara con el tiempo suficiente para comprender su error antes de exhalar el último suspiro.

Los botones no se vendieron; Irving no se atrevió a ofrecerlos porque pensó que serían reconocidos con facilidad y alguien daría con ellos. Isobel los encontró en la misma caja con llave donde él guardaba su colección de dientes de oro.

Como sea, esos botones eran el único recuerdo de su nacimiento, y desde entonces los llevó consigo a todas partes. Cuando inició su instrucción como clériga del Tribunal, los cosió en su túnica negra. Una vez que subió de rango a oficial, árbitro y juez, siempre halló el modo de incorporarlos a su uniforme: el cuello, las mangas, los bolsillos… dondequiera que encajaran.

Cargaba con ellos el día en que conoció al magistrado Toris de Lena. Él la había observado en la conducción de un interrogatorio y, al elogiar más tarde su actuación, fijó su interés en aquellos botones platinados.

—¡Qué magnífica reproducción de los zarcillos favoritos de la reina Iresine! Era una mujer bellísima, ¿no lo cree?

Al paso del tiempo la tomó bajo su tutela y recomendó que se le ascendiese a magistrada, y un buen día la llevó a que conociera la Sala de los Reyes del palacio real, donde le mostró el retrato de Iresine y su esposo, el rey Costin. Los pendientes que portaba la soberana, quien tenía para entonces treinta años bajo tierra, eran réplicas exactas de sus propios botones.

El retrato siguiente en la estirpe correspondía al rey Regus, hijo único de Costin e Iresine. El rostro que contempló a Isobel desde ese marco era tan parecido al suyo que no pudo reprimir una exclamación de sorpresa. El cabello de él era rubio, negro el de ella; aceitunada la piel de Regus, la de Isobel pálida, y los ojos de él de un marrón oscuro mientras que los de ella eran azules... pero la composición de su rostro, la forma de su nariz y la disposición de sus labios eran idénticas.

—¡Ah, sí! —Toris la miró con aire serio—. Es el difunto rey Regus en su juventud. Tenía veinticinco años cuando posó para ese cuadro, no se había casado todavía con Genevieve. En su tiempo, se le consideraba muy apuesto.

Ella se acercó a leer la placa bajo el retrato.

Rey Regus Costin Altenar
15 primus 1567-27 tertius 1612

Este monarca había nacido a mediados del invierno de 1567, justo un día antes de que Irving encontrara a Isobel.

Fue así como descubrió su verdadera identidad: era una princesa no deseada, sustraída de Renalt al nacer para que el reino no tuviese que cumplir su tratado con Achleva. Y ese rostro —el rostro familiar de un desconocido— era el de su hermano gemelo, un hombre que había vivido como príncipe y muerto como rey.

Salían del salón cuando una chiquilla flaca y desaliñada pasó como un rayo junto a ellos, con los ojos bien abiertos como si alguien la persiguiera, aunque no había nadie más en la sala. Los pies se le enredaron de tal forma que fue a estrellarse con la imagen de Costin e Iresine, que cayó al suelo.

Isobel miró hacia otro lado. Pese a que no ignoraba los rumores sobre la princesa —que había en ella cosas extrañas, incluso propias de una bruja—, nunca les había prestado atención. Con lo que sabía ahora, en cambio, su sola existencia era una afrenta para ella. ¿Qué tenía esa diablilla anormal que había persuadido a sus ilustres padres de quedársela cuando los suyos la habían abandonado y eliminado? ¿Acaso era justo que hubiera crecido en esos rutilantes salones mientras que ella había sido la gallina de los huevos de oro de Irving?

La odió al instante.

Onal, la espigada solterona que la reina Genevieve llamaba consejera, apareció en un extremo del aposento, se apresuró a reponer en su sitio el cuadro caído y regañó al demonio que lo había derribado. Y aunque le asestó palabras severas, en opinión de Isobel una fusta habría sido más efectiva.

Toris la apartó de un tirón. La había vigilado con ojos de lince y aprovechó que nadie los oía para decirle:

—Creo que ha llegado la hora de que hablemos, guardiana Arceneaux.

Se lo confesó todo. Sus peculiares orígenes, el abusador que se había hecho pasar por su padre e incluso —con renuencia— su incapacidad para envejecer como correspondía. Toris la escuchó con interés y, al final, ella le tendió las manos para que la arrestara.

En vez de atarle las muñecas, posó sus manos sobre las de ella.

157

—Lleva a cuestas una carga desproporcionada. Es probable que la razón de su mal sea la magia... Incluso, alguien podría osar llamarla bruja. Pero yo he visto el vigor con el que se esfuerza, la profunda devoción que empeña en nuestra causa... y creo que se avecina un cambio de gran trascendencia. Empírea me ha encomendado que prepare este mundo para el juicio que sobrevendrá antes de que vuelva en forma humana. Ahora pienso que la diosa la envió, la salvó, para que fuera mi socia en este divino propósito. ¿Unirá sus fuerzas a las mías, Isobel?

Ya lo había aceptado en su corazón para el momento en que el sí salió de su boca.

Tras ocho años de esmero, habían estado a un paso de consumar su misión. En la noche de la luna negra, ella pensó por un segundo que el cambio se materializaba. Lo había sentido ahí, en sus manos.

Con igual celeridad, sin embargo, aquella muchacha se lo había arrebatado.

Al principio, su único deseo fue vengarse. Quería que Aurelia sufriera tanto como ella. Supuso que encontrar vivo a Valentin cuando faltaba un par de días para la coronación del rey niño era un regalo de Empírea. Mataría a su amante frente a ella, la provocaría para que exhibiera su magia y la haría arrestar por brujería.

Ésa sería la mejor forma de castigarla sin dañar su cuerpo. Por más que la aborreciera, su astucia le dictaba que no debía desperdiciar un recurso tan valioso. Si la magia en la sangre de Aurelia era tan fuerte para que le hubiera costado la vida a Toris, cabía imaginar cómo podía utilizarse si se le transfería a alguien más digno de ella.

Le vinieron a la cabeza cuatro o cinco vasallos fieles a los que sería posible confiar tan poderoso receptáculo. Ocupado por alguien de su propio séquito, el cuerpo de Aurelia sería la mejor herramienta que el Tribunal hubiese esgrimido jamás.

Pero había consentido demasiada imprudencia. Se ilusionó en exceso con la emoción del triunfo y Aurelia escapó de sus manos una vez más. Ahora estaba ahí, en un viejo molino, sucio y al margen de la civilización, calculando sus siguientes pasos.

Alguien tocó a la puerta de su improvisado dormitorio.

—Adelante —dijo.

—Disculpe, magistrada —era Lyall—. El sacerdote acaba de llegar.

Se puso en pie y reajustó su vestido blanco.

—De acuerdo.

Lo siguió por el laboratorio que él había instalado en el segundo piso del molino e hizo cuanto pudo por ignorar el inquietante contenido de sus mesas de trabajo y el fétido aroma que sin falta acompañaba a sus experimentos. El cuerpo violáceo de Golightly, el acólito caído, yacía al fondo de la sala junto a un semivacío frasco de sangre y los utensilios de hierro de Lyall: unas pinzas, tijeras de podar y un afilado punzón, aún caliente por el fuego. Golightly había sido uno de los primeros que la apoyaron en sus aspiraciones de poder. Aceptó su liderazgo y le sirvió con devoción, siempre leal; ahora sería el primero de sus adeptos en convertirse en un Celestino. Si alguien merecía renacer el día en que Empírea bajara del cielo, era él.

Lyall se había especializado a últimas fechas en la recolección de espíritus, objetivo para el cual sus reservas de luneocita actuaban como la magnetita, capaz de atraer a los recién fenecidos antes de que transitaran al otro mundo. El espíritu de Golightly aguardaba su prometido renacimiento al interior de aquellas piedras traslúcidas. No cualquier cuerpo sería conveniente para él; estaba destinado a algo más que un can o un labrador común, y Arceneaux se encargaría de que lo obtuviera.

El padre Edgar, de la Stella Regina, esperaba en el umbral del primer piso. Si olía el cadáver en descomposición de la planta de arriba, fue demasiado educado para decirlo.

—¡Hola, magistrada! —dijo con ojos recelosos y singularmente grandes detrás de sus gruesas gafas—. Me sorprendió recibir su mensaje.

—Y a mí más todavía que se haya dignado responder a él —replicó aquélla.

—En mi calidad de monje ursoniano, es mi deber brindar ayuda y conocimientos a los siervos de Empírea siempre que me sea posible.

Arceneaux refunfuñó:

—Por grata que sea su compañía, padre, es a su archivo al que deseo dedicar algo de mi precioso tiempo. He escuchado numerosas versiones de las predicciones de san Urso. El rey Theobald lo presentó incluso como genuino practicante de la alta magia, un vidente elegido por la propia Empírea.

—Era sumamente previsor, es cierto.

—Me interesa una predicción en particular —continuó la magistrada—. En mis estudios sobre la aparición de Empírea al rey Theobald en la Stella Regina, he encontrado varias referencias a ella. Una tiene que ver con el momento en que la diosa regresará a la tierra. Los textos con que tropecé mencionan un "apogeo de la luna roja". Me gustaría destinar tiempo en su biblioteca a la búsqueda de ese pasaje, para estudiarlo a fondo.

—Lo siento mucho, magistrada. Como bien sabe, la Stella Regina se asienta en territorio Greythorne, y ahora que lord

Fredrick ha reclamado derechos exclusivos sobre su mansión, será imposible que se concierte esa cita.

Ella entornó los ojos.

—¡Vaya! Si no soy bienvenida dentro de los confines de Greythorne, quizás usted mismo podría traerme los documentos que posee sobre la materia.

—Tampoco podré hacer eso, señora. Los escritos de Urso que obran en nuestro poder son muy preciados, y no tenemos permitido sacarlos de los archivos de la Stella Regina.

—¿No lo haría siquiera por orden de una magistrada?

—Ni siquiera así.

Isobel torció la boca. Este cura rural era tan menudo y apocado que no esperaba tanta insolencia.

—¡Qué decepción! —dijo—. Aunque no crea que soy de quienes se desaniman con facilidad. Buscaré otra vía.

Hizo señas a Lyall, quien ya bloqueaba la puerta cuando el padre se volvió para partir.

—Disculpe —le dijo—, debo marcharme.

—¡Pero si no corre prisa! —exclamó Arceneaux con zalamería—. Llévalo al piso de arriba, Lyall. El padre Edgar es un erudito. Estoy segura de que le encantará conocer tu trabajo, e incluso podría participar en la investigación —sonrió de cara al visible nerviosismo del sacerdote—. Insisto, padre —agregó.

13

Pasamos la noche junto a las cenizas de nuestra extinta fogata y a la mañana siguiente Rosetta se ocupó de desollar uno de los lobos, con consumada destreza. Nos advirtió que no cargaría después con la piel obtenida, y pese a nuestro miserable estado, arguyó que Kellan o yo éramos los más indicados para la tarea. Pero él volvió a sentir náuseas en cuanto intentó levantarla, de manera que la responsabilidad recayó en mí a falta de una opción mejor.

Habíamos recorrido un kilómetro por el denso bosque cuando pensé en interrogar a Rosetta sobre el motivo de que necesitara aquel espanto. Nadie en su sano juicio querría vestirlo ni dormir debajo de él.

Por toda respuesta, dijo:

—Sigue caminando.

En honor a la verdad, nada indicaba que ella se encontrara en su sano juicio.

Kellan también intentó trabar conversación.

—Una amiga que emprendió camino antes que nosotros te buscaría y avisaría de nuestra llegada. ¿La has visto?

Rosetta dijo que no con un tono tan rotundo que nos hizo callar a ambos.

Pese a su frialdad, su trato con nuestros caballos era amable y familiar, como si los conociera de tiempo atrás y le complaciera saber nuevamente de ellos. Yo me había ganado con esfuerzo el renuente apego de Madrona, pero, en cambio, se prendó de Rosetta al instante y trotaba a su lado como una potrilla libre de preocupaciones. Mientras me extenuaba bajo la maloliente piel del lobo, juraba para mis adentros darle más manzanas en el futuro. No me escapaba del deseo de ganarme sus favores a través de sobornos.

—¿Cuánto resta para que lleguemos a nuestro destino? —resollé al cabo de un kilómetro más, aunque era difícil saber qué tan lejos habíamos avanzado en realidad. Todo tenía la misma apariencia lejos de los senderos que conocíamos y bajo la incesante penumbra del bosque. Era probable que, para divertirse, Rosetta sólo nos hubiese hecho caminar en círculos.

—Continuaremos hasta que paremos —dijo y le murmuró algo a Madrona, quien pareció asentir en respuesta.

—¿De qué crees que estén hablando esas dos chismosas? —inquirió Kellan a varios metros a mi izquierda, para evitar mi olor.

—Quizá de mi cabello o de mi ropa.

—Si te soy franco, éste no es tu mejor aspecto —me confió—. Incluso antes de que te cubrieras con esa... porquería de lobo.

—¡Qué gracioso! —protesté—. Justo hace un momento me decía lo bien que luces con esta porquería. Deberías ponértela más a menudo —le tendí la piel y se apartó de un salto entre risas.

Rosetta frenó de manera abrupta, con una mano en el aire.

—Shhh —dijo, y callamos, en alerta.

163

Reinició la marcha un segundo después y la seguimos de puntillas.

—¿Oíste algo? —preguntó Kellan nervioso.

—No —contestó—. Sólo quería que cerraran la boca.

Nos sumergimos en un enfadado silencio al tiempo que nos internábamos cada vez más en la espesura detrás de ella.

Eso me dio oportunidad de examinarla mejor. Esperaba encontrar a una mujer parecida a la bruja de la canción —pálida y arrugada, de ojos enrojecidos y una profusión de dientes descomunales—, pero esta joven parecía de mi edad, si no es que menor, pese a que llevaba puesto un anticuado vestido hecho en casa. Su cabello era un caótico amasijo castaño de tiras de cuero y hebras teñidas de oro, trenzadas hasta componer capas abundantes. Tenía la piel morena, y unas pecas salpicaban sus mejillas como si fueran estrellas. Lo más impresionante eran sus ojos: un vívido despliegue de pardos y ocres que destellaban como discos pulidos de la gema llamada ojo de tigre.

Ella era tierra recién removida y hojas de otoño y viento cortante. Me agradaba.

—Ya llegamos —anunció.

—¿Adónde? —preguntó Kellan. Nada a nuestro alrededor se diferenciaba del paisaje que habíamos visto a lo largo del camino.

Nos hizo señas para que avanzáramos y dimos algunos pasos en el claro. Mientras lo hacíamos, una ondulación atravesó las sombras. Una infinita gama de colores emanó de la paleta de grises, azules y negros del bosque, y diversos objetos cobraron forma: el rojo tejado de una casita pintada de amarillo bajo las ventanas de cuyo primer piso se aglomeraban unos girasoles muy altos. Al pie del cielo del mediodía, un huerto rebosaba de cultivos con opulentos matices de piedras preciosas: calabazas de color bermellón, berenjenas de un negro purpurino, pimientos de tonalidades cetrinas y rojo esmeralda, tomatillos que pendían de enroscadas enredaderas al modo de rubíes de un delicado collar. De la chimenea brotaba un humo acompasado que nos recibía con los brazos abiertos y la promesa de una acogedora hoguera.

—Bienvenidos a mi heredad —dijo Rosetta—. No toquen nada.

—¿Vives sola? —la sondeó Kellan.

—Lo dices como si fuera algo malo —retiró el pasador de la verja, que chirrió con estruendo mientras se abría.

—Si eres la única que vive aquí —prosiguió él—, también eres la responsable del mantenimiento de la verja —inspeccionó las oxidadas bisagras—. Porque esto es inaceptable.

—Hablas como un auténtico Greythorne —respingó ella—. Me agradaste más la vez pasada, porque callabas.

—¿Te refieres al día en que me apuñalaron y arrojaron de un risco?

—De nada —respondió.

—¿De qué sirvió todo eso? Llegué junto a mi hermano a Greythorne casi muerto.

—Pero vivo. Y no fue fácil llevar tu lastimoso ser hasta allá. Además, si no lo hubiera hecho yo, ¿quién? No la princesita aquí presente, que en lugar de ayudarte no paró de llorar en el bosque como una chiquilla indefensa.

Me ruboricé.

En lo que Rosetta nos conducía adentro, Kellan me murmuró al oído:

—Cuando Onal dijo que la bruja no apreciaba a la gente, creí que se refería a su gusto por comérsela. Esto podría ser peor.

Dejé de escucharlo en el instante en que nos acercamos a la casita. Tiré la piel de lobo y contemplé largamente la cabaña.

—Conozco esta casa —dije—. La he visto en sueños.

Mientras caminaba alrededor, Rosetta no me quitó los ojos de encima.

Elevó la barbilla.

—¿Qué sucedía en ese sueño?

Por más que dudé en contárselo, me fulminó con la mirada. Era de quienes exigen respuesta a todas sus interrogantes.

Contesté de mala gana:

—Oía gritos adentro. Pese a que quería entrar para ver qué pasaba y prestar ayuda, ninguna de las puertas y ventanas cedió. Al final... —arrastré las palabras y subí los hombros— los gritos cesaron y el sueño llegó a su fin.

Justo en ese momento, la puerta de la casa se abrió y Onal salió de ella.

—¡Tardaste demasiado, Rosetta! —reclamó—. Lamento informarte que ya me acabé todas las zarzamoras que tenías en la alacena —olfateó el ambiente—. ¡Madre mía!, ¿qué olor es ése?

—Tripas de lobo podridas —respondió Kellan.

Rosetta cruzó los brazos, fijó la vista en la anciana y dijo:

—Debí saber que habías sido tú quien trajo de nuevo a este par de ocurrentes a mi bosque. La última vez me causaron muchos problemas.

—Son insoportables —admitió Onal—. Pero ¿qué quieres que haga? Son jóvenes y tontos.

—¿Entonces por qué los trajiste?

Onal me miró.

—Aunque ignoro los detalles, parece que el destino del mundo está en juego.

—Me preguntaba qué te traería de vuelta aquí. Ahora lo sé: el fin del mundo —le dirigió una sonrisa triste—. Bienvenida a casa, hermanita.

Vaciaron sobre mí un balde de agua fría como si no fuera bastante encontrarme en ropa interior sobre la orilla más ventosa del claro.

—¿Son... hermanas? —mis dientes castañeaban mientras Onal le tendía a Rosetta otro balde e iba al pozo a rellenar el primero.

—¿No se nota? —vertió sin previo aviso el agua sobre mi cabeza.

Me quedé sin aliento en cuanto el gélido chorro cayó sobre mí. Cuando recuperé el habla, farfullé:

—¡Por supuesto!

Me entregó una barra de jabón hecha en casa.

—Tállate —ordenó, obedecí y, antes de que hubiera hecho suficiente espuma, me mojó una vez más y lancé un chillido.

De espaldas a nosotras y a la espera, Kellan rio.

—¿Y a ti qué te alegra tanto? —lo fustigó Onal—. Eres el siguiente.

Rosetta bajó el cubo, indicó a señas que me moviera y tendió una raída manta para que me cubriera.

—Con esto bastará. Hay un baúl con ropa vieja debajo de la escalera. Ponte lo que encuentres.

Detrás de mí, el ruido del agua interrumpió las risotadas de Kellan cuando Onal le arrojó el primer balde de agua.

Tibio y confortable, el interior de la cabaña olía a salvia y cedro. El baúl que Rosetta había mencionado estaba lleno de hermosas prendas pasadas de moda. Hallé una que me quedaría bien, un vestido recto de color verde pálido y manga larga que se ajustaba al corpiño con cordones a cada lado de la cintura.

Terminé de vestirme y me concentré en mi cabellera, entre cuyas húmedas marañas pasé los dedos mientras deambulaba por la pequeña casa. El salón principal contenía una extraña colección de muebles rústicos y telas tejidas a mano con elaborados diseños. *Quizá sean hechizos*, hice una mueca a causa de un renuente nudo en mi cabello.

En un rincón se alzaba una rueca, un pesado y voluminoso artefacto de antigua madera de roble aceitada con esmero. En el otro, una gruesa capa de polvo cubría una cuna. Ocupada por una muñeca de trapo, las flores en forma de lágrimas pintadas en sus costados eran de un violeta desvaído.

Mis ojos pasaron de la cuna a un retrato en un marco de óvalo colgado encima de ella. Por un minuto tuve la impresión de que el marco estaba vacío; una inspección más detallada reveló que era un espejo volteado contra la pared.

Enlisté las baratijas que se exhibían en la repisa de la chimenea: racimos de hierbas puestas a secar al fuego, un empolvado reloj sin su mecanismo y una hilera de media docena de estatuillas de diversos tamaños. La primera era una doncella de pino blanco con una melena que casi tocaba sus pies y un rostro de asombrada inocencia. La segunda era otra joven, de lujosa caoba. Encantadora y vivaz, poseía una buena dotación de lindas curvas y una nube de caireles. La tercera era mucho menor, una niña apenas, de fuerte nogal. Erguida y con el desafiante mentón en alto, su lustroso cabello centelleaba bajo la luz. Llevaba en brazos a un bebé o una muñeca.

Los demás eran animales: un zorro, un oso, una lechuza blanca…

Cuando Kellan llegó a la sala tras de mí, susurraba maldiciones entre el castañeo de sus dientes. Se acercó al fuego de inmediato, apenas cubierto con sus empapados calzoncillos y la carne de gallina.

—Le pregunté a Rosetta si tenía alguna prenda para mí y me dijo entre risas que ninguno de sus vestidos me quedaría —volvió el trasero al fuego y suspiró aliviado.

—¡Qué lástima! —exclamé—. Te verías deslumbrante con un vestido.

—Lo sé —dijo—, pero teme que mis brazos rompan las costuras.

—Un temor razonable —miré sus hombros de espadachín y agregué—: Kellan, mira, ¿qué ves aquí?

Se volvió hacia la repisa y sus cejas se elevaron de golpe.

—Se parecen a…

—… las estatuas del laberinto de los setos —terminé por él y tomé la talla de la menor de las jóvenes—. Son casi idénticas.

—¡Aléjense de ahí! —Rosetta llegó con un fragmento de piel de lobo, Onal venía detrás.

—Ésta se parece a ti, Rosetta —señalé imperturbable a la doncella de caoba.

—La primera es Galantha, nuestra difunta hermana —extendió la piel sobre la mesa y miró a Onal—. La pequeña es Begonia.

Ahogué un resoplido.

—¿Te llamas Begonia?

Se cruzó de brazos.

—No le veo la gracia…

Rosetta se puso a raspar pelo de la piel con su cuchillo de hueso y dijo:

—*Begonia* siempre ha odiado su nombre...

—¡Es horrible! —la interrumpió Onal.

—... así que decidió cambiarlo por Nola, en honor a la primera guardiana. Pero como todo lo escribía mal cuando estaba aprendiendo, en lugar de anotar *N-O-L-A* ponía *O-N-A-L*. ¡Yo me burlaba despiadadamente de ella por eso!

—¡No! ¿Tú? —dijo Kellan.

—Así que mi hermanita conservó ese nombre para fastidiarme.

—No sólo por eso —se justificó Onal—. Cualquier nombre habría sido mejor que Begonia.

—Yo la llamaba Beggie y Goney —prosiguió Rosetta—. Mi pequeña hermana tenía muchos sobrenombres.

—¿Y aun así te preguntas cuál fue el motivo de que me marchara y no haya vuelto jamás? —Onal arqueó amenazadoramente sus finas cejas.

—Si te hubieras quedado, habrías envejecido mejor —se encogió de hombros—. La abuela vivió más de cuatrocientos años, y a tus ciento veinte ya te ves como ella.

Kellan y yo lanzamos un grito ahogado. Yo nunca había tenido la imprudencia de indagar la edad de mi mentora, pero si hubiera tenido que aventurar una hipótesis, le habría calculado a lo sumo siete decenios.

—¿Tienes ciento veinte años? —preguntó Kellan incrédulo.

—Los cumpliré en dos meses —Onal apretó los labios—. No es algo que tenga por costumbre pregonar.

—Envejece despacio, como cualquier otra hija de los bosques —dijo Rosetta—, pese a su origen humilde, su falta de talento y el hecho de que haya abandonado el hogar cubierta de vergüenza.

Onal dobló sus largos dedos bajo la barbilla.

—¡Qué difícil es darte a querer!

La vi con nuevos ojos.

—Ahora sé de dónde sacaste todo tu conocimiento sobre las hierbas, aunque jamás habría imaginado...

—Es la insensatez de la juventud —replicó—. Ver los años que se acumulan en la cara de una persona y no advertir todo lo que ha vivido para ganarlos.

—¿Mi madre sabía acerca de esto? ¿De tu familia, tus vínculos con la magia fiera, tu lento envejecimiento?

—No, y tu padre tampoco. A nadie se lo dije. Ya era suficientemente riesgoso ser una experta en artes curativas. ¿Para qué atraer más escrutinio del necesario? —me miró con altanería—. Una pregunta que habría querido que te hicieras más a menudo, en el curso de los años.

—Simon lo sabía, ¿cierto? —pensé en voz alta—. ¿De qué otra forma habría intuido que nos ayudarías a buscar a Rosetta?

—Ignoro cómo lo adivinó —dijo—. Tenía pensado llevarme el secreto a la tumba.

—Estuviste a punto de lograrlo, hermana —terció Rosetta—. Deberías sentirte orgullosa.

Onal ladeó la cabeza.

—¿Y qué secretos te llevarás a la tuya?

Se miraron con la intensa hostilidad que sólo es posible concebir entre hermanas.

—¿Todos los magos fieros son así? —pregunté—. ¿Lentos para envejecer, prontos para enfurecer?

—Yo no soy maga fiera y ella no es *cualquier* maga —repuso Onal—. Es la guardiana de este bosque.

—¿Qué significa eso?

—Que una vez cada era, una descendiente de la diosa Madre es elegida para que preserve el equilibrio entre sus creaciones, se encargue de que los ciclos y modelos que ella produjo permanezcan de generación en generación.

—Ilithiya —Rosetta levantó el pellejo del lobo, ya tan esquilado que dejaba entrever la grisácea dermis—. Llámala por su nombre, por favor —examinó un segundo la piel antes de proferir—: ¡Ahí está! Lo encontré —la dejó caer triunfalmente sobre la mesa de la cocina y todos la miramos con notoria incomodidad.

Onal carraspeó.

—¿Qué encontraste?

—La respuesta sobre el origen de estas criaturas —contestó—. No ha habido lobos únicamente. También he visto cuervos con el cuello trozado y comadrejas de ojos enrojecidos... Todo indica que desde hace tiempo alguien ha experimentado con cuanta bestia ha caído en sus manos. Por lo general, cuando llego hasta ellas, su cuerpo está demasiado putrefacto para identificar el sello. Pero este ejemplar tiene poco de muerto y... bueno, sólo miren.

Deslizó su mano sobre la piel y una pálida luz blanquiazul cobró la forma de un intrincado nudo de cinco puntas.

—Así es como lo hacen: introducen almas humanas en cuerpos de animales.

Se me revolvió el estómago.

—¿Almas humanas?

—No es algo imposible de lograr si se tiene suficiente información sobre el plano espectral y una completa falta de empatía.

—La primera vez que vi una criatura como ésta fue cuando el Tribunal nos buscaba —recordé a Zan y mi encuentro con el lobo—. Pero aunque es innegable que el Tribunal carece de empatía, es menos factible que utilice la brujería contra las brujas —suspiré.

—¿Lo crees incapaz de hacer esto? —inquirió Rosetta—. Porque yo no. La recolección de espíritus y su inserción en cuerpos incompatibles caben justo dentro de los intereses del Tribunal.

—¿Qué sentido podría tener que se introduzcan almas de difuntos en animales? —preguntó Kellan asqueado.

—Muchos —Rosetta apuntó hacia él sus ojos amarillos—, si tu meta es hacerlo algún día en cuerpos humanos.

Esta afirmación nos conmocionó a tal punto que nos sumimos en un profundo silencio.

—Vivirías así para siempre —continuó— y saltarías de un cuerpo a otro hasta el final de los tiempos. Las almas fueron hechas para que habiten sólo el recipiente en el que nacieron, pero alguien ha ideado una manera de infringir este principio. ¿Ven eso? Este símbolo es una fusión de dos magias: magia de sangre engastada en un nudo fiero. Pero el sortilegio no surte efecto, las magias colisionan. Y el espíritu incompatible se ulcera mientras el cuerpo se descompone.

Lanzó la piel a la chimenea, donde empezó a rizarse y ennegrecerse.

—Las estrellas nos guarden si algún día eso se convierte en una realidad.

14

Cuando la piel quedó reducida a cenizas, me aclaré la garganta y rompí el silencio:

—Por pavorosa que sea esta criatura, no es el motivo que nos trajo aquí.

—No —Rosetta atizó el fuego con un palo largo y sin hojas, afilado con tosquedad—. Vinieron a hablarme del fin del mundo.

—¡Quemarás esa vara! —Kellan oteó a su alrededor—. ¿No tienes alguna herramienta de hierro?

—No tengo nada de hierro —contestó.

—Las mujeres del bosque y las magas fieras —suspiró Onal— no son afectas a esa materia. Tampoco les agrada lo que se hace con ella, ni siquiera en cantidades mínimas, como el acero...

—O la sangre —Rosetta me miró con sus ojos amarillos—. E incluso la magia que la requiere.

—¿Cómo supiste...? —comencé.

—Lo supe en cuanto te vi —dijo—. Olías peor que la piel de lobo. A cólera, hierro y azufre.

—No me importa si mi magia y yo no te agradamos —bufé—. Tampoco soy afecta a ti en este momento. Pero el hombre más sabio que he conocido me ordenó que te buscara, así que te suplico que me ayudes.

—¿Y en qué crees que puedo ayudarte, niña?

—Dijo que me enseñarías a entrar al mundo entre el ahora y el después. Lo llamó el Gris.

Estalló en carcajadas.

—¿Qué tan sabio puede ser tu amigo si te envió con la única persona en la tierra que no está autorizada para cruzar al Gris? —se volvió hacia nosotros—. Les permitiré que se queden esta noche, pero se marcharán mañana. No tengo tiempo para más insensateces.

—Al contrario —murmuró Onal—. Tienes todo el tiempo del mundo.

Aunque ardía de impaciencia y desilusión, había dormido muy poco en los tres últimos días, y supe que si discutía con Rosetta me exponía a que me expulsara más rápido de sus dominios.

Me asignó el dormitorio de Galantha. Pequeño y acogedor, era un espacio junto al desván, con muebles cubiertos por sábanas. Retiré una por una y todos mis hallazgos me maravillaron: una cama de pino, un antiguo ropero tallado con exquisitas flores de primavera y una silla pintada con un vivo amarillo estival.

También había un tocador con un espejo enmarcado por coloridas piedras de río. Pese a su belleza, fue el único mueble que cubrí otra vez; un solo atisbo de mi lánguido reflejo había sido más que suficiente.

La única ventana daba al oeste y permitía el ingreso de la luz que se filtraba desde el bosque. Salpicaban la habitación numerosos recuerdos de la corta vida de Galantha: una corona de pequeñas ramas, flores de papel, pilas de viejos libros. Varias guirnaldas de objetos hallados al azar —llaves de bronce, conchas marinas, bellotas, hojas espolvoreadas de oro y abalorios de cristal con formas extrañas— entrecruzaban los pronunciados aleros del techo.

También Galantha me habría simpatizado, decidí, si hubiera tenido la oportunidad de conocerla.

Me metí en el lecho y caí dormida al instante. Fue como si un río veloz me arrebatara; el sueño me atrapó en el acto.

Soñé con Galantha.

Sentada al borde de su propio lecho, me veía dormir. Su larga y ondulada cabellera era rubia, con un toque del granate de Rosetta que fulgía bajo la luz de la luna, y sus ojos eran de un café tan tenue como los de Onal.

—¿Qué fue de ti? —pregunté.

—Tomé una decisión —dijo.

—¿Eres un espíritu?

—En cierto modo. Soy más como… un recuerdo.

—¿Tuyo o mío?

—De ambas —fue su respuesta.

Supe entonces que no era Galantha. Era yo. No la yo que había aparecido el día que me embriagué con el gravidulce; ésa era una joven a la que no conocía. Ésta era mi verdadero yo. Más acabada quizá, más cansada sin duda… pero definitivamente yo.

Dio media vuelta para retirarse.

—Espera… —cuando resbaló la sábana del tocador, miré en el espejo un atisbo de nuestra imagen: una chica de cabello claro, la otra oscuro, frente a frente. Éramos los dos lados de la misma moneda, la Reina de Dos Caras.

Desperté de un sobresalto; la habitación permanecía inmóvil y silenciosa. Los únicos movimientos eran los míos, que veía en el espejo descubierto.

Oí un ruido afuera y cuando me acerqué de prisa a la ventana vi que Rosetta cruzaba el jardín con sigilo. Me envolví en la cobija de Galantha, corrí escaleras abajo y salí de la choza para no perder a Rosetta en la espesura.

Era cerca de la medianoche y el bosque se encontraba sumido en su segundo estado, un mundo de sombras purpúreas y rayos de luna plateada. Seguí a Rosetta más allá del límite marcado por un cordel con nudos, que ondeaba levemente bajo el fresco viento nocturno. El temor invadió mi espalda al tiempo que corría para alcanzarla. No había olvidado aún lo que se siente extraviarse de noche en el Ebonwilde.

Se detuvo en un claro más pequeño en el bosque, cuyo aire se sentía denso, pesado y anormalmente caliente, como el interior de un templo en un húmedo día de verano.

Caminó hasta el centro de aquella extensión, donde florecían tallos largos y rizados, hileras colgantes de brotes compuestos por dos pétalos carmín en forma de corazón sobre dos pétalos níveos en forma de gota.

—¡Ya puedes salir! —clamó al vacío. Un segundo después entendí que era a mí a quien le hablaba.

Emergí con timidez de entre los árboles y me uní a ella en el claro.

—Pensé que el gravidulce era una flor de primavera —me incliné para pasar el dedo por una hilera de botones que vibraron en la parra—. ¿A qué se debe que aquí se dé en otoño, unos días antes de que inicie el invierno?

—En la Cuna florece todo el año —contestó—. Es su lugar de origen.

177

—¿El sitio donde la Madre Tierra dio a luz a su hijo con el Padre Tiempo?

—Ilithiya.

—¿Cómo dices?

—Se llamaba Ilithiya. Y él era Temporis —el claro de la Cuna parecía un mar inmenso de oscilantes capullos como gemas. Rosetta arrancó una pequeña rama y la hizo girar entre sus dedos—. Estas florecillas son idénticas a la Campana de Ilithiya, y comprenden su Dicha —tocó los pétalos rojos— y su Pena —tocó los blancos, dio una ligera sacudida al tallo y las flores se agitaron como campanas—. Aquí nació la primera guardiana, Nola. Y aquí murió Ilithiya, su madre. La Cuna es un lugar sagrado. No debe ser visto por extraños.

—¿Por qué permitiste que te siguiera, entonces?

—Lo creí justo luego de que sustraje esto de tu alforja —levantó el libro de Simon; las ramas rosadas destellaron.

Intenté arrebatárselo.

—¿Registraste mis pertenencias? Eso es una grave infracción de mi privacidad.

Lo puso fuera de mi alcance y dijo:

—Tú has infringido gravemente la mía, ¿no lo crees?, al entrar en mi bosque y tomar posesión de mi casa. Además, este libro no es tuyo. ¿Dónde lo obtuviste?

—Me lo regalaron.

—¿Para qué? —lo abrió y tomó la lista de términos traducidos que yo había garabateado a toda prisa—. Es obvio que no lo entiendes.

—No tengo idea —contesté con acritud—. Y te respondería lo mismo si me preguntaras por qué, en nombre de todas las estrellas y la santísima Empírea, él me envió contigo.

—¿Así que fue Simon, el mago de sangre al que mataste?

Respiré hondo en pos de los últimos vestigios de mi serenidad.

—Sí. Simon me lo envió, y al momento de su muerte me ordenó que te buscara.

—¿No se lo enseñaste a Onal?

—No —sacudí la cabeza.

—Aun si lo hubieras hecho, no estoy segura de que lo hubiera reconocido. Era muy joven cuando Galantha falleció.

—¿Qué quieres decir?

—Que esto —sostuvo el libro en alto— es el grimorio de Galantha. Yo lo reconocería en cualquier parte; empezó a compilarlo un año después de que nuestra madre murió, tras dar a luz a Begonia, y ella ascendió como la siguiente en la línea para servir como Guardiana del Bosque.

—¿Eso significa que... es un libro de hechizos?

—¿Qué creíste que era? ¿Un puñado de cuentos de hadas?

—No lo había descartado —resoplé.

—Cada guardiana posee uno, y más tarde transmite sus conocimientos a su sucesora, quien escribe el suyo.

—¿Tú tienes uno, entonces?

—Algo parecido —contestó—. Pero heredé la responsabilidad como Guardiana sin previa instrucción. He descubierto sola todo lo que sé.

—Simon dijo que tenía varios cientos de años de antigüedad...

—Ciento dieciséis, para ser exactos.

—Quizá sabía que lo querías y me lo mandó como... pago o algo así... para convencerte de que me ayudaras —como se mostró escéptica, proseguí—: Quizá contenga un hechizo que rompa el lazo de sangre entre Kellan y yo.

—Hasta donde sé, sólo existe una manera de romper ese lazo —dijo— y es con la Campana de Ilithiya. Por desgracia, esa reliquia se perdió al mismo tiempo que el grimorio. Es imposible conocer su paradero actual o pretender recuperarlo sin entrar al Gris. Y es imposible que alguien entre al Gris sin la Campana de Ilithiya —apartó de sus ojos algunos de sus encendidos mechones—. ¿Adviertes la magnitud del problema?

—He estado dos veces en el Gris —repliqué—. Fue ahí donde recibí de Simon la indicación de que te buscara.

Fijó su vista en mí con incredulidad.

—Para que llegaras allá fue necesario que murieras. ¿Estás dispuesta a correr nuevamente ese riesgo? ¿No? Eso imaginé.

—Él aseguró que tú podrías asistirme. ¿Por qué pensaba eso?

—Las Guardianas nos hemos hecho cargo de mantener el equilibrio entre los planos. Para cumplir ese propósito contábamos con la Campana de Ilithiya, que nos ofrecía la posibilidad de atravesar las fronteras entre los planos sin dejar atrás algo de nosotras como anclaje.

—¿Qué sucede si alguien deja atrás un anclaje?

Me miró con aire meditabundo.

—Me dijiste que en alguna ocasión soñaste con mi heredad.

—Sí.

—¿Has tenido sueños similares?

Titubeé.

—Algunos.

—He sabido de magos de la Asamblea que se trasladaban al Gris mientras dormían. Proyección, la llamaban. Tu conciencia abandona tu cuerpo material y ocupa tu cuerpo sutil. Puedes observar, no ser observada; influir, no afectar físicamente. Eres, en esencia, un fantasma.

—Ignoro si eso fue lo que me pasó. No lo hice porque lo decidiera.

—Pero si lo hiciste…

—Jamás he controlado adónde voy o qué veo en sueños —la atajé—. Hasta ahora creí que se trataba de meras imágenes oníricas o que estaba muerta, o al menos se suponía que lo estaba —me ajusté la manta sobre los hombros pese al calor que sentía y por fin saqué a relucir el angustioso tema que me atormentaba—. Parece que muy pronto tendré una nueva oportunidad de morir.

—La muerte es parte de la naturaleza, de la vida. Los magos fieros genuinos honramos ese proceso. No nos proponemos impedirlo, no interferimos.

—Si no lo has hecho —siseé—, es porque no has perdido a nadie que amaras tanto para intentarlo.

—O tal vez —entornó sus amarillos ojos—, lo amaba demasiado para intentarlo.

—¿Por qué hace cinco meses ayudaste a Kellan si nada te ataba a él? Vive gracias a que interferiste.

—Lo habían apuñalado y eso no es "natural" —calló un segundo—. ¿Pero quieres que te diga la verdad? Porque es muy parecido a Mathuin.

Miró sus pies y su roja melena se alborotó bajo el viento nocturno. Me acerqué más a ella, movida por la curiosidad de ver qué atraía su interés, y di un salto atrás.

Estaba plantada en el filo de una isla de hojas de sangre en medio de ese océano de gravidulce, un recordatorio luctuoso en aquel sagrado monumento a la vida nueva.

—¿Cómo pudo ocurrir esto? —pregunté, con la mirada fija en las hojas de sangre.

—Las cosas han perdido su equilibrio —respondió de manera enigmática— desde hace décadas. Siempre creí que si al menos podía mantener el bosque en paz, las civilizaciones humanas continuarían con su eterno vaivén y el mundo se enderezaría de nuevo al paso de los años. Sin embargo, me temo que el tiempo no está de nuestra parte —se sentó entre las flores con las rodillas bajo el mentón. Un momento después reanudó su discurso y la escuché atentamente, segura de la importancia de todo lo que decía. Este sitio era donde yo debía hallarme en este instante, para que la oyera hablar.

Aunque no creía en el destino, imaginé que produciría una sensación igual a ésa si fuera real.

Justo entonces la brisa meció las flores de gravidulce, que se balancearon como si asintieran.

—Yo no estaba llamada a ser Guardiana —continuó Rosetta—. El día en que nuestra madre murió, la elegida como legataria del cargo de la abuela fue Galantha. Había nacido para la tarea: era hermosa, brillante y amada por todos. Begonia era aún una niña cuando le inventé que donde Galantha pisaba emergían azafranes, y adoptó la costumbre de observar sus huellas, confiada en que vería manar dichos capullos. No era que creyera en mis palabras, sino que nuestra hermana era de esas almas de las que puede creerse que harán brotar flores a su paso.

”Tenía dieciséis años cuando asumió la responsabilidad como Guardiana de la Séptima Era, la Era de la Doncella. La gestión de la abuela había durado cuatrocientos años; Galantha podría haber subsistido tanto o más. La abuela aseguraba que su nieta sería la guardiana más longeva desde Nola, de quien se decía que había vivido miles de años.

—¿Qué lo impidió? —inquirí en voz baja.

—Mathuin —contestó—. Mathuin Greythorne —sacó de su bolsa la estatuilla de la segunda hermana, la que se parecía a ella.

—Conozco ese nombre, Kellan me habló de él: la vergüenza de la familia. El desertor al que una bruja atrajo al Ebonwilde y perdió la cabeza.

—No la cabeza —repuso—, sino el corazón. Mathuin era un artista, no un soldado. En cuanto abandonó su puesto, el Tribunal se arrojó tras él. Escapó ileso e intentó ponerse a salvo en Achleva, adonde nunca llegó. Galantha y yo lo encontramos herido de muerte en el bosque. Lo trajimos a casa para curarlo y se encariñó con nosotras —sonrió por el recuerdo.

"Mientras tallaba sus figurillas, nos relataba hermosas historias sobre su vida en ese remoto oasis de magia y laberintos llamado Greythorne. Para entretenerse, reparaba pequeños objetos, trabajaba en el huerto a nuestro lado, nos llevaba a pasear al bosque en su bello corcel, un empíreo plateado que respondía al nombre de Argentus. La abuela estaba muy delicada y no le agradaban los desconocidos, pero apreciaba que él laborara con empeño y no cesara de arrancarnos carcajadas. Cuando enfermó, Mathuin nos ayudó a cuidarla. Cuando murió, labró una lápida para su sepultura en la cripta familiar —lanzó un hondo suspiro—. Al final, todas lo queríamos como un hermano, incluso Begonia, que por nadie sentía afecto.

—Onal me contó en una ocasión —dije nerviosa— que su hermana fue asesinada en el bosque un día en que ella recogía pétalos de hojas de sangre —miré el sembradío—. ¿Eso tuvo lugar aquí? —asintió—. ¿Lo hizo Mathuin? —susurré.

Sacudió ligeramente su cabeza.

—Por más que me resistía a creerlo, ¿cuál otra sería la respuesta lógica? Cuando ella falleció, él desapareció para siempre. ¿Y qué es lo peor de todo esto? Que no recuerdo nada, pese a que estuve *ahí*.

—¿A qué te refieres?

—Se suponía que esa noche pasaría por el cielo un cometa que no volvería hasta décadas más tarde. Habíamos identificado ya dónde lo veríamos, y de esa mañana recuerdo que desperté y después... nada. Lo siguiente que supe fue que el cometa ya había pasado, y Begonia me estaba sacudiendo para despertarme en el campo de gravidulce. Galantha había muerto y, con sus pétalos, la hoja de sangre había cubierto el mundo de blanco. Mathuin había simplemente... desaparecido. Y yo... era la nueva guardiana. En algún momento entre el arribo del cometa y antes de su muerte, Galantha había hecho sonar la Campana de Ilithiya y dejado su responsabilidad en mis manos.

Guardé silencio, mientras lo asimilaba todo.

—Cada Guardiana vigila una fase de la historia de la humanidad. La de Galantha fue la Séptima, la Era de la Doncella, equiparable con la primavera: henchida de comienzos, de vida nueva y esperanza. Y pese a que debía prolongarse un par de siglos, duró apenas un año. Yo soy la Guardiana de la Octava, la Era de la Madre, un periodo de alimentación y crecimiento, como el verano —tensó la quijada—. Lo cual no deja de ser irónico, si se toma en cuenta que soy estéril.

—¿Cómo sabes que...?

—Ten la seguridad de que lo he intentado —espetó—. ¿De dónde crees que han salido tan profusas leyendas de la bruja que tienta a los viajeros en el bosque? Mathuin Greythorne fue el primero, no el último. A lo largo de los años, me he forjado una esforzada reputación. Las madres de Renalt previenen en vano a sus impresionables hijos pequeños, de cualquier género, contra extravíos que los vuelvan presa de mis encantos —una maligna y mordaz curva se formó en su boca—. Y no deja de ser gracioso que la Guardiana de la Era de la Madre sea precisamente una mujer estéril.

"La Novena Era es la próxima —continuó—, la de la Anciana, que sin duda traerá consigo toda clase de tinieblas y devastaciones. Requerirá, además, una nueva guardiana que la acoja, dueña de los atributos necesarios para llevar la tierra a buen puerto. Sin embargo, ni Onal ni yo tenemos descendientes directas de Nola a las que pueda transferir mi puesto. Y aunque quizá podría elegir a otra, sin la campana no me atrevo siquiera a imaginarlo. Esto significa que deberé llevar por siempre esa carga: no moriré jamás.

—¿Cómo lo sabes?

—Ten por cierto que eso es algo que he intentado también —dijo con aire sombrío.

Callé por un minuto y pregunté al cabo:

—¿En verdad sería tan terrible que la Era de la Madre fuese eterna? La oportunidad de vivir para siempre haría feliz a más de uno. ¿No es eso lo que el Tribunal persigue con sus lobos experimentales?

—¿Deseas que viva sola hasta el fin de los tiempos? —se estremeció, pese a la calidez en la Cuna—. Sólo quien no conoce la soledad diría tal cosa. La Era de la Madre no puede prolongarse por siempre; siento que ya se ha extendido demasiado. Tarde o temprano, el equilibrio se fracturará. Y en cuanto eso suceda, la ausencia de una Guardiana resultará catastrófica. Todos los seres vivos se extinguirán. Créeme cuando digo

185

que hay una sola cosa más aterradora que la muerte: la idea de una vida sin fin en un mundo vacío —se detuvo un momento, contempló el grimorio de Galantha y volvió hacia mí sus penetrantes ojos—. Aun así... hay una solución para tu problema y el mío.

—¿Cuál? —ladeé la cabeza a medida que retornaba a mis adentros esa extraña sensación, no de pertinencia exactamente. Algo más como... inevitabilidad. Tiraba de mí como una marea decreciente, una suave exigencia. No me opuse a ella; acaso sería inútil intentarlo. Ya había llegado hasta este punto, igual podía permitir que la corriente me llevara más lejos—. Escucho.

—Que entres al Gris —sentenció.

15

—¿**N**o deberíamos informar a Onal y Kellan de lo que haremos?

De un bolso oculto en las raídas capas de sus faldas, Rosetta había extraído una esfera de un insólito cordón plateado, que extendió al modo de una telaraña, girando y anudando para componer delicados trazos en el aire, acordes con las incomprensibles notas del grimorio de Galantha. Pese a que su labor carecía de la rotundidad y viveza de mi magia de sangre, había una fuerza indiscutible en la grácil complejidad de su arte. La magia fiera siempre me había parecido salvaje y desbocada, y aquí me di cuenta de que era lo opuesto: rítmica y metódica, una prolongación natural del ciclo de la vida, la muerte y el renacimiento.

—¿Crees que les hará gracia la idea de que vagues sola por el plano espectral? —preguntó sin volverse.

Fruncí los labios a medida que imaginaba la arrugada frente de Kellan y el ceño desdeñoso de Onal.

—Tienes razón, es mejor que no les informemos.

—Si mi presentimiento resulta atinado, será fácil que recorras el Gris; es probable que ya lo hayas hecho en sueños. Gracias a esto, poseerás plena conciencia en tu cuerpo espectral y controlarás lo que veas.

—¿Corro peligro?

Aquietó sus manos en la cuerda justo cuando tejía otra atadura de la telaraña.

—Si te dijera que sí, ¿te rehusarías a ir a la otra vida?

Pensé en Kellan y el paño de sangre.

—No.

—Sí, corres peligro. De acuerdo con los escritos de Galantha, el acceso inicial al Gris es indoloro. Igual que si cruzaras un espejo, todo marchará hacia atrás, y eso te desorientará. Pero también lo comparó con vadear un río: cuanto más lejos llegas, más poderosa es la corriente, y más factible que te arrastre consigo.

—¿Qué sucederá si no regreso?

Consultó el libro de pasta verde.

—Tu conciencia quedará a la deriva, en una dimensión que Galantha llamó "el todo a la vez". Sospecho que tu ser etéreo se vería privado de sentido y tu cuerpo material se consumiría y moriría, así que intenta no perderte demasiado.

Me encogí y recordé el Sueño de la Sangre.

—Haré mi mejor esfuerzo.

—Ahora presta atención: deberás yacer en el centro del hechizo —me ayudó a ingresar en el estrellado óvalo de plata. Con el verde de las hojas de gravidulce al fondo, ofrecía el vívido aspecto de las facetas de una esmeralda. Mientras me tendía en el eje y me acomodaba en mi sitio, Rosetta sacó un manojo de gravidulce desecado con el que trazó otro dibujo en el aire. Cuando empezó a arder, despidió un humo denso y aromático que puso a flotar mi cabeza—. No lo olvides: lo que acontece en el Gris es, fue o será cierto. Que tú carezcas de sustancia no significa que lo que ves no la tenga —y adoptó a continuación una voz monótona y relajante—: Aspira el gravidulce, concéntrate. Aleja tus pensamientos del peso del cuerpo que los contiene. Eres el tú que miras al espejo. Eres tu imagen reflejada.

—Esto no está funcionando —dije un instante después, pero Rosetta no me escuchó.

El cielo había cambiado de color. No era ya de un azul oscuro rociado de estrellas, sino de un reluciente zafiro que se transformaba a un profundo verde mar, y de regreso. El relampagueante zumbido de las líneas espirituales de fuerza empezó a vibrar en las cuerdas de plata y el metal se derritió sin previo aviso hasta acumularse alrededor de mí. Pronto, no estaba acostada entre flores de gravidulce, sino sobre un disco plateado similar a un espejo.

Comencé a hundirme en él e intenté no gritar cuando descubrí que ya no era una Aurelia sino dos. Una se tendía en el plano plateado de la soga fundida y la otra estaba... aquí.

Era la misma, pero no igual: una versión diferente de mí. Mi cabello distaba de ser rubio ceniza; se había vuelto castaño oscuro con un dejo de caoba.

La Cuna se fundió en una niebla indiscernible de un matiz terroso. Me sentí perdida en ella, e ingrávida también, porque nada tiraba de mí hacia la superficie. No había cielo ni tierra, aquí ni ahora.

Aquél era el Sueño de la Nada. Había entrado por voluntad propia al Sueño de la Nada.

Intenté recordar lo que Zan me había dicho el día en que nos ocultamos en la bodega del Canario. *Toca algo sólido y no lo sueltes. Pon las manos en algo real.*

¿Qué sería de Zan?

Sostuve su rostro en mi mente y di un paso adelante en aquel horroroso vacío.

No era el vacío y tampoco la nada; al contrario, como Galantha había señalado, era el todo a la vez. Y mi ser, mi ser verdadero, yacía en un pacífico prado. Yo era real. Sólo que no estaba despierta.

Avancé en el humo amorfo del Sueño de la Nada y me sorprendió sentir un perfil definido bajo mis pies. Di otro paso y vi que caminaba sobre un piso de madera, con angostos y apretados tablones en un diseño de líneas en diagonal.

Me hallaba en el salón de Rosetta. Al momento en que lo reconocí, la niebla retrocedió más. Había cuatro personas en el recinto, tres mujeres y un hombre, todos recostados sobre una alfombra ribeteada. Una de las mujeres era Rosetta. Otra, una chica espigada de rostro radiante y feliz, y el cabello levemente ondulado. La tercera era menor, de nueve años quizás, y mecía con diligencia una muñeca en la cuna del fondo, desde donde me daba la espalda. El hombre vestía un antiguo uniforme de los soldados de Renalt, carente de insignias. Sostenía en una mano un trozo de madera de tonalidad rosácea, y en la otra una navaja, con la que limaba despacio las afiladas aristas mientras Rosetta reía y atraía su atención. Rodeé de puntillas la sala para ver mejor el rostro de aquel individuo y me quedé sin aliento.

—¿Kellan? —pregunté.

Este nombre tuvo una repercusión disonante en el Gris, revolvió la escena y la dispersó en la atmósfera, al tiempo que un nuevo Kellan cobraba forma. Era el mismo que yo conocía, si bien un poco mayor, con el negro cabello más largo y dispuesto en unas trenzas finas que confluían en un moño en lo alto de su cabeza. Se acercaba a alguien que parecía estar encogido entre las sombras.

—¡Espera! —le tendió una mano—. ¡No te vayas! Mi única intención es conversar —cubría sus dedos una especie de manopla o guante reforzado que fulgía con la misma plata líquida del portal del Gris.

Guantes. Al parecer mis pensamientos —incluso los vagos— afectaban lo que veía. Ahora me encontraba frente a Isobel Arceneaux, quien manoteaba enfundada en unos guantes de élitro de escarabajo. Su acólito Lyall se inclinó ante ella.

—Estoy muy satisfecho con los resultados más recientes —apuntó al marchito cadáver de un hombre cuya piel mostraba manchas de un verde grisáceo y que yacía sobre una mesa de laboratorio—. El alma que utilizamos pertenecía a uno de nuestros Celestinos del siglo XIII; resistió cinco horas sin que el cuerpo se descompusiera y la rechazara, nuestro mejor experimento hasta la fecha. Aun así, me temo que nuestros sujetos de prueba se agotan...

—¡Y el tiempo también! —Isobel daba vueltas junto a una ventana cubierta con una gasa. Reconocí el edificio; habían instalado una suerte de base en el antiguo molino, el mismo de donde extrajeron las ruecas—. El eclipse lunar ocurrirá el Día de las Sombras, del que nos separan ya unas cuantas semanas. No podemos arriesgarnos a que se repita la experiencia de la última vez. Este recipiente debe prepararse a la perfección, el acoplamiento ha de ser impecable; no tendremos otra oportunidad. Es ineludible que tengamos acceso a la Stella Regina. Necesitamos los escritos de Urso si queremos cumplir con nuestra misión.

—Me permito referir que el padre Edgar no nos será de ayuda ahora. Aunque fue buena idea que una de nuestras almas se apoderara de su cuerpo para introducirnos en Greythorne, ignorábamos que el periodo que aquéllas pasaron en

191

la luneocita tendría un efecto tan negativo en sus conciencias. El Celestino que empleamos era uno de los más antiguos, y resultó incapaz de hablar. Apenas podía sostenerse en pie.

No. ¡No! Aquél era el padre Edgar. No lo reconocí al principio, bajo esa forma, sin su amigable sonrisa y gruesos anteojos. Pero ahí estaba, al igual que sus gafas sobre la mesa a su lado.

¡Que Empírea lo guarde, padre! Envié este pensamiento al Gris, con la esperanza de que lo escuchara si aún permanecía en el plano espectral.

—Requerimos más sujetos vivos. Todo se reduce a eso. Y los refugiados han abandonado el campamento casi en su totalidad; nuestro botín es cada vez más exiguo.

Arceneaux le lanzó una mirada de furia.

—¡Me encargaré de eso! ¿Qué noticias me tienes de la princesa? ¿Sabemos algo de ella y de su consorte?

—No —contestó reticente—, pero algunos de mis emisarios no han vuelto de sus recorridos de inspección, y es un hecho que están muertos. Los magos son los únicos capaces de liquidarlos, y ambos sabemos que hoy día es muy difícil tropezar con un mago genuino. Daremos con ella, yo mismo me ocuparé de hacerlo. Pese a la escasez de cuerpos humanos apropiados, la más reciente cosecha espectral arrojó un saldo muy fructífero, y todavía contamos con innumerables sujetos caninos para la producción de nuevos emisarios.

—Haz lo que debas —sentenció Arceneaux—. El tiempo se acaba.

Tiempo. Las campanas de la Stella Regina repicaron. Ahora me encontraba frente a la estatua de Urso, de cuya alargada mano caían gotas de sangre sobre la fuente. A sus pies, junto a un hombre arrodillado se tendía una espada sanguinolenta, con el sello de espinos de la familia Greythorne.

Éste era el Sueño de la Sangre.

¡No!

El Gris retrocedió bajo la fuerza de mis manos lanzadas al frente, lo que en el acto devolvió mi conciencia a la Nada.

Evoqué de nuevo el rostro de Zan y el Gris se abrió en respuesta, pero no me condujo a algo firme o seguro. Pasé del rojizo Sueño de la Sangre al gélido Sueño del Ahogo. Sólo que en esta ocasión no estaba viendo cómo Zan se sumergía en las profundidades; estaba inclinada sobre él en la playa, al tiempo que en los alrededores un jinete envuelto en una capa montaba un fantasmagórico caballo plateado.

La escena iba a cambiar otra vez y entonces las vi: la encendida flor de metal y la piedra del blanco badajo de la Campana de Ilithiya, que colgaban del cuello del jinete.

Si vivis, tu pugnas. La voz se escuchó apenas, pero las palabras fueron inconfundibles.

Mientras vivas, lucharás.

No acababa de asimilar el significado de esa frase cuando me vi en un bullicioso muelle nocturno que olía a pescado, azufre y sudor. Un hombre encapuchado y de camisola oscura estaba apoyado en la fachada de una sórdida taberna. El muro junto a él desplegaba una imagen de un jinete a caballo de medio metro de altura, elaborada con los gruesos y enérgicos trazos que yo conocía muy bien.

Bajo aquel retrato, Zan había garabateado esta leyenda:

SI VIVIS, TU PUGNAS

Las palabras se desdibujaron momentáneamente y sentí el tirón con que mi cuerpo material exigía mi presencia, pese a que no estaba lista para regresar. Un jinete había salvado a Zan en la bahía y lo había instado a que se esforzara, ¿pero quién era? Recordé la descripción que Rosetta había hecho de Argentus, el plateado caballo empíreo de Mathuin Greythorne. ¿Mathuin vivía aún, un siglo después de que abandonara el hogar familiar, al que nunca volvió? Y si era así, ¿por qué había decidido revelarse ahora?

Mathuin Greythorne. Elevé como un ancla su nombre en aquel vacío informe y el humo se disipó ante él. Con eso me hallé de vuelta en la finca Greythorne, aunque no en la que yo conocía. En esta versión, la casa era una ruina humeante; llamas de un gris blancuzco hurgaban entre los consumidos restos de madera. Los balcones se habían desplomado, las balaustradas estaban carbonizadas. Giré sobre mis talones y contemplé el apocalíptico paisaje bajo las ardientes cenizas que se estrellaban contra mi rostro.

En medio de un acceso de tos intenté atravesar la humareda. Aun cuando el aire abrasador irritaba mis pulmones, persistí, con la vista fija en la Stella Regina al tiempo que el reloj del campanario daba la medianoche.

Aquel sonido me derribó como una ola y caí de espaldas en un parapeto de piedra cubierto por una enredadera con florecillas carmín. Bajo la beatífica estatua de una antigua reina, me vi tendida en una telaraña de hilos argentos sobre la hoja de sangre.

No, no era la hoja de sangre: era el gravidulce. No me encontraba en la torre de Aren, sino en la Cuna de Nola.

Emergí de súbito del plano de líquida plata, que se encogió al instante en una cinta y se llevó consigo el pórtico del espejo. A pesar de que hice cuanto pude por levantarme, las piernas no respondieron; sentía el cuerpo como de roca sólida, no de carne y hueso.

—¡La vi! —intenté recuperar el aliento—. Vi la campana. Colgaba del cuello del jinete. ¡Si hubiera tenido más tiempo...! Me despertaste muy pronto —miré exhausta en torno mío y, para mi asombro, me descubrí bajo un cielo crepuscular. Durante mi estancia en el Gris, la noche había dado paso al día y éste marchaba de nuevo hacia el atardecer.

No uno sino tres semblantes me observaban. Kellan y Onal se habían unido a Rosetta en la Cuna con la misma expresión que me había convencido en principio de que no les confiara mis planes.

Rosetta se irguió.

—¿Cuánto tiempo piensas que estuviste allá, Aurelia?

Apreté los ojos para reorganizar mis encuentros en una cronología razonable y respondí con timidez:

—No sé. Sentí como si hubieran sido veinte minutos, quizá treinta, aunque a juzgar por el cielo... —intercambiaron miradas—. ¿Cuánto tiempo fue?

Kellan me ayudó a levantarme. Las rodillas me temblaban y sentía vacío y adolorido el estómago.

—Aurelia —contestó en voz baja—, estuviste en el Gris casi un día entero.

16

—**D**ebo regresar al Gris.

Estábamos de vuelta en la casa, donde yo bebía té caliente junto al fuego mientras volvía a sentir mis extremidades en un cosquilleo equiparable a una marabunta infernal.

—¡De eso ni hablar! —Kellan no se había apartado de mí desde mi retorno a este lado de la existencia—. ¿Ya te viste? —y añadió en dirección a Rosetta—: ¿Tienes un espejo para que compruebe lo que se hizo?

Rosetta miró el espejo colocado contra la pared y contestó:

—No.

—Vi la campana —insistí— y pienso que puedo seguirle la pista. Las cosas eran muy vagas y cambiaban demasiado rápido... Apenas empezaba a deducir cómo ver lo que debía. Quizá si utilizáramos un sitio más poderoso...

—No existe un... —Rosetta se detuvo cuando comprendió el sentido de mi insinuación—. ¿No te referirás a...?

—La torre de Aren —respondí con aplomo.

—La última vez que estuvimos ahí —dijo Kellan—, Achleva ardía en llamas.

—Vi la torre en el Gris —repliqué—. Sé que es ahí adonde debo ir.

—¿Adonde "debes"? —preguntó Kellan—. ¿No adonde "debemos"?

—Onal y tú retornarán a Greythorne —dije—. Vi a Arceneaux en el Gris. Se ha establecido en la aldea y está haciendo... cosas horribles, oscuras. Además, piensa infiltrarse en la finca. Te necesitan allá. Deberías marcharte lo más pronto...

—No te abandonaré —repuso con determinación y unos ojos como pedernales—, así que deja de pedírmelo.

—Por más que quisiera dejarlos con todas estas tonterías, no creo que beneficie a nadie volver a Greythorne —dijo Onal.

—¡La campana, concéntrate en la campana! —terció Rosetta.

—Colgaba del cuello de un jinete que vi en la ribera de la bahía de Stiria. No distinguí bien su rostro, pero la campana era inconfundible —y reiteré con más vehemencia aún—: *Debo* regresar.

Kellan hizo una mueca.

—¿Cuánto tardaríamos en llegar a Achleva, Rosetta?

—Si fuerzo un poco las cosas y les doy a sus caballos un bebedizo que los vuelva incansables —se encogió de hombros—, tal vez dos días, aunque yo sola llegaría en uno —esbozó una sonrisa zorruna.

—No podemos transformarnos por capricho en cada criatura que nos convenga —dijo Kellan irritado.

—¡Qué lástima! —exclamó Rosetta—. Tú te lo pierdes.

—Mañana en la mañana —me puse en pie.

—Pero todavía no estás... —protestó Kellan.

Volteé y repetí con toda la convicción de que fui capaz:

—Partiremos a Achleva mañana a primera hora, ¿entendido?

Había dado una orden, y si bien mi amigo habría querido reclamar, el soldado en él contestó:

—Sí, princesa.

Desperté cerca de la medianoche debido a un apagado repiqueteo en la planta inferior de la cabaña.

Pese a que bajé de puntillas para averiguar qué ocurría, mi primer movimiento provocó un chirrido en protesta por mi peso. Rosetta dijo desde la sala:

—Baja de una vez si vas a hacerlo.

Se había sentado junto a su rueca, que abastecía con un filamento fibroso al tiempo que pisaba el pedal y los rayos de su utensilio se difuminaban en cada giro.

Me acurruqué en un sillón y observé su trabajo, hipnotizada por el ritmo de sus movimientos. Tenía lugar ahí una suerte de alquimia, que trocaba las fibras cerosas entre sus dedos en la cuerda plateada del carrete.

—¿Cómo logras convertir en plata el lino? —pregunté al fin.

—Esto no es lino —dejó de hilar un momento, retiró el carrete y me permitió mirar más de cerca—. Se hace con las fibras de los tallos de gravidulce.

Vio que inspeccionaba el hilo.

—Es hermoso. ¿Por qué no lo emplean más personas?

—La mayoría no tiene una rueca embrujada —respondió divertida.

El huso se había detenido y pude ver las figuras grabadas en la madera.

—¡Ah! —le devolví el carrete.

—El gravidulce fue creado con la última de las esencias inmortales de Ilithiya. Es una planta muy especial, y el hilo también lo es. Lo llamo azogue —desprendió un fragmento y lo sostuvo en una mano mientras con la otra trazaba un dibujo en el aire—, en honor al sutil filamento que une el alma con el cuerpo.

La plata se fundió y el cordel fue reemplazado por un abalorio. Ella hizo que rodara de su palma a la mía, donde reasumió su forma de hilo, que me arrebató y dirigió a la rueca. Pero como se encontraba demasiado cerca del huso, el extremo puntiagudo de éste le lastimó el brazo. Soltó un suspiro siseante y se cubrió la herida con los dedos.

—¡Ay, no! —dije—. ¿Estás bien? ¿Te traigo una venda? Deja que te examine...

Retiró el brazo de un tirón.

—No te molestes, no es una herida profunda. ¿Ves? No hay sangre.

Aun cuando la piel que rodeaba sus ojos se había tensado y su sonrisa era rígida y forzada, el corte fue superficial y no derramó sangre, en efecto. Yo la hubiera sentido en caso contrario.

De pronto pareció fastidiada de mi compañía.

—Si saldremos mañana temprano, sería mejor que regreses a la cama —dijo con desdén—. Debes descansar lo más posible.

—¿Y tú a qué hora vas a acostarte?

—En cuanto termine mis labores —se volvió una vez más a la rueca.

Rompía el alba al día siguiente cuando nos dispusimos a reunir lo necesario para nuestro largo camino hasta las ruinas de Achleva. Kellan se encargó de tomar algunas herramientas del cobertizo de Rosetta —una pala, una guadaña, cualquier cosa que pudiera ser de utilidad para abrirnos paso por las ruinas— en lo que Onal y yo recolectábamos los víveres. Lo hicimos en silencio, sin embargo; ella se había mantenido callada desde mi decisión de ir al Gris, y más todavía después de que resolví que retornaríamos a la torre de Achleva.

Abandonamos la cabaña a mediodía.

Repleta de herramientas, la mochila de Kellan tintineaba conforme cabalgábamos y luego de apenas un kilómetro de avance, Rosetta se quejó.

—¿Qué es ese alboroto? —quiso indagar—. Todas las criaturas a cien kilómetros a la redonda saben ya de nuestra presencia.

—Requeriremos todas estas cosas —se aferró Kellan—. ¿Qué tal si tenemos que desenterrar alimentos, derribar algo o rastrillar el bosque… en caso de que se desate un incendio?

—Sólo un idiota sentiría la necesidad de rastrillar el bosque —objetó ella.

—¡Deja que conserve sus juguetitos si con eso se siente mejor! —dijo Onal—. Preferiría morir a renunciar a ellos ahora. Míralo: cargará esa pala hasta que tenga que cavar con ella su propia tumba.

—Si cavo una tumba —reviró Kellan—, no será la mía.

El silencio con que cabalgamos a continuación me permitió divagar como nunca. Por fugaz que haya sido, mi encuentro con Zan en el Gris me había espabilado de nuevo. Sabía que no debía pensar en él, que mi tiempo ya estaba contado y su compañía no haría sino acortarlo… pero ¿no disponíamos de Rosetta ahora? Y si ella separaría mi vida de la de Kellan, ¿no podría hacer lo mismo entre Zan y yo?

Justo entonces me invadió un sinnúmero de imágenes de viejos anhelos que jamás me había atrevido a admitir.

Despertar cada mañana por los besos de Zan. Unir manos y mentes para tomar decisiones por nuestro reino, sentados en tronos idénticos en el castillo de Achleva, tan alto y grandioso como lo había sido por siglos antes de que la muralla se viniera abajo. Imaginé que le informaba que sería padre y que posaba a nuestro hijo entre sus brazos por vez primera. Me permití imaginar incluso que enviaba al niño a jugar con Ella en la antigua casa junto al estanque, mientras Kate, encantadora como siempre, los veía divertirse junto a un sonriente Nathaniel.

Todo eso era tan ridículo como imposible.

Rosetta me miró por encima del hombro, se apartó de Kellan y adoptó mi paso.

—¿Piensas en tu príncipe? —preguntó—. ¿Lo amas?

Ajusté la alforja sobre mis hombros.

—¿Qué importa? Jamás seremos felices para siempre.

—No por eso dejas de pensar en él.

—Sí —dije—. Soy de esa clase de tontas.

—Él también te ama, ¿sabes? —fijó la vista en Kellan, adelante de nosotras en la vereda—. A pesar de que no le correspondas.

—Es mi más antiguo y querido amigo. ¡Por supuesto que le correspondo!

—No seguiste su voz. Cuando estuviste en el Gris se sentó a tu lado, te llamó y no lo escuchaste. Si Valentin te hubiera llamado, ¿habría sido distinto? —y agregó frente a mi silencio—: Espero que nunca tengas que probar la dolorosa hiel del abandono —hizo una pausa por un instante—. O saber que eres menos… amada.

Se apresuró para alcanzar a Kellan y me dejó sola con mis atribulados pensamientos.

17

La ciudad de Achleva había desaparecido.

Ya lo sabía, desde luego. La imagen de la vencida fortaleza cuando nos alejábamos a bordo de una oportuna embarcación había quedado grabada para siempre en mi memoria, donde permanecía con la misma vividez del día primero. Pero mi mente la había suspendido en ese momento, mientras que su ruina había continuado en nuestra ausencia. Los elementos habían decidido reclamar lo que se les había negado por quinientos años, y su tarea había resultado todo un éxito. A tal punto que cuando llegamos a la ciudad, la hallé tan cundida de brezos y púas que era imposible reconocerla.

Los árboles habían dado paso a zarzas y espinos, junto con rosas silvestres que pendían en rizadas sogas de pértigas de hierro insertas en una suerte de enorme afloramiento rocoso, el cual arrojaba desde lo alto una mirada amenazadora. Aquélla no era, con todo, una formación natural, y a medida que nos acercábamos se volvió crecientemente repetitiva: una piedra sobre otra se ajustaban entre sí de tan simétrica manera que no podía ser otra cosa que algo hecho por el hombre.

—¿Por qué nos detenemos? —preguntó Kellan.

—Porque hemos llegado —Rosetta alzó los brazos—. ¡Bienvenidos a la Puerta del Bosque!

Las pértigas de hierro de las que ahora colgaban las rosas en enredadera habían sido alguna vez los ganchos de las horcas de Domhnall. Algo relució bajo una cortina de hiedra. La hice a un lado, desempolvé el objeto oculto y me encontré con mi reflejo en el lustroso cobre de la campana de la Puerta del Bosque.

Respondió a mi golpeteo con una vibración grave y retumbante.

—¿Cómo entraremos? —Kellan apuntó a los escombros del otrora imponente umbral, que en un remoto ayer habían vigilado tres magníficas estatuas: una doncella, una madre y una anciana.

—Alguien lo descubrió antes que nosotros —señalé un hueco en el matorral, recién cortado en forma de puerta.

Desenvainó su espada y miró con recelo a su alrededor.

—Yo iré al frente —dijo—, por si quien abrió este camino todavía está merodeando por aquí.

El agujero detrás de las zarzas tajadas no pasaba de ser un angosto espacio triangular producido por la accidental caída de dos grandes fragmentos de la puerta. Tuvimos que marchar en angosta fila y aplanar el cuerpo contra la pared para deslizarnos por ella. En algunos puntos me vi obligada a contener la respiración; a veces me preguntaba si, con sus anchos hombros, Kellan sería capaz de superar este trance. Cuando por fin emergimos del otro lado, respiré hondo en compensación, sorprendida de lo agradable que resultaba llenar mis pulmones de nuevo.

—¡Hey! —llamó Kellan más adelante—. Creo que es por aquí.

Me reuní con él.

—¿Cómo lo sabes?

—Porque es el único sendero que no está invadido por maleza ni cubierto por leños rotos y piedras desmoronadas.

—¡Es el Camino Real! —reconocí sus restos. En otro tiempo había sido la principal calzada de la puerta al castillo, con anchura suficiente para tres carruajes a un tiempo; una densa capa de polvo lo cubría ahora, con vigas quebradas y edificios pandeados a cada orilla. Pese a todo, en medio de ese desastre se abría una estrecha cañada, en cuyo fondo sobresalía una franja de adoquín.

Mientras progresábamos a paso lento —Kellan debió cortar todavía un par de ramas espinosas en algunos tramos—, yo me empeñaba en distinguir lugares conocidos. Si dabas vuelta al fondo de esa callejuela y luego una vuelta más, llegarías a la botica de Sahlma. Y aquel gigantesco muro de arbustos había sido antes un simple seto, aquel sobre el cual empujé a Valentin el día en que nos ocultamos de Lisette y Toris, durante su desfile por la calzada.

Si doblaba a la izquierda en aquella esquina y continuaba por el callejón hacia los árboles, arribaría a la cabaña con flores de un vivo amarillo al frente y una choza junto al estanque en la parte de atrás. De súbito me imaginé a la puerta de Kate, y que me recibía con una espléndida sonrisa. Nathaniel aguardaba adentro, participando en la preparación de la cena. También Zan estaba ahí, arrellanado en un rincón, con una broma punzante en los labios y un seductor resplandor en la mirada.

Aunque los fantasmas habían cesado de perseguirme, dondequiera que volteaba advertía esas evocaciones con la misma claridad con que alguna vez había visto espíritus.

—¿Ocurre algo? —preguntó Kellan después de que permanecí largamente a la vista de los árboles del oriente. Se alzaba entre ellos el silencioso monumento improvisado que Zan llamaba la Tumba de los Perdidos.

—No —respondí—. Sólo... recordaba.

—Pensé que querrías olvidar todo lo que sucedió aquí, traumático como fue.

—Ojalá doliera un poco menos —admití—, pero no quiero olvidarlo.

Llegamos al pie del castillo justo cuando un halcón chillaba en lo alto.

—¡Aquí hay alguien! —dijo Kellan con desconfianza manifiesta—. Mantente detrás de mí.

—¿Que te siga? —pregunté incrédula y saqué mi daga—. Soy una maga de sangre; eres tú el que debe cubrirse detrás de mí.

—Si mueres, moriré también, así que mantente detrás de mí y no discutas.

Onal dio varias zancadas entre nosotros y puso los ojos en blanco.

—¡Déjense de tonterías!

Rosetta se había transformado en zorro con objeto de aventajarnos en el túnel e inspeccionar el camino, y ya retornaba por el callejón, donde recobró de un salto su forma humana.

—Creo que aún hay alguien allá arriba —dijo sin aliento—. ¡Manténganse detrás de mí!

Mis ojos se cruzaron con los de Kellan, ambos lanzamos una mirada furiosa a la maga y, al cabo, obedecimos.

Tomó la delantera, Kellan y Onal enfundaron sus espadas y yo cerré la marcha. Restaba todavía medio kilómetro para llegar al castillo cuando vi que algo asomaba bajo una enredadera a mi izquierda. Era un viejo tablero de decretos públicos con varias capas de las proclamas del difunto rey Domhnall, que aún ondeaban al viento. Sobre ellos, sin embargo, había un dibujo realizado con trazos muy gruesos...

Fue inevitable que apartara la cortina de sarmientos, y detrás de ella encontré un retrato más del jinete, en esta ocasión en un formato que excedía mi estatura.

A un costado se desgranaba un sendero secundario en otra dirección. Lo había ocultado intencionalmente, alguien había dispuesto las parras a fin de disimularlo lo mejor posible.

Cuatro palabras lucían de un extremo a otro del dintel:

SI VIVIS, TU PUGNAS

Miré rápidamente sobre mi hombro y al comprobar que los demás no se habían percatado de mi rezago, me sumergí en aquellas sombras acogedoras.

Ese pasaje se había librado de la destrucción porque una pared había caído sin desmoronarse sobre el edificio contiguo, lo que dejó un hueco triangular con altura suficiente para transitarlo y sobre el cual otros restos se habían acumulado. Húmedo y polvoriento, estaba más oscuro de lo que supuse a esta hora del día y el espacio era tan reducido que mi aliento y mi pulso se agitaron. A cada paso me obstinaba en anclarme en el presente; avanzaba con el dorso contra la pared para contar con más espacio para respirar, tomaba conciencia de la solidez del muro debajo de mis manos y detrás de mí, y me concentraba en la sensación del suelo al tiempo que respiraba lo más acompasadamente posible. *Uno, inhala. Dos, exhala. Tres, inhala. Cuatro, exhala...*

Por más que oía movimientos adelante y a mis espaldas, ignoraba si eran reales o mi confundida mente me estaba jugando una trastada.

No fue hasta que tropecé con un rayo de luz al final del pasadizo y sentí que alguien me sujetaba y oprimía un cuchillo contra mi cuello, que confirmé que aquellos ruidos no habían sido imaginarios.

Segundos después, Kellan salió disparado del agujero con el sable en alto y listo para pelear.

Mi agresor se retiró la capucha.

—¿Kellan? —relajó la tensión con que me sostenía—. ¿Aurelia?

Aunque Zan rozaba apenas mi mejilla con la suya, en nuestras nuevas condiciones sentí que eso era demasiado. Las rodillas empezaron a temblarme; su efecto de sustracción de mi vitalidad era inmediato.

—¡Suéltala, Zan! —exigió Kellan con aire ominoso.

Valentin levantó las manos y bajó con cautela su cuchillo.

—No sabía que era ella. No fue mi intención lastimarla.

—¡No es cierto! —se burló el otro.

—¡Basta, Kellan! —intentaba mantenerme en pie y ansiaba ocultar la cabeza entre mis rodillas—. Él no está al tanto de lo sucedido.

—¿Sabías que él estaría aquí? —me preguntó con tono acusador.

—¡No! —contesté sincera. Yo había desfallecido en pleno abrazo durante nuestro último encuentro y huido poco después sin despedirme. Si hubiera sabido que Zan se hallaría en Achleva, no me hubiera dirigido a la ciudad.

Aun así, su presencia era un regalo, una gota de agua fresca para una lengua reseca.

—¡Estrellas, sálvenme! —Kellan guardó su espada pese a que su cólera era obvia aún—. No me gustaría morir porque no pueden estar separados.

—Lamento interrumpir esta discusión —dijo Zan con energía—, pero quisiera saber de qué hablan.

Kellan lo miró por encima del hombro.

—Empecemos por tu tío —propuso—. Simon murió.

—¿Qué…? —Zan reaccionó con un sobresalto.

Sentí el vivo impulso de abofetear a Kellan. Simon había sido como un padre para Zan, era el único pariente que le quedaba.

Kellan añadió con frialdad:

—Tú lo mataste.

Zan había instalado su campamento en la biblioteca del castillo. Los libreros habían caído uno sobre otro y se inclinaban en una pila en diagonal como piezas de dominó, con los volúmenes desparramados. Salvo aquello, la sala había sufrido pocos agravios. El fuego que había hecho estragos en el techo y las plantas superiores se había extinguido sin duda gracias a una lluvia torrencial antes de que llegara hasta este confín del castillo, mientras que las inundaciones provocadas por el fiordo cedieron sin que hubieran afectado los pisos superiores. Las baldosas en tablero de ajedrez fulguraban todavía y las estrellas de cristal del candelabro celeste aún pendían del techo, tan ajenas a la devastación como el cielo a la tierra. Incluso las ventanas permanecían intactas; dos almenas proyectadas a cada lado las habían protegido del viento, con daños ínfimos. Era como hallar un tesoro en el corazón de un naufragio.

Una inmensa chimenea decorativa presidía la sala y Zan tenía fuego en la parrilla.

—Si alguien observara —dijo Onal—, ¿esto no lo alertaría de tu ubicación?

—Algunas de las ruinas arden aún —repuso Zan con menosprecio—. Nadie advertirá un poco más de humo —se encogió de hombros—. Además, nadie conoce las entradas y salidas de este castillo mejor que yo. Aun si alguien supiera que estoy aquí, sería complicado encontrarme.

—Pero tus dibujos del jinete —inquirí a razonable distancia— y el lema *Si vivis, tu pugnas*, ¿no contribuirán a que te encuentren?

—Los demás me encuentran donde yo decido —dijo—. El único que conoce este lugar es Nathaniel. Nos reuniríamos aquí si nuestros planes fracasaban.

—¿Pero no está aquí? —pregunté.

—No. La madre de Kate cuida de Ella; sólo puedo confiar en que él se haya marchado a Morais. Es una provincia bien resguardada; pienso que será la última en caer en manos de Castillion —desvió la vista, reacio todavía a mirarme. No lo culpaba. Lo que Kellan le había arrojado sin contemplación alguna… era muy difícil de asimilar—. No cuento con provisiones extra —explicó—. Es obvio que no esperaba compañía. Si necesitan cobijas, tendrán que buscarlas. Ya tomé todo lo que había en este piso. Deberán buscar arriba o abajo. Están en peores condiciones, así que tomen precauciones.

—¿Qué hiciste con lo que había en este piso? —preguntó Kellan con acritud.

Zan ladeó hostilmente la cabeza.

—Todo lo que reuní se lo di a los refugiados —respondió—. Siento mucho no haber reservado algo para ustedes.

Nos dispersamos en distintas direcciones. Pese a que quise seguir a Zan, se escurrió por un corredor secreto antes de que pudiera llamarlo sin que los demás lo notaran. Esto me alegró en cierto modo; no tenía idea de lo que le diría. *Lamento que tu tío haya muerto porque intenté seducirte.* La sola idea me hacía temblar.

Decidí fastidiar a Onal en su lugar. Se dirigía hacia las recámaras del ala este cuando comprendió que la seguía.

—Onal… —la llamé pero me ignoró; cambié de táctica—. ¡Begonia!

Volteó enfurruñada.

—Viajé todo el día y estoy cansada, Aurelia. ¿Por qué no vas a molestar a alguien más?

—Nunca te he dejado en paz cuando me pides que me aparte —le dije—. ¿Por qué habría de empezar ahora?

—¡Eres insoportable! —llegamos a un corredor de lo que acaso habían sido dormitorios en el pasado. Se aproximó a la primera puerta y tiró de la perilla; estaba cerrada.

—Aprendí de las mejores —repliqué jovial.

—De mí no aprendiste eso…

—¿Admites que eres la persona más insufrible del mundo? —esbozó una sonrisa—. Nada te obliga a que permanezcas a mi lado, ¿sabes? —continué—. En este momento podrías estar en Espino Gris, en compañía de Conrad y Fredrick.

—¿Quieres deshacerte de mí? —probó la puerta siguiente y pese a que la perilla giró, la hoja no se desprendió de su marco.

—No dije eso.

—¿Crees que soy demasiado vieja para servirte de algo?

—Tampoco, entiende que…

—Entiendo que eres tan ridícula e impulsiva como mi hermana. Asomas las narices donde no deberías.

—¿Te refieres a Rosetta?

—No, a Galantha —fijó la vista en mí—. Rosetta la descri-be como inferior únicamente a la misma Ilithiya, y no le falta razón; pero era igual de obstinada que nosotras y una vez que una idea se le metía en la cabeza, no había fuerza humana que la detuviera.

—Conociste a Mathuin Greythorne —fui al grano—. Te vi con él y tus hermanas en la casita. ¿Crees que la haya matado para arrebatarle la campana y poder desaparecer en el Gris?

—¡Yo era muy joven en aquellos días, Aurelia! Ahora es-toy vieja y exhausta. La lógica revela que lo hizo, en efecto; al mal le agrada ocultarse detrás de una cara benévola. Pero si me lo hubieras preguntado entonces, te habría dicho que no. Él la amaba, y además era bueno, afectuoso y gentil. No tenía otro placer que vagar por el bosque y tallar estatuillas. Nada explicaría que albergara el propósito de matar a Galantha o de sustraer la campana.

—¿Y si fue Rosetta quien lo hizo? —la idea cruzó por mi cabeza—. Ambicionaba a tal punto el elevado puesto de Ga-lantha que quizá la forzó para que se lo cediera.

—¡Eso es falso! —suspiró.

—¿Qué tanto sabes de lo que sucedió? —inquirí.

—No demasiado, aunque sí lo suficiente —la perilla con que forcejeaba se rindió—. ¡Ah, por fin! —abrió directo a una ráfaga impetuosa y una caída de dos pisos, cerró la puerta en el acto y añadió—: Probemos otra.

Corrimos con más suerte en el costado opuesto. La prime-ra puerta nos condujo a una recámara amplia y bien provista salvo por los cristales de la ventana y los daños que la lluvia y el viento habían infligido en el mellado marco. La antecáma-ra contigua había sido, al parecer, una habitación infantil. Un pabellón de verde seda decoraba una gran cuna que, forrada de una tela satinada, ya daba indicios de decolorarse.

—Este dosel nos servirá —dije—. ¿Lo tomarías en lo que reviso el armario?

No me escuchó. Se acercó a la cuna, la miró añorante y posó una mano en el colchón donde en otro tiempo había descansado un bebé. Era la primera vez que yo percibía en esa vieja irritable un residuo de la niña aficionada a las muñecas. Volteé muda al armario y permití que reviviese en soledad ese momento extraviado en su recuerdo.

18

Rosetta distribuyó algunos de los alimentos que habíamos traído con nosotros y una botella de vino que extrajo de la cenagosa cava. El armario de la habitación infantil procuró cobijas suficientes para todos, así que nos acurrucamos en torno a la chimenea. Mientras escuchábamos el aullido de la tempestad, intentamos dormir un poco. Los demás cayeron uno por uno, pero yo permanecí despierta hasta bien entrada la noche, observando el candelabro celeste, que descendía y se balanceaba con parsimonia.

No era la única insomne. Mientras el resto dormía, Zan se deslizó fuera de sus mantas y abandonó con sigilo la biblioteca.

Me incorporé.

—¿Zan? —lo llamé en un murmullo, pero no me escuchó y salí detrás de él al pasillo—. ¡Zan, espera!

Vi que desaparecía en dirección a las cocinas. Dado a que ya antes él había empleado esta ruta para conducirme a la biblioteca, supe de inmediato que se dirigía a los pasadizos del canal. Me ceñí las botas y lo seguí.

Después de que la inundación menguó, los túneles del canal volvieron a su antiguo estado, aunque con quince centímetros de fango y limo depositados en el fondo. Vadeé el cauce confiada en que Zan no percibiría mi chapoteo. Su vela oscilante se detuvo en un par de ocasiones y me preparé para ser descubierta, sólo para verlo continuar con su camino unos segundos más tarde.

Perseguí fuera del castillo su luz, que titilaba en las tinieblas del bosque oriental de Achleva. Entre los lugares más representativos de la ciudad, el bosque era el único que había prosperado desde la caída de la muralla. Sin nada que lo dividiera ya del Ebonwilde, sus árboles habían adquirido un nuevo vigor, como corderos perdidos que han vuelto al redil. Aun los grandes tramos incendiados exhibían matorrales recientes no del todo naturales.

Por más que supuse que se encaminaría a la antigua casa de Kate y Nathaniel, alguna vez refugio para ambos, no dobló al poniente en el estanque, sino que se sumergió todavía más en el bosque hasta desaparecer, junto con su luz.

Arribó a una cresta aparentemente impenetrable, pero que ocultaba un secreto: antes de los terremotos, en ese punto había habido un acceso que desembocaba en un agujero escondido. Hice que mis manos se deslizaran por la piedra hasta que sentí el hueco. La entrada permanecía en su sitio. Contuve la respiración, me deseé lo mejor y crucé encorvada.

Zan aguardaba más allá, con los brazos cruzados.

—Oíste que te llamé —dije con tono acusador—, sabías que te seguía.

—Esperaba que te dieras por vencida cuando vieras el fango.

—No me rindo con facilidad.

—¿No? —sus ojos emitieron un destello verde. Conservaba algunos restos del dorado fulgor de nuestro encuentro

214

en la ciudad, y me pregunté si los efectos de mi vitalidad se desvanecían en él con el paso del tiempo o si eran permanentes y subsistían después de que el oro hubiera desaparecido de sus pupilas.

—¿Por qué estamos aquí? —miré alrededor de la tumba. La losa que de niño había erigido en memoria de su madre estaba hecha trizas. El dibujo de Kate que ambos habíamos dejado ahí brillaba por su ausencia; quizá se había desintegrado tiempo atrás en la tierra sobre la cual reposaba.

—Éste es un lugar de despedidas, y acabo de enterarme de que tengo una más que pronunciar —escondía algo en la mano, pero cuando me incliné para ver qué era, suspiró y subió el brazo a fin de que me mantuviese a raya—. Si vas a permanecer aquí —dijo—, te pediré que mantengas tu distancia —asentí, me alejé y reconocí el objeto que llevaba consigo: un pequeño frasco de sangre—. Simon me dio esto poco después de que mi madre falleció. Explicó que los magos de sangre cultivan la tradición de obsequiar a sus seres más queridos un poco de su vital elemento, para que a su muerte conserven algo de su espíritu (y su magia) —lo izó en su cordel, menos para que yo lo viera que para que él lo admirara de cerca—. Significó mucho para mí. Y aunque tuve que ocultarlo para que mi padre, que odiaba a Simon, no diera con él, me consolaba saber que una parte de su espíritu se hallaba siempre junto a mí.

—Ahí es donde estuviste hace unas horas, mientras los demás buscábamos nuestras cobijas —le dije—: Fuiste por el frasquillo de Simon.

Asintió con los labios apretados en una fina línea.

—Pero, ¡Empírea me guarde!, no quiero tener que ver más con la magia de sangre.

215

Atestigüé con sorpresa cómo desprendía el corcho y vaciaba sobre la tierra el elemento vital de su tío.

—¿Qué haces, Zan? ¿Te sientes bien?

—¿Que si me siento bien? —giró en redondo con los ojos cargados de emoción—. Hace unas horas me enteré de que Simon murió por mi culpa, de que *tú* estuviste a punto de fallecer por mi culpa —vertió hasta la última gota y arrojó al suelo el recipiente vacío—. No, no me siento del todo bien.

Pese a que me apresuré a recuperar el frasquito —dejarlo en la tierra habría sido un sacrilegio—, no sabía qué hacer con él. Todo aliento que intentara brindar parecería insensible y desdeñoso en el mejor de los casos, despiadado en el peor. Con todo, el silencio no resultaba mejor; flotaba entre nosotros y era una condena en sí mismo.

Dije al fin:

—Fui yo quien mató a Simon, Zan, no tú. Murió porque me atreví a desear lo que sé que es imposible que sea mío. A tocar lo que nunca he merecido. Y pagaré por ello, no te quepa la menor duda.

—¡Ah, sí! El eclipse lunar del Día de las Sombras: el día en que morirás y nos salvarás a todos —soltó una breve carcajada—. ¿Por qué siempre tienes que ser la mártir, Aurelia? ¿Por qué debes sacarnos del apuro mientras los demás nos acomodamos en nuestros asientos para contemplarte?

—Eso no es...

—Admite que sentiste un gran alivio cuando supiste que debías ser tú quien muriera para que Maléfica no se apoderara de este mundo. Y admite que si no fuera por Kellan, ya habrías consumado esa proeza —sonrió con amargura y frialdad—. ¡Jamás pensé que me daría tanto gusto verlo con vida!

—Si alguien debe marcharse —lo interrogué—, ¿por qué no había de ser yo? He hecho cosas terribles, *merezco* las consecuencias.

—¡No, no, no, no, no! —sacudió la cabeza entre risitas—. ¡Esto no se trata de aceptar las consecuencias, sino de *huir* de ellas! Porque eso es lo que haces, Aurelia: apartas a todos, los rechazas. Y si las cosas se complican, corres.

—Hago lo preciso para mantener a salvo a quienes amo —dije entre dientes—, aun si eso significa que te salve de mí.

Se acercó tanto, a apenas un suspiro de mis labios.

—Eso no lo decides tú.

—¡Ah, ya entiendo! ¡Quieres reservarte el deseo de morir! Y yo que pensé que tu norma de vida era el lema del jinete. ¿Cómo dice? *Si vivis, tu pugnas.*

—¿Crees que ansío morir? ¡No es así! El único deseo que me anima es el de despertar cada día bajo el sol. Dormir a tu lado todas las noches. Tener días de intenso trabajo, músculos adoloridos, discusiones acaloradas y noches en las cuales leamos junto al fuego. Y ¡ay, suprema diosa!, ¡cómo querría ser todo aquello que mi padre no fue! Ambiciono una vida genuina y no soporto la idea de que alguien deba morir por eso. ¡Así que maldigo esta maldición, maldigo a Empírea y te maldigo a ti, Aurelia, porque vas a dejarme solo en este mundo horrible olvidado por las estrellas!

Mi pecho se agitó, oí el aire que entraba y salía por mi boca y pese a todo sentí que me ahogaba otra vez, no en un sueño, sino en tierra firme.

Luego de un largo minuto, miró adonde había dispersado la sangre de Simon e hizo una desganada reverencia.

—¡Que Empírea te guarde, tío!

Me abandonó en la oscuridad, con el frasco de su tío aún caliente entre mis dedos mientras sus palabras se asentaban en mi corazón.

Volví al castillo y me deslicé bajo mi manta sin despertar a nadie. Abrí los ojos antes del amanecer. Rosetta ocupaba una de las bancas junto a la ventana, a un lado de los vibrantes cristales, con el grimorio de Galantha en el regazo y una chisporroteante vela sobre la mesa a su lado.

—¿Ya encontraste algo digno de atención?

Suspiró e hizo el libro a un lado.

—Nada que esté al alcance de tu entendimiento.

Sacudí la cabeza.

—¿Crees que tan sólo porque soy maga de sangre no puedo comprender los principios fundamentales de la magia fiera?

—Sí. Eso es exactamente lo que estoy diciendo. Esta magia y la de sangre son diametralmente opuestas. Unirlas es tan imposible como pretender unir a la fuerza los extremos incorrectos de dos imanes.

—El Tribunal lo hace con éxito.

Resopló.

—Si puede llamarse éxito a unos lobos encarnados en cadáveres putrefactos —me miró—. ¿Qué es eso?

Jugueteaba con el frasquito de Simon, que ahora colgaba de mi cuello. Lo escondí.

—Nada que esté al alcance de tu entendimiento —suspiré.

—A pesar de que Mathuin no era mago de sangre —soltó de pronto—, conocía los rituales de esa tradición. Le obsequió a Galantha un frasco como ése, un regalo terrible para una maga fiera, porque el hierro nos debilita.

La observé con aire pensativo.

—Lo amabas —le dije—, y no como a un hermano.

Ella sonrió de forma burlona.

—Me encariñé con una zorra que erigió su guarida cerca de la Cuna. Me seguía cada vez que paseaba por el bosque. Aunque siempre me he llevado bien con los animales, ella era mi mascota predilecta. La llamé Azafrán. Un día, un grupo de soldados de Renalt llegó a la arboleda a cazar; no porque necesitaran carne, sino por mera diversión. Dejaron a su paso un rastro de cadáveres en el Ebonwilde.

"Mathuin me acompañaba cuando tropecé con Azafrán. La enterramos juntos y me abrazó en silencio mientras sollozaba. Lloré horas enteras —resopló—, y más tarde fuimos al campamento militar y lo destruimos. Si los soldados hubieran estado ahí, también habría acabado con ellos. Tiempo después le regalé a Mathuin un frasco con mi sangre. No se me ocurrió otro modo de expresar lo que sentía por él; ignoraba que ya se había comprometido con Galantha.

—¿Te enfadaste con ellos?

—No tanto para matar a alguno de los dos, si es eso lo que quieres saber. Pero la noche del cometa los perdí a ambos, me convertí en guardiana y soñé que veía de nuevo a Azafrán, y ya no era naranja sino plateada.

—San Urso creía que, al morir, un espíritu afín nos guía al otro mundo. Quizás eso fue lo que viste.

—Pero no morí esa noche —dijo—, ¡cuánto me habría gustado que así hubiera sido!

Miré a Kellan, quien roncaba suavemente sobre el suelo con la cabeza apoyada en su capa como almohada, y dije:

—Cuando encontremos la campana, rompamos el lazo y cumpla mi misión… me alegrará saber que aún lo cuidas.

Preguntó con cautela:

—¿Qué ocurrirá si no la hallamos o no lo hacemos a tiempo? Tragué saliva y me miré las manos.

—He tenido muchas veces esa pesadilla. Estoy en el laberinto de Greythorne, Kellan se arrodilla a mis pies, tomo una espada y... —me mordí el labio— lo mato. Pronuncio entonces las palabras del ritual del paño de sangre: "Unidos por la sangre, por la sangre separados" —sentí un escalofrío; ni siquiera despierta me resultaba grato revivir el Sueño de la Sangre—. Gracias por tu ayuda, Rosetta. Si no fuera por ti, esta espantosa pesadilla se haría realidad.

—Sí —cerró el libro y se incorporó—. Es hora de que los despertemos, nos espera un largo día.

Caía una lluvia ligera y las rosadas vetas del alba aparecían ya en medio de las nubes. Desayunamos las manzanas y frambuesas deshidratadas que habíamos traído de la alacena de Rosetta, y emprendimos el camino a la torre. Ésta fue tal vez la parte más ardua de nuestra excursión, porque las terrazas estaban cubiertas por la misma maleza espinosa con la que nos habíamos encontrado en la Puerta del Bosque, sólo que aquí era más fuerte y salvaje, con vástagos del grosor de mi brazo que, erizados de púas tan grandes como dagas, más que pincharte te habrían empalado. Era como si el poder de las líneas de energía bajo la torre se extendiera a la flora y la transformara en algo sobrenatural.

Zan y Kellan desenvainaron sus aceros, yo empuñé una guadaña y Rosetta tomó una pala. Onal permaneció al final de nuestra lenta procesión, donde avanzaba con los brazos cruzados.

—Soy demasiado vieja para ayudar —nos desafió con la mirada a que la contradijéramos—. Avísenme una vez que hayan terminado.

—Debiste crear un túnel desde el primer día —Kellan se secó la frente junto a Zan.

—Lo hicimos —dijo este último—. La maleza volvió a crecer. A fuerza de golpes y tajadas, nos abrimos paso por el matorral. Hubo que tener especial cuidado con las espinas; cuando terminamos de cavar un túnel de quince metros, nos dimos cuenta de que la hoja de sangre que alguna vez había cubierto la torre se había propagado y se entrelazaba con las espinas. Aquí, ser pinchados nos envenenaría.

El trabajo intenso consumió buena parte de la mañana y casi toda la tarde, pero poco después de que el sol llegó a su cenit e inició su descenso por el horizonte, arribamos por fin a la torre de Aren. Fui la primera en entrar a la planta baja, tenuemente iluminada por las docenas de diminutas ventanas que ascendían en espiral hasta la punta. Este minarete había sido el epicentro de la destrucción de Achleva, la aguja en torno a la cual giraron las terribles tempestades. Aun en medio de aquel absoluto silencio, yo todavía escuchaba en mi memoria los arrasadores gemidos del viento y el estruendoso retumbar de los relámpagos a medida que, una vez más, subía las escaleras en dirección a la cumbre.

Tantos meses de exposición a los elementos no habían tratado bien a la torre a su emblemática estatua. El semblante de Aren lucía tan vencido y erosionado que era casi irreconocible a unos cuantos meses de los acontecimientos, luego de haberse mantenido intacto a lo largo de quinientos años. Aun así, en cuanto la vi lamenté su mala fortuna, como si no hubiera sido el espectro sobrecogedor que siguió obstinadamente mis pasos durante casi toda mi existencia sino una antigua amiga a la que recordaba con afecto.

El clima no había eliminado en su totalidad los vestigios de la ordalía que Zan y yo soportamos antes de la tormenta. Aún estaba una quemadura en el sitio donde Cael había sido reducido a cenizas y su sangre permanecía incrustada en el espacio entre las piedras. Persistía por igual la hoja de sangre que había mecido a Zan cuando murió, rodeando el punto como si conmemorara el suceso y demarcando una depresión justo donde él había exhalado su supuesto último suspiro. Era como si las parras se hubieran preparado para su ineludible regreso y le ofrecieran una última morada acogedora.

—¿Lo sientes? —Rosetta lucía temerosa—. Se esparce por toda la torre.

—Sí —el nudo de las líneas de energía repiqueteaba abajo como un corazón palpitante y retumbaba en la antigua piedra.

—No me sorprende que el rey Achlev haya deseado proteger este sitio —dijo—. Supongo que el bosque ha asumido ahora la tarea.

—Llegamos demasiado fácil —señalé.

—¿Piensas que fue fácil? —Kellan miró el cúmulo de espinas por las que habíamos avanzado con tanto esfuerzo.

—Si lo hubiera querido, el bosque nos habría impedido el paso —dijo Rosetta.

Onal se elevaba sobre los descoloridos restos de mi triqueta, trazada con sangre en el centro de la plataforma.

—Si no fue el bosque lo que nos trajo aquí, fue otra cosa —dijo—. Y sería mejor que desconfiáramos de las intrigas de los seres inmortales.

—No distas mucho de ser uno de ellos —rechistó Kellan.

—Exactamente —confirmó Onal.

Rosetta contuvo una carcajada entre toses.

—Cuídate de sus intrigas.

—¡Por favor! —Zan bajó la mirada a su hoja de sangre—. Terminemos con esto.

Rosetta se hincó y comenzó a preparar el portal con su cuerda de azogue, que tendió con la amplitud que la torre permitía y una profusión de decididos círculos, espirales y entrecruzamientos. Arribó entonces el humo del gravidulce, que aspiré profundamente.

—Todo saldrá mejor esta vez —auguró Rosetta—. Pero es muy importante que escuches la voz de retorno y respondas de inmediato.

—Lo haré —dije con sinceridad—. Confía en mí.

Uno por uno, todos los rostros dejaron en claro sus dudas.

19

Me tendí sobre la silueta grabada en el suelo y posé las manos en mi vientre. Arriba, la estatua de Aren rondaba como una madre fastidiosa mientras el sol de las últimas horas de la tarde se desplegaba en el espacio detrás de ella. Cerré los ojos al tiempo que Rosetta iniciaba su monótono monólogo, con el que mi conciencia se deslizaría por la línea del mundo espectral, y sentí que abandonaba mi cuerpo físico de cabello claro y asumía mi cuerpo sutil de cabellera oscura. El mundo se desdibujó y fue reemplazado por corrientes de humo y silencio.

Concéntrate, me dije. *Piensa en la campana. Piensa en el jinete. ¿Es Mathuin Greythorne?*

Me vi de nuevo en el centro del laberinto de Greythorne, a los pies de Urso. En esta ocasión, no caía sangre de sus manos; la fuente estaba seca todavía, pese a lo cual una pequeña gota de agua rodó por la mejilla del santo, y después otra y otra más.

Eran gotas de lluvia con aspecto de lágrimas.

Lágrimas, pensé, y esta imprevista imagen disolvió la escena y la recompuso en tonalidades de un rojo carmesí. Una joven enarbolaba una espada. A sus pies, un hombre encorvado, por cuya mejilla resbalaba una lágrima mientras que ella deslizaba...

¡Por todas las estrellas! En vista de que se lo había relatado a Rosetta, el Sueño de la Sangre se había fijado en mi mente, y el Gris de alguna manera atrapaba mis pensamientos y me arrastraba otra vez a enfrentarlos. Mi repugnancia causó que el espacio se contrajera en espasmos conforme mi cuerpo sutil y mis pensamientos giraban fuera de control.

Al destello de un relámpago, el laberinto se evaporó. Me encontraba ahora en un angosto tramo de adoquín colocado en un elaborado diseño en la cuenca de un extenso valle. Aun cuando llovía muy fuerte, no muy lejos de mí pude ver a un hombre a gatas bajo la tormenta, que colocaba cada pieza con una fatiga y dificultad tan palpables que las sentí en la médula de los huesos.

Esa sensación de pérdida y añoranza... me recordó a Onal junto a la cuna vacía. En respuesta, el Gris me condujo con violencia a otra habitación de niños, y no a cualquiera, sino a la de los príncipes en Syric. De pequeña, yo había pasado muchas noches ahí, durante las que ayudaba a mi madre a mecer a Conrad hasta que se dormía. Una mujer se inclinaba ahora sobre una cuna y le sonreía dichosa a un pequeño. Reconocí su rostro por los retratos del castillo; era la reina Iresine, mi abuela. El bebé tenía que ser por fuerza su único hijo: mi padre.

Retrocedí en las sombras cuando un señor entró a la habitación, se postró y ajustó su chaleco.

—¿Cómo está ella? —preguntó Iresine con la frente arrugada.

—A pesar de que el parto fue muy difícil —contestó el hombre—, sobrevivirá.

—¡Gracias a Empírea! —exclamó Iresine con devoción—. ¿Me avisará en cuanto despierte?

—Deberé atender otra tarea —repuso el hombre—, asuntos de familia. ¿No tendría objeción en que me ausente por un breve periodo? Volveré en unos días, pero me encargaré de que Carlisle la mantenga informada.

—¡Gracias, Henry! —sonrió—. Tómese el tiempo que necesite. Su dedicación a mi familia siempre ha sido absoluta. No sé cómo agradecérselo.

El hombre asintió con elegancia.

—No hay de qué, su majestad. Servirla es y ha sido el principal honor de mi vida.

Mi abuela levantó al bebé con delicadeza y lo arrulló mientras se dirigía a la ventana.

—Tenga cuidado, Henry. Comenzó a nevar.

Él le dedicó una profunda reverencia.

—Así lo haré.

La escena cambió brusca y repentinamente. Era la misma habitación infantil, sólo que esta vez en hora nocturna. Una mujer atravesó a toda prisa la puerta, con el cabello apelmazado sobre la frente y los ojos desorbitados. Vestía una bata demasiado holgada.

Onal. Mi Onal.

—¿Dónde está ella?

Mi abuela mecía al bebé y suspendió su actividad cuando la vio. Un hombre nervioso se escabulló detrás de la recién llegada.

—¡Perdone usted, su majestad! Intenté en vano mantenerla en su lecho.

—No te preocupes, Carlisle —respondió mi abuela—. Onal, querida, ¡debes guardar reposo!

—¿Dónde está ella?

—No es niña, es niño, ¡míralo! ¡Nos has dado un hijo! Costin y yo lo hemos bautizado ya: su nombre es Regus.

Le tendió al bebé. Onal se acercó y tocó su rostro con dedos trémulos y reverentes.

Los ojos de mi abuela se encendieron de cara a la madre.

—¡Es hermoso! Heredó el cabello de Costin, por supuesto, pero esa piel dorada es tuya. ¡Y también su nariz! —Onal siguió con la uña la redonda mejilla del chico y su gesto me rompió el corazón—. ¡Gracias! —murmuró la regente—, hermosa y espléndida amiga.

La otra dio un paso atrás.

—¿Dónde está la segunda criatura? ¿Dónde está mi hija?

Mi abuela la contempló con piedad.

—¡Éste es el único hijo que diste a luz, cariño!

—¡No! —Onal sacudía la cabeza y se retorcía las manos en el vestido—. No, no. Yo la vi, ¡la escuché! Había dos.

—Estás afiebrada —miró a Carlisle, acostó al niño en la cuna y se interpuso entre Onal y él, como si temiera por su seguridad frente a la mujer que acababa de traerlo al mundo—. ¡Acompaña a lady Onal a su cuarto, Carlisle! No se siente bien y debe descansar.

—Como usted diga, su majestad —le forzó los brazos en la espalda cuando ella intentó oponer resistencia.

—¡No, ahí estaba! La cargué. La vestí, ¡con una prenda que confeccioné yo misma! —sollozaba ya, frágil y destrozada—. ¡Mi bebé —repetía sin cesar—, mi niña! ¿Qué le hiciste? ¿Qué has hecho?

El hombre la empujó y Onal emitió un chillido. El estruendo horadó la cambiante bruma e invadió la escena siguiente. Me descubrí de vuelta en la heredad de Rosetta. Un agudo alarido provenía del interior.

Me hallaba en el Sueño del Grito.

Esta vez era diferente, más vívido, más largo. El ruido era más sonoro, más angustioso.

Pero pronto la casa se sumergió en el silencio.

Este sueño siempre terminaba de ese modo; yo no veía lo que ocurría después, y me alegraba de que así fuera.

No tuve tanta suerte en esta ocasión.

Abandoné el camino cuando tres uniformados emergieron enfurecidos de la cabaña.

—¡Listo! —dijo con presunción uno de ellos—. ¡Empírea se enorgullecerá de nosotros!

—¡Espero que la ate a una de sus más candentes estrellas para que arda por toda la eternidad! —añadió otro—. ¡Bruja!

Sus alforjas estaban repletas de los bienes que habían sustraído del interior, y cargaron sus caballos con el botín.

—¡Si abusan de nosotros, esperen represalias! —vociferó uno de los hombres en dirección a la casa, escupió al suelo y les dijo a sus amigos—: Ella no volverá a molestarnos, eso es seguro.

Rieron mientras montaban en sus caballos, y no habían cesado sus risas cuando se alejaron a todo galope; dejaban atrás una casa en silencio y una puerta que oscilaba sobre sus goznes. Me aproximé presa del terror. La lenta marea de un líquido rojo y viscoso atravesaba el umbral y goteaba perezosa por el escalón.

Entré con la mano en la boca y seguí la fuente del líquido hasta la sala. Había sangre por doquier, regada en amplios arcos sobre las paredes decoradas con motivos florales, los muebles y el piso. Un cuerpo sin vida había caído sobre la chimenea, con el cabello cuajado de sangre, los brazos yertos a los flancos y la cabeza suelta sobre el pecho.

Rosetta. Cubrí mi vientre con las manos, lo único que salió de mi boca fue un lamento ahogado que sólo yo escuché.

¿Oíste eso? ¡Gritó!

Déjala en paz.

¿Eso era el futuro o el pasado?

En la repisa que se extendía arriba del cuerpo, el reloj avanzaba rítmicamente.

Su mecanismo no había sido robado todavía. Era el pasado.

Y también un momento insoportable.

Oí voces afuera. Aunque al principio creí que los soldados de Renalt habían vuelto, pronto distinguí dos voces, una de hombre, la otra de mujer.

—Algo está mal —dijo ella—. Siento cuando la vida termina y las ataduras se rompen; ocurre en todo momento, es algo leve y delicado. En realidad, ya no lo percibo. Pero en este caso... sentí la muerte. Una muerte súbita y horrible...

—¡Espera, Galantha! —la voz del hombre era sombría—. No...

Mis alrededores se difuminaron y obstruyeron mi visión; el Gris me apartaba de ese sitio.

—¡No! —le dije—. ¡No debo marcharme aún! ¡Tengo que saber qué ocurrirá! Su hermana acaba...

Hermana. En respuesta, el Gris me mostró a Conrad. Se encontraba con un grupo de niños acurrucados en la oscuridad; varios de ellos estaban llorando.

—¡No se preocupen! —les decía—. Sé adónde ir, un lugar protegido en el que mi hermana cuenta con amigos que nos ayudarán.

—¡Se llevaron a papá! —sollozó una niña.

Conrad desplazó su lámpara y lo vi sentado sobre la base de un sarcófago de piedra. Él y los niños —veinte al menos— se ocultaban en la cripta de la Stella Regina, en medio de ataúdes y telarañas.

Todo se inclinó durante una fracción de segundo, y de pronto vislumbré una red de cuerdas anudadas, en el centro de la cual Galantha se encorvaba sobre un cadáver. Con el grimorio abierto a su lado, unos nudos de hechizos se agitaban en las ramas de los árboles circundantes.

—Lo haré —dijo—. La traeré de regreso.

—¿Estás segura de tu decisión? Conoces los riesgos —con las riendas del caballo entre las manos, el rostro de Mathuin (tan parecido al de Kellan) era la imagen misma del dolor. Sufría por Rosetta, pero también por Galantha, quien había perdido a una hermana—. Es peligroso —continuó—. Ignoramos cuál será el resultado de manipular el tiempo de esa manera. ¿Y qué dirá Begonia cuando vea esto?

—La envié a que recolectara hongos —adujo Galantha— y luego la mandé a dormir. No despertará hasta que haya pasado el cometa; gracias a Ilithiya, jamás recordará esto —se enjugó una lágrima y alzó una cadena de la que colgaba un precioso pendiente, tan pequeño que cabía en su palma. En forma de flor y elaborado con una plata sedosa teñida de rojo, una lágrima enjoyada se balanceaba adentro. Era la Campana de Ilithiya, justo el objeto que yo estaba buscando.

Le temblaban las manos cuando la meció y arrancó de su entraña una melodía de belleza y gravedad incomparables. Era al mismo tiempo un canto de amor y de pérdida, de bendición y maldición, una celebración de la vida y de la muerte.

Ejerció sobre mí tal impacto que me dejó postrada y sin aliento.

Aurelia, Aurelia: escucha mi voz.

A pesar de que me hallaba a unos cuantos centímetros de la joya, el Gris me rehuía, y con esto, la posibilidad de recuperarla.

No, todavía no.

Aquella voz remota se volvió insistente. ¡Aurelia! Le di la espalda, corrí repitiendo en mi cabeza los nombres de flores de las hermanas. *Galantha, Rosetta, Begonia.* Debía saber qué les había sucedido. *Debo regresar. Galantha, Rosetta, Begonia.*

Me vi de pronto en el castillo de Syric, no en la habitación de mi madre sino en la Sala de los Reyes, donde los retratos de varias generaciones de los más altos dignatarios de Renalt miraban con arrogancia a su progenie desde sus elevados marcos dorados. Me detuve frente al último. A diferencia de sus predecesores, éste sonreía con una expresión que rizaba las comisuras de sus labios y conseguía que sus pupilas titilaran. Yo había pasado tantas horas delante de él que lo echaba de menos. Era un deleite para la vista: unos ojos azules, un cabello tan dorado como el sol, un manto cerúleo y una corona de zafiros. El rey Regus Costin Altenar, mi padre.

La efigie de sus progenitores, Costin e Iresine, precedía a la suya. No los conocí; su muerte fue anterior a mi nacimiento. Pero noté por vez primera el extraordinario parecido de mi padre con Costin, y el muy escaso que lo unía a Iresine, con su piel de marfil, su cabellera del tono de una rosa roja y un par de plateados zarcillos que, en forma de flor, refulgían en sus orejas.

Un par de devotos del Tribunal merodeaban por el salón: el magistrado Toris de Lena y la hermosa Isobel Arceneaux. Tras demorarse ante los cuadros de mi familia, hablaron en voz tan baja que no logré escucharlos. Se disponían a abandonar el recinto cuando una niña inquieta de ensortijado cabello y ojos grandes pasó a toda prisa a su lado y se estampó en la pared de la que pendía el retrato de sus abuelos.

Paralizada en su sitio, Arceneaux la miró con un semblante glacial mientras jugueteaba con los botones de plata de su túnica tribunalicia.

Onal se presentó a investigar la razón de aquel barullo, me asestó un severo regaño a causa de mi imprudencia y me despachó con un manotazo mientras colgaba de nuevo la pintura caída.

Permaneció en su lugar un largo momento, y si se movió unos centímetros fue sólo para poder mirar mejor el retrato de mi padre.

La imagen de su hijo, ahora yo lo sabía.

20

El Gris me desplazó de nuevo, en una transición vertiginosa desde los soberbios salones del castillo de Syric hasta la densa oscuridad del Ebonwilde.

Retorné al lado de Mathuin y Galantha en la Cuna, pero había transcurrido ya un par de horas. Ella reposaba exhausta junto a la inerte figura de Rosetta, suspendida sobre un disco de plata, cuando algo llamó su atención.

—¡No! —arrancaba unas plantas a la orilla del disco—. No, no, no, no, ¡ninguna de ellas es hoja de sangre! —cedió abatida al darse cuenta de que sus esfuerzos eran en vano—. No surtirá efecto —miró al cielo—. Debemos concluir este acto antes de que pase el cometa, y en poco tiempo se esfumará en el horizonte. No seré capaz de rescatarla desde aquí, debo ir por ella.

—¡Es muy arriesgado, Gal! —dijo Mathuin—. Tú debes mantener abierto el portal —se incorporó y apartó de su cabeza la correa de cuero de su alforja—. Yo lo haré.

Después de un momento, ella asintió, se quitó la campana y la puso frente a la cabeza de él. Mathuin se arrastró hasta el plano espejado y se tendió a un costado de Rosetta, cuya cara acarició con las yemas y cuya frente tocó con la suya propia.

—¡Voy en tu búsqueda, Pequeño Zorro! —cerró los ojos.

El Gris giró de nuevo, como si me pidiera no perder de vista la dirección que Mathuin seguiría.

No marchó lejos.

Estábamos otra vez frente a la cabaña. Adentro se escuchó el grito inicial.

Esta vez, él entró, con ojos tan ardientes como carbones.

Tomó la primera arma que vio —un desafilado cuchillo tendido junto a la pileta de agua, donde se esparcía un montón de papas a medio pelar— y arremetió contra los individuos que asaltaban a Rosetta. Despachó con facilidad a uno de ellos, en cuya nuca incrustó el cuchillo. Pero había perdido su arma y el segundo ya se arrojaba sobre él con un aullido como grito de guerra.

El agresor empleó la cabeza como ariete y lo derribó. Mathuin era un artista, no un combatiente, y quedó anulado por completo.

Me agazapé cerca del punto donde el primero de los oficiales había caído. Con una mirada de terror, hacía todo lo posible por tomar el cuchillo mientras la vida se le escurría entre los dedos. Pese a que no tenía mi magia aquí, sentí que la de su sangre me llamaba.

Al menos debía intentarlo, me dije, y posé mi mano sutil sobre el charco. No sentí la sangre, pero la magia sí.

—*Torquent* —susurré. *Retuérzanse*.

Hubo chillidos, golpes sordos en el suelo.

—*Dirumpo* —*Rómpanse*.

Sus huesos se hicieron añicos.

—*Scissura* —*Desgárrense*.

De los soldados no emergió más ruido que el gorjeo de la sangre en sus pulmones.

Mathuin los miró. Había vencido, pero no tenía idea de lo que había hecho para lograrlo.

Aurelia, Aurelia. Vuelve, Aurelia.

No, repuse. *Todavía no.*

Cargó en brazos a Rosetta.

—¡Te tengo, Pequeño Zorro! —besó su cabello.

La condujo hasta el claro donde había ingresado al Gris y la tendió en la misma posición que su cadáver, junto a la ansiosa Galantha, quien mantenía abierto el portal desde el otro extremo.

—¡Vamos, Rosetta! —se acurrucó a su lado. Vi las dos realidades en paralelo, cada vez más cerca, como si fueran a realinearse.

De pronto, se escuchó un rumor entre los árboles y uno de los soldados irrumpió en el claro, con los músculos en desorden y los huesos torcidos. Sus ojos relucían de malevolencia en un rostro cubierto de sangre y su rabia le confería la fuerza que sus pasos demandaban cuando ya debía estar más que muerto.

—¡Brujas! —masculló desde una boca llena de dientes destrozados.

Galantha se convirtió en el acto en una blanca tormenta de plumas y fuego, se zambulló en el pórtico y apareció de nuestro lado como un magnífico búho nival. Emitió un graznido ensordecedor y se arrojó sobre el soldado con las garras abiertas, afiladas y brillantes. Lo atacó en varias ocasiones, entre nuevas tajadas y graznidos.

—¡Galantha! —clamó Mathuin—. ¡El portal se cierra detrás de ti!

Ella asestó un último golpe en el cuello del oficial y recobró su aspecto humano para echarlo del perímetro de la Cuna, hacia el Ebonwilde. Cuando él cayó, su cercenada cabeza rodó hasta el borde del plano espejado y se detuvo hasta quedar mirando su propio cuerpo.

En el plano del pórtico, Galantha se había aproximado a su hermana y abrazaba de un lado su cuerpo sin vida, mientras Mathuin sostenía un cuerpo que palpitaba todavía del otro lado.

—No conseguirá cruzar —dijo él—. Morirá... de nuevo.

Arriba, lo único que restaba del cometa en el cielo era su larga cola plateada.

La segunda Rosetta exhaló su último suspiro suspendida entre su hermana y el hombre al que ambas amaban, entre el plano material y el espectral, el ahora y el después. Habían logrado cambiar el sitio de su muerte, no el desenlace. Su alma ya se separaba de su cuerpo, cada vez más frío; yo lo veía como antes había visto los fantasmas que me asediaban, aunque lo percibía con pasmoso detalle, desde ambos lados al mismo tiempo. Del lado espectral, cien mil sogas de plata que en otro tiempo habían atado el alma al cuerpo se soltaron de súbito. Libres de su carga, confluyeron en una figura amorfa que lentamente se transformó en un zorro. Era Azafrán, por la manera en que el espíritu de Rosetta lo miraba, con sorpresa y dulce afecto. La zorra dio un salto entre sus pies, se alejó y esperó como si preguntara: ¿Vas a venir o no?

El fantasma iba a salir tras la criatura cuando Galantha lanzó un grito estremecedor.

—¡No!

Se estiró desde su lado hacia el zorro espectral y ejecutó tan rápidos ademanes que resultó imposible seguirlos. El amorfo animal plateado se trocó en una esfera sobre la palma de Galantha.

Con el orbe en la mano, ella arrastró el espíritu de Rosetta hasta su cuerpo físico, al que lo fijó conforme inscribía con la uña un conjuro fiero sobre su piel.

—Siempre que contemos con su sangre, mantendremos unidos su alma y su cuerpo sutil. Sólo su cuerpo físico tendrá que desaparecer.

—Galantha... —dijo Mathuin.

—Dame su sangre y la campana —pidió—. Debo ceder mi puesto como guardiana del bosque.

—No puedes hacer eso. La sangre te debilitará. No serás capaz de mantener abierto el portal...

—¡Dame la sangre y la campana!

Él intentó apartarse pero ella no esperó a que le entregara el frasquillo, que arrancó de su cuello. Dibujó una figura en el aire, sobre la cabeza de su hermana y en torno a su cuerpo, que dejó a su paso una estela de luz azulada. Abajo, en el mundo real, y arriba, en el Gris, el vibrante nudo de convergencia de las líneas espirituales amplificó el ensalmo y encerró a Rosetta en una jaula luminosa. Galantha procedió a dotarla de la energía de la soga plateada.

—¿Qué haces? —preguntó Mathuin angustiado—. Galantha...

—Una guardiana debe asegurar el equilibrio —contestó—. Sólo de este modo habrá armonía —elevó la campana y la hizo sonar entre sus dedos.

El tañido se esparció por ambos planos y la red de plata y luz que acunaba a Rosetta se tensó en torno suyo, entrecruzó su cuerpo sutil y se incrustó en su piel inmaterial hasta reducirse a una cicatriz platinada en la cara interior de su brazo. Era un intrincado trazo circular, una copia exacta del nudo mágico de la guardiana.

—La Octava Era —murmuró ésta—, la era de la Madre, ha comenzado.

Mathuin se acercó a ella y acarició su mentón por encima del cuerpo de Rosetta. Se sonrieron. Galantha había cumplido su propósito.

La cola del cometa se extinguió en el cielo. El portal en que yacían empezó a cerrarse.

Presa de la desesperación, Galantha extendió los brazos contra el pórtico que se retraía y con su escasa fuerza empujó a Rosetta y a Mathuin por la línea divisoria.

—¡Vade! —¡Márchense!

Aunque ahora susurraba, su voz era grave y cavernosa, como si reverberara a través de las diversas dimensiones.

—Ad Cunas —recitó—. Ad domum tuam —De vuelta a la Cuna. De vuelta a su hogar.

Su último conjuro explotó en su cuerpo y lanzó a Rosetta a un lado y a Mathuin al otro entre el estallido de un haz blanquiazul.

Cerré los ojos ante esa erupción de poder. Cuando los abrí de nuevo, el pórtico se había evaporado. Aún en poder de la campana, Mathuin había sido arrojado al caos del Gris. El cuerpo sutil y el alma de Rosetta habían sido unidos y expulsados al mundo material. Ella mantenía una respiración entrecortada junto a su cadáver.

El cuerpo de Galantha se había destrozado en la escisión entre dos realidades incongruentes cuando el portal se cerró; de él sólo quedaron el rocío de su sangre y un poco de polvo a la deriva. Su fantasma sonrió a las dos entidades de Rosetta, una viva e irrevocablemente alterada, la otra un caparazón yerto. Una lechuza de plata esplendente se formaba ya con su azogue liberado. Descendió en picada y giró en el aire; ella la siguió y se perdió a lo lejos.

Confié en que algo dulce y apacible le aguardara en el después, más allá del espacio intermedio del Gris. Galantha merecía la paz.

La hoja de sangre había echado raíz en la sangre de Rosetta, pero fue la de Galantha —su último rastro en este mundo— la que permitió que los pétalos de aquella planta florecieran.

Begonia, de diez años de edad, se acercó al filo del claro con los ojos cada vez más abiertos mientras asimilaba lo que veía. Bajó su canasta y un alud de hongos silvestres se desparramó a sus pies en lo que un pétalo blanco de la hoja de sangre, levantado en el aire por una brisa perezosa, caía sobre sus manos.

Recogió tres pétalos ese día. Uno lo utilizaría con mi padre, otro más lo emplearía yo con Simon y el último... ella lo usaría conmigo.

Mientras la chica de azogue dormía sobre su lecho de hoja de sangre, su hermana arrastró hasta la cripta familiar, en la arboleda detrás de la cabaña, el pelirrojo e idéntico cadáver.

Lloró en lo que cavaba una somera tumba para una Rosetta y al terminar enjugó sus lágrimas, se enderezó y fue a despertar a la otra.

Tenía que regresar a Greythorne. Por involuntario que hubiera sido, Galantha había enviado a Mathuin ahí, como debía de ser. Ésa era su cuna. Aquél era su hogar.

Para concentrarme, me imaginé en el empedrado de la aldea.

Lo primero que vi cuando abrí los ojos fue la estatua de una niña pequeña que cargaba una muñeca.

Onal.

Varias curvas más adelante desemboqué en la efigie del búho nival, con las alas y las garras abiertas.

A su lado, el zorro miraba expectante por encima de su hombro.

La última vuelta me llevó hasta Urso, de cuyas manos caían gotas de sangre.

Pero no eran sus manos. Eran las mías.

Un hombre se arrodillaba ante mí.

—¿Por qué, Aurelia? —rogaba Kellan con sus claros ojos avellana.

—Unidos por la sangre, por la sangre separados —respondí.

No me muestres esto, imploré al aire, al Gris, a Empírea, a quienquiera que escuchara.

¡Aurelia! Zan se había metido en mi cabeza. *¡Regresa, Aurelia! Escúchame. Sigue mi voz.*

Pese a que no encontraba la campana todavía, quería salir del Sueño de la Sangre. Intenté concentrarme igual que antes, para escapar, para reunirme con mi cuerpo al otro lado. Pero mi cabeza estaba demasiado revuelta y mi visión comenzaba a empañarse.

Regresa, Aurelia, por favor.

Casi podía sentir la mano de Zan en la mía. Pero era sólo una jugarreta de mi mente, que se servía de estos últimos momentos para evocar cosas bellas y felices.

Me tocó la cara. Aunque no lo veía, su tacto era ligero sobre mi piel. Sentí que la vida se escurría, mi espíritu soltaba el grillete del cuerpo y volaba libre como un ave que remonta las alturas. Me pregunté qué forma asumiría mi lazo de azogue. ¿Quién o qué me conduciría al otro mundo?

—¡Aurelia! —dijo Zan más fuerte. ¿Por qué me estaba gritando? ¿No sabía que estaba cansada? ¿No entendía que

240

lo único que yo deseaba era dormir?—. ¡Luceros clementes, Aurelia! ¡No hagas esto! ¡No me obligues a hacer esto!

Zan. ¿Por qué estaba tan triste?

Yo me sentía agotada.

—¡Despierta, por favor! —dijo en un susurro—. Hazlo por mí.

¿Acaso no haría cualquier cosa por él?

Estaba demasiado cansada…

—¡Abre los ojos! —suplicó—. Pelea.

Acarició mis labios con los suyos.

Un beso dulce y delicado.

Tendí mis brazos hacia él, detrás de la dorada luz de mi vitalidad que era atraída por él. Por un efímero segundo, reclamé mi cuerpo y lo besé.

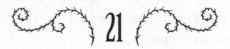

Onal estaba oprimiendo mi pecho. *Uno, dos, tres. De nuevo. Uno, dos, tres. De nuevo.* Entre un golpe y otro, lanzaba una tan colorida sarta de maldiciones que por fuerza debían provenir de alguien que las había acumulado a lo largo de cien años. Cuando al fin fui capaz de tomar aire, me estrechó contra su esquelético cuerpo, una muestra de afecto más significativa que todas las que me había dado en vida. Kellan se retorcía junto a ella al tiempo que Rosetta garabateaba sortilegios en el aire, con los que trataba de reanimarlo, mientras Onal reactivaba mi corazón.

Zan se mantenía detrás de todos e intentaba recuperar el aliento. Justo en el instante en que posó sus ojos en los míos, descubrí que eran unos calderos de oro a punto de hacer erupción. Su beso me había salvado del abismo, pero la luz de mi vitalidad se agitaba ahora bajo su piel, un intercambio que lo sanaba y torturaba al mismo tiempo.

—Debemos marcharnos —aseveró—. Ahora.

Las vi desde la torre: unas embarcaciones provistas de velas negras se dirigían al puerto. Ondeaba sobre ellas la araña de siete patas del escudo de los Castillion.

—¿Cómo llegaron hasta aquí sin que nadie lo notara? —exclamé—. ¿Por qué no me sacaron antes del Gris?

—¡Por supuesto que lo supimos! —replicó Onal—. Habría sido imposible no hacerlo. Y déjame decirte que lo intentamos todo. ¿Por qué crees que dejamos que Labios Mortales actuara? No tuvimos otra opción.

—¿Cuánto tiempo estuve en el Gris?

—Dos días —respondió Rosetta.

—Lo suficiente para que Castillion llegara al fiordo —dije, casi entre lágrimas.

—Conocí esta ciudad y conozco sus ruinas —terció Zan—. Ellos no. No podrán seguirnos —nos encaminó hacia las viejas escaleras de piedra que descendían al pasaje del canal.

—¿Por qué seguimos esa dirección? —protestó Kellan—. ¡Hay agua y barcos ahí!

—Y también un sendero sin espinas —repuso Zan.

—¡Las estrellas me guarden si conocías un camino para llegar aquí libre de espinas...!

Zan sonrió y se deslizó rocas abajo.

—Siempre es bueno conocer otra salida. Así, nuestros amigos del *Humildad*, el *Piedad* y el *Prudencia* pensarán que nos dirigimos al castillo.

—Quizá no sea mala idea —aceptó Kellan—, aunque no pienses que ya te perdoné lo de las espinas.

Esta sección del antiguo sistema de canales era más profunda que la que partía de las cocinas del castillo; el fango casi nos llegaba a la cintura y se tendía de una pared a otra. El avance fue arduo y somero y nos agotamos pronto, a medida que el ruido de botas marciales resonaba en el pasadizo.

El túnel poco a poco ascendió del fango. Cuando arribamos a la bifurcación que nos llevaría al castillo o al subterráneo, continuamos hacia éste; era muy probable que los subalternos de Castillion ya se encontraran en el palacio. Todo lo que hubiéramos dejado en la biblioteca tendría que permanecer ahí.

Fue un alivio salir a la luz, aunque el cieno que se había secado en nuestras prendas, chapoteaba bajo nuestros zapatos y rodaba por nuestro rostro, no cesaba de pesarnos.

—No podemos proseguir así —aún estaba exhausta por el beso de Zan, y con el estómago vacío después de haber pasado dos días completos en el Gris. Miré el rastro de fango que dejábamos en el suelo—. ¡Nuestras huellas los conducirán directo a nosotros!

—Espera —dijo Rosetta—. Es imposible que los transforme en zorros a todos, pero puedo hacer esto.

Movió rápidamente los dedos y el barro escurrió despacio por nuestras ropas y fluyó hasta el cauce del arroyo.

Al final todos estábamos secos y limpios de nuevo. Reemprendimos la marcha, pero entonces me detuve de manera intempestiva.

—¡Un momento! —exclamé—. Si fuiste capaz de hacer eso, ¿por qué en la cabaña tuviste que empaparme con agua helada tantas veces?

—Me pareció divertido —se encogió de hombros.

De la que había sido mi choza, sólo restaba una huella sobre las rocas. La casa de Kate y Nathaniel apenas se mantenía en pie. El techo de la cocina se había desplomado, los vidrios de las ventanas estaban rotos y la pintura se había hinchado y caído, pese a lo cual unos polemonios y varas de oro de reciente floración inundaban los macizos y el pasillo.

A Kate le habría encantado todo esto.

En cambio, la vereda que ella y yo seguíamos tomadas del brazo cuando íbamos a la ciudad estaba obstruida por completo. Era infranqueable.

—Tendremos que llegar desde el este —dijo Zan—, por donde en otro tiempo unas escaleras ascendían hasta la muralla. Ignoro en qué estado se encuentra esa zona, así que preparémonos para lo peor.

—¿Qué es lo peor? —inquirió Rosetta.

—Usa tu imaginación —respondió él.

—No es necesario que lo haga —adoptó su forma de zorro, salió disparada y dirigió a Valentin una desdeñosa mirada amarilla.

—¿Adónde va? —preguntó él.

—Prefiere saber qué ocurre a imaginarlo —dijo Onal.

Para que siguiéramos al zorro, debimos sortear la profusa maleza entre los árboles y más allá, donde troncos calcinados se alzaban como negros barrotes de hierro contra la escarpada colina. El pelaje encendido de Rosetta fosforecía mientras zigzagueaba entre ellos.

Conversé con Onal en el camino.

—Vi algunas cosas en el Gris —dije con voz débil, porque me moría de hambre.

—Pasaste allá dos preciosos días —replicó—. Espero que hayas sacado algo bueno de la experiencia.

—Sí, algo que se relaciona contigo —le dije—. Te vi en el pasado, Onal…

Nos detuvimos porque ya habíamos llegado a la muralla. Convertida en una pila de rocas, sus escaleras habían desaparecido. Debimos trepar con las manos recargadas en los dentados escombros, donde buscábamos puntos de apoyo entre las piedras sueltas y perdíamos medio por cada metro que subíamos, gracias a las rocas que se desprendían. Desde este mirador, sin hojas que estorbaran nuestra vista, las velas de los barcos de Castillion se distinguían con claridad.

Lo mismo sucedía con sus filas de soldados que estaban rastreando metódicamente las ruinas.

Bajo su aspecto de zorro, Rosetta fue la primera que conquistó la cima. Tras deslizarse por el pináculo, se petrificó.

Desde más allá de la muralla, se escuchó un rumor inquietante: el aullido de un lobo.

Apenas tuvo tiempo de emitir un angustioso gemido antes de que las rocas se esfumaran bajo sus pies y ella quedara sumergida en una nube de polvo.

Apresuramos el paso mientras escuchábamos gruñidos, ladridos y gimoteos, sin que supiéramos cuáles procedían de Rosetta y cuáles eran provocados por ella.

Kellan fue el siguiente en llegar a la cumbre, seguido por Zan. Pronto me sumé a ellos, pero Onal se había rezagado a mitad de camino. Del otro lado, tres lobos en diversos estados de descomposición peleaban con Rosetta. Con dientes expuestos y ojos ardorosos, intentaban herir y encajar una dentellada mientras ella se agitaba bajo sus patas, golpeaba donde podía y mordía cuando le era posible. Pese a todo, era una contra tres y ya daba muestras de fatiga.

Sin parpadear, Kellan patinó rocas abajo, un pie tras otro, y a su paso en el montículo de grava dejó una señal de una sola línea. Rodó en la base, se levantó con la espada desenvainada y entró en la pelea junto con Rosetta, no sin antes emitir un gutural grito de batalla.

Zan siguió su ejemplo con un puñal en cada mano, uno para herir, el otro para protegerse; su negra capa flotaba a sus espaldas mientras él lanzaba tajos y se cubría.

Le tendí la mano a Onal.

—¡Agárrate de mí!

—¡Ya estoy demasiado vieja para estas tonterías! —hizo el esfuerzo de alcanzarme.

—¡Un poco más! —sus dedos casi tocaban los míos.

En ese instante, las rocas a sus plantas se deslizaron y ella cayó hasta el fondo, donde permaneció inmóvil.

Por más que me resistía a permitir que mis compañeros se enfrentaran solos a aquellas bestias, no podía abandonar a Onal. Con los ojos irritados por el polvo, me levanté de nuevo en la cresta y justo en el momento en que me disponía a bajar en pos de ella, un chirriante silbido escapó de la tenebrosa línea de árboles. Cuando me asomé desde lo alto de los escombros hacia donde los demás luchaban, vi que seis asistentes de Arceneaux emergían del bosque. Los encabezaba un séptimo, al que reconocí de inmediato. Era Lyall, su segundo de a bordo.

Sujetaba con fuerza a Rosetta, quien, de vuelta a su forma humana, resentía contra la quijada la punta de un estoque de hierro.

Él silbó otra vez, los lobos se congelaron a media contienda y caminaron obedientemente hasta su flanco. Las blancas costillas de uno de ellos sobresalían en su piel flácida. La musculatura del cuello de otro estaba a la vista; desde donde yo me encontraba, podía ver que su carne envejecida y fibrosa se contraía y relajaba conforme se movía. El tercero era el mismo con el que Zan y yo nos habíamos encontrado a las afueras del Canario Silencioso; sus dientes centelleaban en su cráneo semidescubierto.

—Un solo movimiento —Lyall forzó a Rosetta a avanzar—, y le sacaré el alma del cuerpo con este estoque. ¡Bajen sus aceros, ahora!

—¡No! —clamó ella—. No puedo... —la interrumpió la proximidad del cuchillo contra su piel.

Kellan y Zan cedieron, bajaron las armas y levantaron las manos.

Trémulo de emoción, el lobo con el cráneo expuesto olfateó el aire. Se lamió los colmillos y lo que restaba de sus labios y lanzó un gruñido que sonó como una palabra:

Niña.

Niña.

Al pie de las melladas rocas, el último lobo fijó la vista en mí y una sonrisa monstruosa retorció su devastada faz. Miré a Zan, quien gesticuló en mi dirección una sola orden: *¡Corre!*

Seguí su consejo, tropecé en las rocas y me arrastré hasta Onal, quien ya comenzaba a moverse y refunfuñó cuando quise tomarla en brazos. Sentí la magia de su sangre antes de percibir que ésta manaba de una espantosa herida entre su clavícula y su hombro. Hice cuanto pude por ignorar su llamado y sofocar el impulso de utilizarla y, en cambio, aumenté la distancia entre nosotras y los colmillos que me acechaban.

—¡Suéltame, insensata! —masculló ella.

—¡No puedo! —tomé aliento—. El lobo está aquí.

Acababa de coronar la cumbre del montículo de rocas y nos miraba con pupilas relucientes.

—En ese caso... —dijo Onal.

Me eché su codo a cuestas y marchamos renqueantes por el camino por el que habíamos llegado, con el mastín tan próximo a nosotras que alcanzábamos a oler su rancia fetidez. Su incompleto estado impedía que avanzara más rápido, lo que me dio tiempo suficiente para que examinase mis cortadas y abrasiones y recitara el hechizo con que nos eclipsaríamos.

—Somos invisibles. Somos invisibles.

Pero tras dos días inmóvil, hambrienta y deshidratada, mi sangre reaccionó con parsimonia.

Ganamos tiempo y distancia gracias al azoro que nuestra desaparición provocó en la criatura, pese a lo cual mi mermado poder no tardó en resentirse.

Niña.

Expelió de nueva cuenta su ladrido, tenso como una pulla.

Niña.

Era mi imaginación. Debía ser mi imaginación.

Damita.

Paré en seco y lo último de mi lastimoso conjuro se extinguió entre mis labios.

Y entonces, el lobo rio.

—¿Por qué nos detenemos? —siseó Onal.

No contesté, la tendí sobre las negras y embrolladas raíces de un árbol carbonizado y volteé para enfrentar al lobo.

Estaba a la espera de que lo reconociera, acechaba cada uno de mis pasos. Aunque la lengua pendía de su hocico, no generaba ese sonido anómalo con los dientes; emergía de lo profundo de su purulento cuerpo infernal.

Damita.

¿Dónde están mis manzanas, damita?

Deslicé la mano hasta mi daga.

En el Gris, había observado a Lyall con una serie de piedras de luneocita, y aseguraba haber conseguido una buena "cosecha espectral".

Corrompido en vida, este espíritu buscó una piel más conveniente para alojarse.

Eso explicaba que yo no viera más fantasmas. No porque las vicisitudes de la torre hubiesen alterado mi habilidad, sino porque ahora estaban siendo capturados.

Me erguía de cara a los aborrecibles vestigios de Brom Baltus.

Nos miramos a la expectativa de que uno de los dos diera el primer paso.

Fiel a sí mismo, Brom se impacientó y dio inicio al ataque, con los colmillos de fuera. Lo eludí y resbalé en medio de un par de árboles tan juntos que su voluminosa figura no cupo entre ellos. Despojado de la magra piel que pendía de sus flancos, continuó impertérrito. Sus zarpas infectas dejaban blancuzcos rasguños en el bosque ennegrecido. Lo atrapé por el maxilar, hundí mi daga hasta la empuñadura, la giré y para mi sorpresa emergió del otro lado del cráneo. Si la sacaba, corría el riesgo de que él prendiera mi mano de un dentellazo.

No puedes matar lo que ya está muerto. Las palabras de Rosetta ondularon en mi memoria.

Ella había separado alma y piel con hechizo fiero; yo sólo disponía de mi magia de sangre, y me encontraba demasiado débil para sustentar un conjuro.

Sentí una vez más el efusivo llamado de mi hechicería, que me pedía a gritos que la aprovechara.

Mientras el lobo se escabullía entre los árboles, me abalancé sobre Onal. Gritó cuando toqué su hombro herido y atraje su sangre a mis manos.

Por más que me doliera, debía hacerlo. Era la única manera en que podría ayudarla. Ayudarnos.

Brom se arrojó sobre mí, me postró en tierra y sujetó mi cuerpo como lo había hecho en el establo del Canario.

—*Te mataré,* —dijo con voz hueca. *Es lo que las brujas y ladronas se merecen.*

—¡No soy una ladrona! —imprimí mis manchadas manos en sus fauces huesudas y recité el primer hechizo que vino a mi mente—. *¡Apage!* —*Esfúmate,* grité.

—*Ladrona,* —aulló el lobo, y el humo negro de su alma putrefacta abandonó su descompuesta piel—. *¡Ladrona!*

Tiré de mi cuchillo bajo su debilitada mandíbula, di un paso atrás y sentí que una oleada de triunfo me envolvía, pero cesó cuando vi en mis manos la marca de la sangre de Onal.

Brom tenía razón.

Yo era una ladrona.

22

Onal y yo dormimos esa noche en la Tumba de los Perdidos. Era triste saber que Lyall había apresado a los demás y yo no me encontraba con ellos. El peso de mi deseo de salvarlos oprimía incesantemente mi conciencia, en una sensación sofocante y dolorosa, pero mi culpa por lo que le había hecho a Onal rivalizaba con ella. Aun cuando su herida era terrible, lo que más le afectó fue que utilizara su sangre. Estaba enferma y agobiada, como si la hubiera envenenado. Apenas me hablaba; permitió que la vendara y atendiera porque era incapaz de hacerlo sola. No criticó mis torpes dedos ni mi técnica deficiente; por esto comprendí que la había dañado en verdad. En otras condiciones, no habría perdido la oportunidad de sermonearme.

La temperatura bajó al anochecer y tuve que aquilatar la decisión entre delatarnos con las patrullas de Castillion o morir de frío y convertirnos en las primeras ocupantes humanas de la Tumba. Resolví que debíamos arriesgarnos a lo primero para evitar lo segundo, de manera que encendí una fogata en medio de nosotras y cocí las dos últimas papas del padre Edgar, que extraje de la alforja de Onal.

Ella entró un poco en calor, aunque no demasiado.

Nuestra bota de agua estaba casi vacía, lo que descartaba la ejecución de un buen conjuro de clarividencia aun si hubiera optado por darle ese uso. En la cavidad antes ocupada por la base de una columna, tropecé con un estanque de unos quince centímetros. Mientras Onal descansaba, me hice una muesca en un dedo y vertí en el charco una gota de sangre.

—*Ibi mihi et ipse est* —ordené. *Muéstrame.*

Primero vi a Kellan, encadenado al fondo de un carromato sombrío que avanzaba a sacudidas por un terreno desigual. A su lado, Rosetta apoyaba la cabeza en su hombro, pálida y consumida. Una cadena de hierro pendía de su garganta, y accesorios del mismo metal cubrían sus manos, lo que la privaba de todo poder para liberarse.

Al otro extremo del carro, Zan estaba solo y contemplaba el opresivo pabellón de lona oscura, por cuyos pequeños agujeros asomaba la luz del día como apagadas centellas.

La visión se interrumpió cuando oí que, del extremo opuesto de la zanja, Onal tosía en guturales convulsiones.

Me acerqué y descubrí que sus vendas —simples retazos arrancados a nuestras ropas— se habían empapado; en lo que las cambiaba, me animé a romper el silencio.

—Aprendí a succionar lesiones y enfermedades —dije—. Podría intentar…

—Hazlo —resolló—. Al menos moriré más pronto.

—¿A qué te refieres?

—No soy maga fiera como Rosetta, pero sí hija de guardianas, y la magia de sangre me debilita —añadió con un resoplido—: ¿Creíste que me ayudarías si usabas mi sangre contra ese lobo? ¡Ja, igual podrías haberme enterrado!

—Si eso es cierto, ¿por qué a mí no me daña? También soy hija del bosque.

Giró su mirada hacia la mía.

—¿Qué dices? ¡Vaya disparate! ¿Cómo es posible que...?

—Vi la verdad en el Gris —expliqué—. A mi padre recién nacido en su habitación en Syric. Y vi a su madre —callé un segundo—. No era la reina Iresine.

Se tensó visiblemente ante la mención de ese nombre. Luego de una larga pausa replicó:

—Nunca se lo dije a nadie, ni a mi hermana ni a tu padre. Éste es el motivo por el que el hierro no te debilita y envejeces a un ritmo normal, propio de la estirpe femenina de las guardianas; desciendes de mi hijo.

—Rosetta está desesperada de que alguien asuma su cargo y pase a ser la vigía de la Novena Era —buscaba que las piezas embonaran—. ¿Esto significa... que yo sería capaz de hacer algo así?

—Lo ignoro —contestó—, pero podrías intentarlo. Si encontraras la campana, yo misma sería candidata a transferirte ese puesto. Basta con dos descendientes de Nola para que se consume algo así, aunque deberías considerarlo con cautela; es una carga muy pesada.

—¿Por qué no le confesaste a papá que eras su madre?

—Por el bien de todos —dijo con aire exhausto—. Una vez que Galantha murió, Rosetta y yo discutíamos mucho y me marché. Viajé un tiempo antes de instalarme en Syric. Me establecí como herbolaria y adquirí fama cuando me pidieron que atendiera a la reina. Ella quería tener un hijo pero los perdía sin excepción en las primeras semanas de embarazo —suspiró—. Cumplí con mi deber, jamás imaginé que llegaría a agradarme —sus ojos relucieron—, y menos todavía que la amaría, pero así fue. No pude evitarlo —se sorbió la nariz—. Ella también me amó. Me sentí apreciada por primera vez en mi vida.

—¡Ay, Onal! —exclamé con ternura.

—Ella amaba a su esposo, el rey Costin, y pese a ello no se decía dividida entre él y yo, no había celos ni hostilidad. Sin embargo, tan colmada como estaba de nuestro amor, seguía languideciendo, y nada podíamos hacer ante eso. Iresine quería un hijo, ansiaba tenerlo, y su deseo la torturaba.

—¿Y tú qué hacías?

—Todo lo que podía. Le preparaba brebajes, probaba los remedios más variados, y ni siquiera así su cuerpo reaccionaba.

—Le diste entonces el heredero que ambicionaba.

—Sí —confirmó—. Di a luz a su hijo, al heredero de ambos —hizo un breve alto—, a nuestro hijo —respiró hondo y preguntó—: ¿Qué más viste?

—Creo que lo sabes.

Apartó la mirada con ojos anegados en lágrimas que nunca pensé que fuera capaz de producir.

—En esa época imperaba la costumbre de desaparecer a las hijas de la corona. Supongo que eso fue lo que intentaron hacer.

—¿Supiste adónde la llevaron? —inquirí en un murmullo.

Sacudió la cabeza.

—Encontré un carruaje carbonizado, no quedó nada de él —carraspeó para librar su voz de aspereza—. La reina murió dos años más tarde, no pude despedirme de ella.

—Aun así, volviste. Fuiste la nana de papá cuando podrían haberte reconocido como su madre.

—Era imposible que pidiera más, y estaba agradecida con eso. Muerta Iresine, Costin me invitó a que regresara. Permanecí a su lado hasta el día en que falleció. Me volví indispensable para él, luego para Genevieve y al final… para Conrad y para ti. Por más que Rosetta sea mi hermana, tú… tú siempre has sido mi verdadera familia.

—¿Eso significa… que me amas? —le di un codazo ligero y provocador.

—Si así fuera, te lo habría dicho —espetó—. Todavía estoy molesta contigo, Aurelia. Lo que hiciste allá…

—Tomé una decisión apresurada, no sucederá de nuevo.

—Confiaría en ti si fuera la primera vez que cometes ese error —bajé la vista avergonzada—. El fundador era igual que tú —agregó—, un mago de sangre muy talentoso. Y si bien es probable que haya deseado hacer lo correcto, adoptó el hábito de tomar sangre involuntaria, y eso lo destruyó.

—¡En nada me parezco a él! —proferí—. Yo no soy un monstruo.

—Todavía no —repuso.

Aunque nuestra fogata se consumió antes del alba, lo que me despertó no fue el frío sino Onal, quien farfullaba incoherencias con la mirada perdida y los ojos velados.

—¡Azucena! —balbucía—. ¿Dónde está mi Azucena?

Toqué su frente; estaba empapada de sudor, ardía en fiebre. Sus vendas se habían impregnado de sangre y la piel que las rodeaba se sentía caliente e inflamada. La herida se había infectado; tendría que conseguir ayuda de inmediato si quería preservarla con vida.

Apoyé su brazo en mi hombro y la levanté, sorprendida de que pesara tan poco, como si fuera de hilo y papel, no de carne y hueso.

—¿Adónde vamos? —preguntó—. ¿Me llevarás con mi Azucena?

—Se encuentra al lado de Empírea —respondí con todo tiento—, y no te reunirás con ella, Onal. Todavía no.

La arrastré conmigo entre los árboles. Los soldados de Castillion habían renunciado a su búsqueda; ya emprendían la retirada y volvían a sus naves. Las dos primeras —*Piedad* y *Prudencia*— habían levado anclas. Sólo la última y más ostentosa, *Humildad*, permanecía en el fiordo y, a juzgar por el hervidero de actividad en cubierta, se disponía a partir.

Me apresuré lo más que pude y grité y sacudí los brazos en cuanto deposité a Onal en la rocosa orilla.

—¡Esperen, esperen! —vociferé—. ¡No se vayan! ¡Debo hablar con Castillion! ¡Permitan que subamos a bordo!

Un hombre se aproximó a la proa. Su cabello, de un rubio platinado echado hacia atrás en una brusca ondulación, contrastaba con su recortada barba castaña oscura. Pese al color de su cabello, no podía tener más de veintisiete o veintiocho años. Tenía buena apariencia aunque no era del todo apuesto, bien vestido pero sin pretensiones, e imponente sin que resultara avasallador. Nos miró con más curiosidad que reserva.

—¿Qué asunto debes tratar con Castillion? —preguntó.

—Quiero hacer un trato con él. Mi compañera está herida, necesita la ayuda de un curandero.

—¿Y tú que ofreces?

—Una carta de negociación con el Tribunal —contesté—. Ellos tienen al rey Valentin y usted —dejé de fingir que no sabía con quién estaba hablando— necesitará algo de igual valor para intercambiarlo.

Castillion torció los labios a la espera.

Alcé la barbilla.

—Usted me necesita. Aurelia Altenar, princesa de Renalt —me presenté.

Sonrió, sólo ligeramente, antes de indicar a sus subalternos en tierra para que nos llevaran a bordo. Nos recibió

257

en la cubierta; su bandera violácea y su araña de siete patas ondeaban al fondo, en lo alto.

—Sea bienvenida al *Humildad*, princesa —hizo una afectada reverencia.

PARTE TRES

PARTE TRES

Los varones de Greythorne eran hombres de honor. Éste había sido siempre su rasgo más conocido y del cual se sentían más orgullosos. Desde tiempos tan distantes como aquellos en los que san Urso erigió su santuario y solicitó al rey Theobald que designara a los Greythorne como sus custodios y protectores de la provincia en la que el templo se asentaba, habían vivido invariablemente conforme al lema *Cumple tu deber y descansa sin tribulaciones.*

Al tiempo que abría las puertas de su finca para hacer frente a un sinnúmero de oscilantes antorchas, Fredrick Greythorne confió en que en ésta, su última hora, estaría a la altura de las incontables generaciones que lo habían precedido.

Vestida por completo de blanco, Isobel Arceneaux lo esperaba al pie de la escalera. Una plétora de clérigos del Tribunal había llegado a la provincia desde hacía varios días y se congregaba ahora a las afueras de la mansión y el santuario, como hormigas clamando por una gota de miel. Entre la multitud había también ciudadanos de Greythorne, hombres y mujeres que estimaban y aplaudían la saña del Tribunal, o que no alzaban la voz por temor a que éste se volviera en su contra. En número creciente, todos observaban y aguardaban, aunque sin profanar jamás los privados terrenos; Arceneaux se preciaba de contarse entre quienes obedecían la ley al pie de la letra. El respeto a las reglas era poco más que una simulación, por supuesto, pero ésta confería a la magistrada un poder casi ilimitado.

Isobel era capaz de ejecutar la ley con la precisión de un bisturí, y de matar con la misma incisión que infligía proclamando que se trataba de un remedio contra el dolor. ¿Dónde residía la mentira en ello? En que toda manifestación de dolor desemboca en la muerte.

Elevó su enguantada mano para acallar a la incalculable multitud a sus plantas mientras uno de sus ayudantes retiraba la espada ancestral con empuñadura de espino que Fredrick portaba al cinto.

—Lord regente —comenzó—, desde hace tres semanas he solicitado audiencia con el rey y desde hace tres semanas se me ha negado. ¿Por qué impide que su alteza reciba a sus súbditos?

—Sólo actúo conforme la voluntad del rey —respondió Fredrick con las manos a la espalda.

—¿Y es su regia voluntad sentarse en sus magníficos salones sin ocuparse del pueblo al que debe no sólo su servicio, sino también su posición —entornó los ojos—, o es que mi señor le impone esa voluntad?

—Sólo actúo conforme la voluntad del rey —repitió.

—Lord Fredrick —continuó Arceneaux—, sé que mi señor y su adorable esposa no han sido bendecidos aún con descendientes, incluso después de tantos años de matrimonio. Quizás usted ha terminado por desarrollar un cariño paterno por nuestro joven rey, y tal vez —añadió con maledicencia— ese errado afecto le ha hecho pensar que también puede ejercer un control paternal sobre él.

Fredrick se irguió un poco más recto.

—Sólo actúo conforme la voluntad del rey.

Arceneaux fijó por un momento su gélida mirada en él antes de dirigirla a los acólitos que la acompañaban.

—¡Aprehéndanlo! —indicó, y luego añadió—: ¡Lord Fredrick Greythorne, ha restringido ilegalmente el acceso público a nuestro soberano y ejercido en su lugar una autoridad indebida! ¡Por tanto, a partir de este instante queda despojado de su título de regente y será resguardado bajo arresto a fin de que se someta al justo juicio de un tribunal! —y alzó más la voz—: ¡Sepan todos cuantos aquí me escuchan! La ley establece que en un caso de tan grave fechoría como el presente, el acusado ha de renunciar a la totalidad de sus derechos nobiliarios y de propiedad, los cuales deberán transferirse a su legítimo heredero.

"Como es sabido, lord Greythorne no posee descendencia. Carente de derechos de sangre sobre estas tierras, tampoco su esposa tiene permitido retenerlas. La transferencia recaería entonces en Kellan Greythorne, pero también él ha traicionado a la corona y está impedido de gozar nobles heredades. Esto significa —levantó el mentón con aire triunfal— que la finca Greythorne y sus predios circundantes deben considerarse confiscados y serán devueltos a la corona, transacción que administrará y supervisará su rama judicial bajo la conducción de Empírea —subió un peldaño y luego otro y otro más. El último señalaba la demarcación entre la propiedad pública de la corona y los terrenos privados de Greythorne.

Llegó hasta él y dio media vuelta con los brazos en alto.

—¡Reclamo esta residencia para su majestad el rey Conrad! ¡Viva el rey!

Una aclamación ascendió desde la muchedumbre, que avanzó en tropel, ansiosa de más ultrajes, más escándalos, más justicia brutal.

Mediante ademanes a sus acólitos de mayor rango, Arceneaux les indicó que se acercaran.

—Arresten a todos —los instruyó—, pero no maten a nadie. Cuando encuentren al rey, preséntenlo en seguida ante mí.

Agitó la mano y sonrió a la vista de las antorchas.

Fredrick aguardó y se encomendó a las estrellas.

Minutos más tarde, los acólitos de Arceneaux retornaron.

—¡No hay nadie aquí, magistrada! La mansión está totalmente vacía.

Sin disimular su exabrupto, ella frunció la boca cuando se volvió hacia Fredrick y bufó:

—¿Dónde está el monarca? ¿Qué hizo con él?

Fredrick sonrió.

—Sólo actúo conforme la voluntad del rey.

Mientras lo apresaban, repitió una vez más la divisa de la familia Greythorne.

Cumple tu deber y descansa sin tribulaciones.

23

Pasé las primeras horas en el barco de Castillion encerrada en el camarote del capitán.

En otras circunstancias, mi soledad en un sitio como ése habría sido un agradable respiro: me bañé con el agua caliente de las calderas en las entrañas de la embarcación, comí pequeños y hojaldrados bollos decorados con un turrón que tenía el aspecto del más delicado de los encajes. Castillion había decomisado mi alforja —con el paño de sangre adentro— y la daga de luneocita en mi bota, pero me brindó papel y material de lectura para que dibujara o escribiera si me placía hacerlo. Todo era lujoso e inmaculado, confeccionado por artesanos de gran habilidad y visión.

Aun así, cada segundo de esa experiencia me resultó insoportable.

Pese a que dediqué mi tiempo a ensayar la letanía de improperios que le endilgaría cuando se dignara atenderme, en cuanto llegó a la puerta de mi extravagante calabozo me olvidé de todos y pregunté:

—¿Cómo está Onal? Dígame, por favor, que se encuentra bien.

Cerró la puerta y se sentó en el sillón de terciopelo rojo detrás de su escritorio.

—Debo ser sincero y reprocharle que la haya traído en tan malas condiciones. Su caso rebasa las aptitudes de nuestro médico... aunque cualquier cosa peor que una cortada con una hoja de papel mete a ese pobre en dificultades...

Palidecí.

—¿Ella no...?

—Vive —afirmó con un aplomo que me hizo pensar que se estaba esmerando en parecer optimista y alentador—. Vamos con destino al puerto de Ingram, donde una orden de monjas empíreas administra un santuario. Si alguien puede ayudarla son ellas...

—¿Monjas? —pregunté incrédula—. ¿Desea ponerla en manos de unas *monjas*?

—Son muy buenas en lo que hacen —contestó—. Tratarán a su amiga mejor que nadie...

—No es ella la que me preocupa —reviré—. Me preocupan las monjas.

Sus oscuras cejas fruncidas produjeron numerosas arrugas en su frente.

—Usted no es como yo esperaba.

—¿Y qué esperaba?

—Si le soy franco —se encogió de hombros—, pensé que usted sería más bonita.

—Con su fama de El Déspota Canoso del Norte, yo pensé que usted sería más viejo.

—No preste oídos a todo lo que escucha —me aconsejó.

—Tampoco pecaré de descreída —repuse—. ¿Acaso no es usted un tirano resuelto a dominar dos reinos y destruir miles de años de tradición e historia?

—Prefiero que me llamen "político excéntrico con visión de futuro".

—¿De eso escapan quienes se refugian en Renalt? ¿De sus ideas progresistas? —y repetí para dar más énfasis—: ¡En Renalt!

—El cambio asusta —replicó imperturbable.

—Más todavía si llega acompañado de un ejército.

Me observó un segundo y dijo:

—¿Me honraría con un paseo por cubierta, su alteza?

Un par de semanas atrás, yo había dedicado horas enteras a estudiar los diagramas de este barco y a memorizar las complejidades de sus operaciones, pero nada me habría preparado para la realidad. La plataforma de paseo era de pulida caoba y estaba cubierta por lujosas alfombras del mismo color violáceo que la bandera de Castillion. Arriba de la galería, una serie de multifacéticos cuadrados de cristal componían un tragaluz en arco. Sin duda, de noche sería posible asomarse y admirar las estrellas.

Docenas de personas reían y deambulaban por la terraza mientras un músico acariciaba en una esquina una inmensa arpa dorada. Vestían como si fueran a asistir a un baile: las mujeres terciopelos iridiscentes y sedas ceñidas, con los brazos cargados de joyas; los hombres sacos opulentos y ajustados, repletos de botones con incrustaciones de gemas. Un par de mujeres bailaba cadenciosamente en el centro bajo los rayos del tragaluz, ambas con vestidos largos, uno plateado, el otro dorado, como un sol y una luna que giraran alrededor de sus respectivas órbitas. En numerosas mesas los jugadores probaban suerte en los dados, el ajedrez e incluso en una partida de Joven, chivo y dragón.

¡Luceros ancestrales!, pensé. *¡Ojalá las muchachas del Canario pudieran ver esto!*

Los rumores de que el barco de Castillion era un monumento al dispendio no le hacían justicia. Yo no habría reunido dinero suficiente para pagar un viaje en este navío aun si hubiera ganado un centenar de rondas de Ni lo uno Ni lo otro.

Y aunque, tomados del brazo, formábamos una pareja singular, nadie nos miró ni siquiera de reojo.

—¿Dónde mantiene a sus prisioneros? —pregunté.

—Son sólo habladurías, alteza. A nadie encarcelo ni esclavizo.

—¿Habla en serio? ¿Por qué entonces estas personas se rehúsan a mirarnos de frente? ¿Se debe a que son demasiado corteses o a que le temen?

Sonrió y las comisuras de sus ojos se arrugaron.

—Quizás es a usted a quien temen, princesa. Es la bruja de sangre que se infiltró en Achleva y derribó su impenetrable capital. No fue una proeza menor.

—Se me concede demasiado mérito —dije.

—¿O demasiada culpa? —me condujo a la margen de estribor—. Se murmura que lo que causó la caída de la muralla, fuera lo que fuese, también la privó a usted de su habilidad para ejecutar conjuros.

—Así es. Cualquiera que haya sido el poder que antes tenía... desapareció por completo.

Asintió.

—Admitiré que cuando me informaron que un fugitivo se ocultaba en la ciudad en ruinas, no esperé que se tratara de usted.

—¿Creyó que era Valentin?

—Creí que era el jinete —respingó—. Desde hace tiempo sospecho que él y Valentin...

—El rey Valentin —lo corregí.

—… son la misma persona.

—¿Acierto si supongo que le decepcionó descubrir que sus previos esfuerzos por darle muerte resultaron un fracaso?

Los párpados le pesaron.

—Sí, algo hay de eso. Pero jamás negaré mi admiración por un espíritu indómito.

—Un extraño sentir para un hombre que ha esclavizado a su pueblo.

Si yo pensaba que esto le incomodaría, me equivoqué. Mi crítica lo dejó sin cuidado. En cambio, dijo:

—Sé que eso es lo que parece, su alteza. Pero distorsiona mi propósito. Quiero llevar a Achleva, y en su momento a todas las naciones, a un punto de equilibrio. ¿Acaso usted no lo desea también?

En vez de contestar, me liberé de su sujeción y contemplé su bandera en las alturas.

—¿El emblema de su familia es una araña?

—No es de mi familia —replicó—. Es el que elegí para mí.

—Una elección peculiar en alguien que persigue el equilibrio.

—En absoluto —dijo—. ¿Qué es una araña sino el epítome del equilibrio? Su vida entera se relaciona con la balanza y la simetría.

—Su araña es asimétrica —apunté—. Tiene cuatro patas de un lado y tres del otro.

—Aunque aspiramos a la perfección —repuso—, no podemos alcanzarla sin sacrificio.

—¿Qué ha sacrificado usted? —inquirí implacable.

Elevó sus ojos hasta los míos. Parecían añorantes a pesar de su solemnidad.

—Más de lo que su alteza imagina.

—¿Debo sentir lástima? —pregunté.

—No, por favor. Prefiero la devoción a la compasión.

—Noté que bautizó todos sus barcos con nombres de virtudes —batí los dedos en la balaustrada en que me apoyaba—. *Prudencia*, *Piedad* y *Humildad* —observé sus prendas hechas a la medida: un saco de terciopelo negro bordado con un hilo gris pizarra, un abrigo de lustrosa piel, teñido con el rojo intenso del vino de morera, y un cinturón prendido de su cintura y adornado con molduras de oro puro—. El último de ellos parece un poco inapropiado, ¿no cree?

—Hay cosas en las que debo trabajar —aceptó—, es un proceso. Tengo cuatro barcos más en construcción: *Sobriedad*, *Agudeza*, *Veracidad* y *Moralidad*. Mi deseo es que algún día se me considere vástago de cada uno de esos atributos.

Resoplé antes de que pudiera evitarlo y añadí entonces, para recuperar la compostura:

—Gracias por ocuparse de mi amiga.

—Es el equilibrio —dijo—. Usted se entregó para ayudarla; yo me haré cargo de que su sacrificio no sea en vano —me miró con gravedad—. Arceneaux la matará, ¿lo sabe?

—Sí —contesté—. Y si ella le entrega a Valentin, usted lo matará a él también.

—Lo lamento —asintió.

Todo indicaba que hablaba con la verdad.

—No lo haga. Llegue a un trato con él, a un arreglo, ¡como Valentin propuso originalmente!

—Es imposible trato alguno. Achleva debe ser liberada de la tiranía, de sus reyes —las ondas blancas de su cabello se rizaron con el viento llegado desde la puerta conforme la nave cobraba velocidad—. Y como usted dijo, Valentin nació para ser rey. Ése es su propósito en la vida. ¿Lo privará de él?

—Es mejor que lo prive de su propósito que de su vida. ¿Tengo razón al sospechar que usted tomará su lugar? Bajo otro título, sin duda. ¿Cuál será? ¿Auxiliar, emperador, lord regente? Esto provocó una reacción, por leve que fuera: irguió la barbilla en muestra de desafío.

—Creo que estoy destinado a guiar mi nación a un nuevo orden, pero no la gobernaré. La gente se gobernará. Habrá absoluta paz.

—¿Cuántas personas conoce? —inquirí—. Porque hasta donde sé, la mayoría no se inclina por la paz.

Sonrió.

—Supongo que parecen predispuestas a pelear... sobre todo si alguien les dice que deben hacerlo.

Si vivis, tu pugnas.

Salimos a la cubierta exterior. Yo intentaba conciliar en mi mente al usurpador de sangre fría que se había apoderado de la mitad de Achleva con este hombre bien educado que predicaba la paz y la armonía. La confianza de sus refinados modales permitía tomar sus racionalizaciones como justicia. Esto lo volvía más peligroso que el Tribunal, que portaba su brutalidad como una marca de honor.

—Luce fatigada —dijo—. Vaya a descansar.

—¿Y dónde dormirá usted? —pregunté con intención.

—No tema, princesa. Ocuparé otro camarote durante su estancia en el *Humildad*.

—Eso es muy amable de su parte —seguía recelosa de él.

—No confunda con bondad mi compromiso con la moralidad. La bondad es debilidad, la moral es justicia. Mi faro será siempre lo moral.

—¿Acaso es moral asesinar a un inocente en pos de un ideal inalcanzable? —la magia en mi sangre empezaba a burbujear.

—Si ese ideal fuera inalcanzable en verdad, no sería moral.

Su firmeza era indestructible. Podía esgrimir un millón de argumentos razonables en su contra y jamás flaquearía en su convicción.

—¿Y qué me dice de Arceneaux y el Tribunal? ¿Accederá a que continúen como hasta ahora? ¿Lo que ellos hacen es moral? ¿Lo es que me ponga en sus manos a sabiendas de que van a ejecutarme?

—Debo pensar en el bien mayor —contestó tranquilamente y cambió de tema—. Como sé que pasará con nosotros un periodo limitado, no la confinaré mientras se encuentre en este barco. Circule con libertad por las cubiertas si lo desea, y creo que debería hacerlo —cerró los ojos mientras llenaba de aire helado sus pulmones—. Goce la vida mientras pueda.

No supe si debía agradecerle la sugerencia o estrangularlo.

Decidí no hacer ninguna de las dos cosas y giré sobre mis talones.

—¿Adónde va? —indagó.

—A buscar a Onal —respondí—. De pronto me apetece una conversación más provechosa.

—Ella delira.

Lo miré por encima del hombro.

—Lo sé.

Cuando llegué junto a su lecho, descubrí complacida que la fiebre de Onal había menguado. Con una mirada de agobio, el sanador se apresuró a retirarse.

—Es toda suya —indicó aliviado.

—¿Qué le dijiste? —me senté en el banco a un lado de su cama.

—Le pedí que me trajera una bebida —contestó entre labios agrietados— y me trajo *agua*.

—¡Qué idiota! ¿Te ofreció una alternativa conveniente, *brandy, bourbon*?

—Nada —respondió con languidez—. Dijo que Castillion no admite licores a bordo de sus embarcaciones —chasqueó la lengua—. Entonces le reproché que me hubiera matado, porque es obvio que éste es el después.

—¡Por supuesto! —dije.

—¿Qué hacemos aquí, niña? —preguntó en voz baja.

—Hice lo que debía para evitar que murieras.

—Fue un mal trato.

—Desde luego —sonreí—. Ya sé que soy una tonta que siempre toma malas decisiones y comete errores imperdonables.

Soltó un suspiro.

—Por lo menos lo reconoces —y añadió rápidamente—: Debes eso al lado materno de tu familia, por supuesto.

—¡Por supuesto!

—¿Qué vamos a hacer, Aurelia?

Me alcé de hombros.

—No lo sé. Te llevarán con otro curandero cuando lleguemos a Ingram, pero es probable que después partan a Gaskin; Castillion desea hacer un intercambio con Arceneaux.

—¡Estrellas infernales! —exclamó—. ¿Cuántos días faltan para el eclipse?

—Siete —respondí.

—¿Cómo regresarás a Greythorne para entonces?

—Algo se me ocurrirá.

—No sé si vea ese día, Aurelia.

—Deja de compadecerte —comenté en son de broma— o te juro que yo misma les diré a todos que fue un accidente.

Sonrió y palmeó mi mano.

—¡Ésa es mi niña!

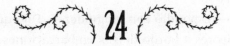

24

El Sueño de la Nada me visitó esa noche.

Era aterrador aún, pese a que ya sabía que no era un simple sueño, sino un atisbo del Gris, pero esta vez el interminable manto nocturno no varió. No me mostró el pasado ni el futuro. Permaneció como un inmenso vacío.

Desperté a una densa niebla que se enroscaba contra las ventanas del camarote y ocultaba a tal punto el cielo que no supe si me encontraba en el crepúsculo o el amanecer, o en una fase entre ambos.

Me vestí de prisa, consciente de que el vestido de corte recto que había tomado del baúl de Rosetta destacaría entre los sofisticados atuendos del resto de los huéspedes, pero reacia a considerar los hermosos ropajes que Castillion había enviado a mi camarote provisional. Me dirigí a la puerta y agradecí que la perilla girara sin ningún impedimento; él había cumplido su promesa. En tanto estuviéramos en el océano, permitiría que yo merodeara a voluntad en las cubiertas. Y si bien había pensado comprobar la exactitud de mis planos, la curiosidad me llevó primero a la galería. Castillion y su barco me intrigaban más de lo que estaba dispuesta a admitir, y había un límite a lo que podía obtener del registro de sus inmaculados aposentos. Quería conversar con sus elegantes invitados.

La niebla era glacial y tan espesa en las cubiertas que tuve que caminar con la mano contra la pared para no tropezar. Tardé tres veces más de lo esperado en dar con la terraza, y estaba helada hasta los huesos para el momento en que lo logré.

El salón se encontraba lleno, pero no de música ni risas joviales. Los huéspedes jugaban en medio de un silencio estremecedor.

Intentaba pasar inadvertida cuando una dama en la mesa más próxima me llamó a señas. La acompañaban otra señora y un caballero, todos ataviados con gruesas pieles y telas brillantes. Si hablaban, lo hacían en tonos apagados y murmullos furtivos.

La mujer que me llamó, con un vestido largo del color de las cetrinas, explicó:

—Loretta no me cree que eres Aurelia, la princesa hechicera de Renalt, asesina del rey Domhnall y destructora de Achlev.

—Tiene razón —le dije de mala gana a Loretta— en lo que se refiere a mi nombre y mi título. Lo demás está sujeto a debate.

—Eres al menos un personaje interesante —el caballero ladeó su sombrero—. A Castillion le fascinan las personalidades que destacan. ¿Juegas cartas? Nos encantaría que te unieras a nosotros en una partida.

—¿Qué juegan? —sólo era buena para Ni lo uno Ni lo otro.

—Serpientes —contestó—. ¿Quieres?

Sacudí la cabeza.

—Aunque me agradaría aprender si los observo.

—Yo no sabía jugar la primera ocasión que subí a bordo —dijo Loretta—. Es muy fácil.

—¿Cuándo fue eso? —pregunté mientras el hombre ya repartía las cartas.

—Hace dos meses —tomó las suyas—, después de la rendición de Aylward. Soy su prima, Loretta Aylward.

—Y yo soy Gretchen Percival —dijo la primera—, hermana del barón Lander Percival.

—Werner Humboldt —inclinó la cabeza el hombre—. Fergus Ingram es mi cuñado.

Asentí lentamente.

—¿Así que todos ustedes son…?

—Rehenes —terminó Werner—. Un medio para asegurar la cooperación de cada uno de esos barones —se encogió de hombros—. A Fergus no le importa si vivo o muero, pero es probable que a su esposa, mi hermana, sí.

—Pensé que una persona compraba su pasaje en el *Humildad* —señalé.

Gretchen rio.

—Sí, sólo que al desmesurado precio de su libertad.

—Veo que juegan naipes y bailan. ¿En verdad es tan malo?

—Aunque la jaula sea de oro… —dijo Loretta—. Claro que nos alimentan muy bien y nos proporcionan todo aquello que deseamos o requerimos.

—Creí que era… no sé… su amigo.

—Dominic Castillion no tiene amigos —aseveró Werner—, sólo súbditos y rehenes.

—Otra cosa sería si bajara y conviviera con nosotros —Gretchen depositó sobre la mesa su primera carta, una serpiente en forma de ocho—. Dicen que de joven le gustaba jugar, pero arriesgaba más de la cuenta y perdió la mitad de la fortuna de su padre, quien por poco lo mata a golpes. Juró no volver a cometer ese error, y ahora se consagra a la moderación y la virtud. Como sea, no ha abandonado por completo su interés por los naipes. A menudo se sienta en la cubierta de paseo a mirar.

Loretta refunfuñó de cara al lance de Gretchen y depositó un naipe más, de una serpiente en forma de cuadrado.

—Es la jugada inicial y ya pierdo —reclamó.

—¿A cambio de qué juegan? —pregunté—. No entiendo cómo es que un hombre tan obsesionado con las virtudes permite que se apueste en su buque.

—¡Ah! —dijo Werner de buen grado—. Es que no lo hacemos por dinero; jugamos por placer, ganamos por el gusto de ganar.

—¡Falso! —terció Loretta—. Canjeamos lo poco que tenemos.

—Usualmente un favor —observó Gretchen.

—O un secreto —agregó Werner.

—Todo es más divertido cuando el cielo está despejado —Gretchen sacudió las cartas que sostenía entre los dedos—. Las cosas son mucho más apagadas en los días blancos.

—¿Los días blancos? —me volví hacia el tragaluz—. ¿Se refiere a la bruma? ¿Es muy frecuente?

—No demasiado —Werner aventuró su primer naipe, de una serpiente en espiral—. Antes nos quedábamos en cama durante los días blancos. Con nuestras quejas, logramos que él nos permitiera jugar en la galería, siempre y cuando guardemos silencio, no escuchemos música y hablemos en voz baja…

—¿Por qué? —insistí.

Loretta se encogió de hombros.

—En los días blancos sube solo al puente, donde permanece horas enteras. Nadie debe molestarlo. Cuando la niebla se disipa, reaparece y todo vuelve a la normalidad, si a esto puede llamársele normal —apuntó a los opulentos derredores.

Gretchen arrojó otra carta: una serpiente en círculo.

—¡Vean esto! —exclamó—. Gané otra vez.

—¿Quieres un secreto o un favor? —inquirió Loretta.

—Un favor —dijo—. De parte de los dos.

Werner recogió la baraja.

—¿Deseas que te incluyamos en la distribución? —me preguntó.

—No, gracias. Creo que aprovecharé este... día blanco, como ustedes lo llaman... para explorar el terreno.

Intercambiaron miradas.

—Pero no te acerques al puente hasta que la niebla se levante —me recomendó Loretta con un temblor en la voz—. Sé lo que te digo.

Las temibles fuerzas de Castillion, aquellas que en unos cuantos meses habían tomado la mitad de Achleva, ocupaban las embarcaciones restantes. Pese a su cargamento de rehenes, las defensas del *Humildad* eran pocas, y escasos sus soldados. Con el beneficio de la densa neblina que escondía mis movimientos, llegué bajo cubierta sin que nadie me abordara ni interrogara.

Los planos del *Humildad*, todavía enrollados y ocultos en mis cajones del Canario Silencioso, no eran tan fieles a la disposición física del navío como había esperado; aun así, recordaba lo suficiente para orientarme y reformular mis abstractos objetivos en la realidad tangible. Ésta no era ya una situación hipotética de venganza con la que yo distrajese mi pena y diera cauce a mi cólera; se había convertido en un asunto de supervivencia.

No tenía tiempo para ser uno más de los rehenes de Castillion, ni para disfrazarme, divertirlo y dejarlo interpretar el papel de generoso anfitrión. Mientras me abría camino por las entrañas de esta bella nave, entendí que su buque era para él una metáfora: una vez retirado el vistoso barniz, todo se reducía a fuego, negros carbones y una oscuridad sofocante.

Había subido a esta embarcación con el único fin de que Onal se recuperara. Con eso resuelto, era hora de buscar la forma de bajar.

La quietud del mundo blanco de los niveles superiores no llegaba hasta la penumbra bajo cubierta, donde el estruendo —cada disonancia superpuesta en la siguiente— constituía un silencio singular. Los obreros ejecutaban sus tareas sin decir palabra; de hecho, habría sido inútil que intentaran hablar.

Lo único que necesitaba era una pieza de la roca negra, sólo una. ¿A qué venían entonces esos nervios? Podía saquear las reservas de carbón, a unos metros de las voraces y calientes fauces del horno, sin que ninguno de los sudorosos trabajadores manchados de hollín advirtiera mi cercanía. Su existencia parecía estar atada a un solo par de acciones, repetidas hasta el infinito:

Palea el carbón, llena la caldera. Palea el carbón, llena la caldera.

No se miraban unos a otros; no me concedieron la menor atención, desde luego.

Cuando tuve un trozo de carbón en la mano, lo azoté contra un poste de hierro; la sustancia se partió en dos mitades y el ruido del impacto se ahogó en el barullo bajo cubierta. Una de esas mitades, del tamaño de una moneda, fue a dar a mi bolsillo; devolví la otra al montículo del combustible que esperaba su turno para alimentar el fuego. Hui a toda prisa, con la esperanza de salir a cubierta antes de que la niebla se disipara y Castillion concluyera su misión de guardia en el puente.

Los operarios de la sala de calderas no cesaron de palear. Para ellos, yo no puse un pie ahí.

La facilidad con que fui y vine de la sala de máquinas me hizo sentir invisible y arrogante, así que tuve que hacer un esfuerzo extra para sosegarme. En el Canario, los jugadores que se creían invencibles se exponían a perderlo todo. No podía sacrificar mis escuálidas ventajas por una injustificada osadía.

Medí mis pasos. Conté mis inhalaciones. Afiancé mi determinación. Castillion era sólo un hombre. No podía perder ante él; todavía tenía una diosa que combatir.

Cuando llegué a la enfermería, Onal estaba sentada en su catre y contemplaba con languidez la turbulenta niebla. En cuanto el curandero se ocupó de otra cosa, jalé un banco junto a su cama y enlacé sus dedos entre los míos.

Me miró como si hubiera enloquecido.

—¿Soy acaso una niña para que me tomes de la mano? —preguntó molesta.

—¡Shhh! —le dije—. Finge que te reconforto, que disfrutas de mi compañía.

—¡No me pidas imposibles!

—Nos marcharemos de aquí en cuanto podamos. Tengo todo listo.

Forzó una sonrisa cuando el médico de Castillion pasó a su lado y después siseó:

—¿Cómo lo haremos?

—Los detalles no importan. Lo que importa es que seas capaz de soportarlo. Podría complicarse.

—No sería un plan tuyo si no fuera así.

—Antes que nada, dime: ¿estás preparada para esto? —busqué en su rostro señales de que la fiebre o el delirio persistieran—. De lo contrario, esperaremos. Aunque la oportunidad es efímera, nos tomaremos algunos días más de ser preciso —confiaba en que no fuera así; Lyall ya se encontraba en Greythorne con sus cautivos.

—Estoy preparada —contestó—. No te preocupes por mí.

—¡Magnífico! —mi alivio fue inmediato—. Porque necesitaré tu ayuda.

Me encaminaba a los aposentos del capitán cuando lo escuché por vez primera: un extraño rumor que procedía de lo más hondo del manto de niebla. Giré sobre mis talones y avancé titubeante hacia ese ruido. La cercanía del anochecer había enfriado la blanca bruma; su gelidez era casi corrosiva.

Temblé bajo la luz azulada y glacial, capaz de ver únicamente uno o dos pasos delante de mí mientras cruzaba el paseo en dirección a aquel susurro. Cada vez que espiraba, expelía diminutos cristales de hielo. Conocía muy bien esta sensación. Era el frío de los espíritus en su manifestación en el mundo físico, robando al aire, al agua y a la tierra la calidez y la vida para obtener la energía que requieren para imponerse. Los fantasmas me habían abordado en tan numerosas ocasiones que reconocía el momento en que intentaban consumar un nuevo episodio de esta clase.

Pero esto era distinto, y mucho peor.

Me detuve bajo el sitio donde calculé que se situaba el puente. Si avanzaba más, me arriesgaría a congelarme. Mis labios y mis orejas se habían entumecido y en mis pestañas se acumulaba escarcha. El susurro proseguía, áspero, chirriante y tan cáustico como el frío. Y lo acompañaba otro sonido, la voz de un hombre.

Era Castillion, quien contestaba a los murmullos.

Una ráfaga helada sopló junto a mí y por un pasmoso segundo vi que Castillion se recargaba sobre el barandal del puente, con el cabello entrecano sacudido por el viento, la cabeza y los hombros hundidos y la espalda arqueada, como si un enorme peso lo oprimiera.

Aunque el aire blanco se agitaba a su alrededor, no había nadie más ahí.

Como si percibiera mi mirada, volteó.

Me apreté contra la pared más próxima; mi corazón latía tan fuerte que estuve segura de que él lo escucharía. Sin mirar atrás, volví sobre mis pasos hasta el camarote del capitán, cuya puerta cerré justo cuando la neblina empezaba a levantarse.

Ahora debía esperar la noche.

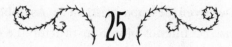

25

Me había instalado en el escritorio de Castillion cuando él arribó a su camarote, menos de una hora más tarde. Aunque aparentaba fastidio y cansancio al tiempo que se despojaba de su abrigo y aflojaba sus mangas, había recuperado su gallardía; era difícil creer que lo había visto como lo vi, oprimido y humillado, como si encarnara el emblema de una nave denominada *Humildad*.

—¿Fue un día largo? —pregunté con toda la indulgencia posible. Había tomado una baraja del primer cajón de su escritorio y la tendía perezosamente ante mí, como si las ilustraciones me interesaran más que el juego mismo.

—Todos los días son largos —respondió.

—¿Hizo algo importante? —lo miré sobre el abanico de naipes que desplegué en mi mano.

—En un grado satisfactorio —dijo.

Me tensé; había sangre bajo sus uñas. Percibí el último jadeo de ese poder cuando él retiró un paño húmedo del cuenco y se limpió.

Tenía un corte en la palma, una larga y angosta incisión similar a las incontables heridas que yo me había infligido a lo largo del tiempo, a fin de ejecutar un hechizo.

—¡Es un mago de sangre…! —solté.

—Me temo que no uno muy bueno —lanzó el paño al cuenco—. De joven deseaba asistir a la Asamblea, pero mi padre no veía con buenos ojos la institución. Le desagradaba que hubiera construido su legendaria sede en territorio de su familia, pese a que esto precediera a sus derechos en un millar de años. Y que él jamás haya encontrado el edificio, el cual sólo se revela a quienes saben de antemano dónde está o a quienes éste desea darse a conocer —se alzó de hombros—. Si yo fuera la sede de la Asamblea, tampoco habría anhelado que mi padre diera conmigo —cambió de tema—: Supe que estuvo en la enfermería y mantuvo ocupada un rato a la señora Onal. Me imagino que no fue algo sencillo.

—No lo fue —asentí—. Admito que mi amiga es agotadora. Como sea, hay pocas cosas que una partida de Ni lo uno Ni lo otro no sea capaz de resolver, como usted sabe.

—No soy afecto a las cartas —repuso.

—¿En verdad? Permítame que le enseñe. Si valora los juegos de azar como fuente de aprendizaje de la estrategia, se ha perjudicado usted mismo al pasar éste por alto.

—Nada indica que a usted le haya servido de mucho.

—Nunca dije que fuera buena para esto —la campana nocturna acababa de tañer; de un momento a otro, Onal conduciría a los elegantes rehenes de Castillion hacia los botes salvavidas alineados a un costado del buque.

—¿Me recomienda que aprenda de alguien que reconoce expresamente su ineptitud?

—Eso no vuelve este trance peor para usted —ladeé la cabeza en su dirección—. ¿Qué dice, capitán?

No fue mi encanto el que lo convenció; resultaba forzado e inútil que fingiera ser demasiado persuasiva. Gretchen había dado en el clavo: él seguía siendo en esencia un auténtico tahúr.

Se acomodó frente a mí.

—¿Está segura de que la señora Onal no desea acompañarnos?

—Estoy segura de que no deseo que lo haga. Es muy tramposa.

—Los mejores jugadores lo son, sin importar a qué jueguen.

—Todo depende de qué valore más, si la integridad o el ingenio —barajeé y puse las cartas entre nosotros—; lo correcto —me asigné la primera— o lo interesante —le destiné la segunda.

—Hay un problema con su argumento —replicó—. Se basa en la hipótesis de que lo correcto existe.

Repartí dos naipes más.

—¿Y no es así?

—No hay negro ni blanco —dijo—, como tampoco bien y mal. Todo en este mundo existe en matices de gris.

Arrojé las dos últimas cartas, fija mi atención en la palabra gris.

—Una curiosa manera de ver el mundo en un individuo que bautiza sus embarcaciones con nombres de virtudes.

—También ellas existen en matices de grises, y sólo se valoran si ocupan el centro del espectro. Demasiada humildad raya en soberbia, demasiada piedad en fanatismo. ¿Qué apostaremos? —se inclinó.

—Pensé que sus virtudes nos prohibirían jugar por dinero.

—Haré una excepción esta vez. Después de todo, "sobriedad" es sinónimo de "moderación" —una sonrisa abarcó su rostro—. A menos que tema perder con un principiante.

—Cuando me aceptó a bordo, me arrebató la única prenda de valor que conservaba. Fuera de la daga de luneocita que ahora porta al cinto, me encuentro en la miseria.

—Posee otras cosas que vale la pena ofrecer —dijo—. Su cabello, quizás, o su corazón —sonrió y supe que se burlaba de mí—. O su tiempo.

—Mi corazón ya tiene dueño —refuté— y mi tiempo se agota a toda prisa. En la galería apuestan favores o secretos; el ganador decide por cuál de ellos optará.

Elevó las cejas.

—De acuerdo.

A media partida resultó claro que no era rival digno de él; había respondido a mi Astuta Cassandra con el Viajero Desafortunado. Respiré hondo, me serené y encaré irritada a mi satisfecho contrincante.

—Usted ya había jugado, ¿o me equivoco?

—Dije que no era afecto a las cartas —contestó—, no que no supiera jugar. Pero fue muy generoso de su parte haberse ofrecido a instruirme.

—Mintió.

—La confundí porque confirmé sus creencias —precisó—. No es lo mismo.

—¿Otro matiz del gris? —me serví del Hermano Iracundo. Los primeros gritos ya llegaban a nosotros a través de la puerta.

—En efecto —respondió—. Incluso este juego da fe de esa filosofía —lanzó con suficiencia su siguiente carta: la Hija Desafiante—: Ni lo uno Ni lo otro.

Deslicé mi penúltimo naipe.

—La Dama sin Amor —me apoyé en la mesa y batí los dedos sobre el mazo—. Es su turno.

Me miró.

—¿Qué jugada puedo hacer ahora sin perder toda la partida? Diría que me acorraló sin posibilidad de escapatoria.

—¿El gran Dominic Castillion duda de su éxito?

—No dudo de mi próxima jugada; dudo de la suya.

—Entonces haga su juego y veamos qué ocurre.

Se recostó en la silla, frotó su mentón y arrojó su última carta.

—La Reina de Dos Caras.

Desplacé mis pupilas de la doble efigie hasta él, que no cesaba de estudiarme.

—No está mal —comenté—. ¿Quiere ver mi última carta?

Mantuvo sus ojos en mí y se tendió sobre la mesa hacia mi naipe, listo para ser jugado. Lo volteó lenta y parsimoniosamente.

—¿La Reina de Dos Caras? —preguntó confundido—. ¿Cómo obtuvo la misma carta que yo?

La suya adoptó en ese instante la forma del Triste Tom.

Se había concentrado tanto en anticipar mis movimientos que no se dio cuenta de la gota de sangre que yo había extraído cuando deslicé un dedo por el filo de un naipe, ni del conjuro que pronuncié en voz baja. Con la celeridad de un latigazo, lo sujeté de las manos y se las azoté sobre la mesa.

—¡*Manere!* —prorrumpí. *¡Paralízate!*

Saqué el trozo de carbón y extraje mi daga de su cinto.

—¡No haga esto, Aurelia! —por primera ocasión desde que lo conocí, escuchaba enojo en su voz—. Usted es mejor que esto.

Me acerqué tanto a él que sentí contra mi piel el áspero roce de su barba recién crecida.

—Ésa es la cuestión —balbucí—, no lo soy. Otro matiz del gris.

La punta de mi dedo se perforó cuando hundí la daga en ella y mi sangre empezó a congregarse en una perla.

—¿No me aseguró que ya no era capaz de usar la magia de sangre?

—Lo confundí porque confirmé sus creencias —mientras la esfera aumentaba de volumen sobre mi yema, añadí con voz tenue—: Después de que la muralla cayó, numerosos señores de Achleva conspiraron contra Zan. Dijeron que era demasiado compasivo y que eso lo volvía débil —lo miré—. Entonces apareció usted. Masacró aldeas y capturó a quien se interpuso en su camino. Ahora me pregunto qué piensan esos dignatarios de la compasión de Zan —sacudí la cabeza y continué—. Ignoro si ese rasgo es una debilidad. Lo que sí sé es que no lo comparto con él.

La gota rodó de mi yema hasta el carbón, y al caer manchó de rojo la mesa y los naipes desperdigados en ella. Posé la mano sobre ese trozo e imaginé la otra mitad, que aguardaba en el vientre del buque.

—¡Uro! —dije. ¡Arde!

Un quejumbroso rugido provino de las entrañas de la embarcación, sacudió las maderas e hizo tintinear el cristal de las lámparas.

—¿Qué fue eso? —Castillion tosió cuando cayó polvo sobre su cara.

—Eso —respondí— fue su caldera, que acaba de abrir un agujero en el casco.

—¿Hundirá mi navío? —preguntó con una mirada llameante.

—Es lo justo —contesté—. Un barco por otro —me volví para partir.

—¡Espere! —clamó—. Ganó la partida. ¿No le debo un secreto? —miré sus inmóviles manos en el escritorio, que estaba atornillado en el suelo. Tenía hundidos los hombros, tal como lo había visto en el puente, pero sus ojos brillaban—. ¿Recuerda el barco que hice naufragar en la bahía de Stiria? No estaba buscando a Valentin ahí. Se suponía que la encontraría a usted.

Ladeé la cabeza.

—¿Para qué me buscaba?

—Me dijeron... —respondió casi entre risas— que usted sería mi ruina. Ahora comprendo a qué se referían.

Le dirigí una última mirada por encima del hombro. Los naipes de nuestra partida resbalaron entre sus dedos abiertos cuando el buque comenzó a inclinarse.

Antes de cerrar la puerta y abandonarlo a su destino, le dije:

—*Si vivis, tu pugnas.* El jinete le envía saludos.

26

La mayor parte de las lanchas de remos ya habían sido utilizadas para el momento en que salí a cubierta. Corría un poco y patinaba otro tanto conforme el navío se inclinaba hacia el agua. No todos habían atendido de inmediato las advertencias de Onal, y quienes esperaron a que ocurriera el estallido para abordar las balsas de rescate, las perseguían ahora con ahínco en medio de un pánico desordenado que no hacía otra cosa que entorpecer su huida.

Gran número de rehenes de alta sociedad se contaban entre los últimos que subían a los botes; se habían habituado tanto a su prisión que no dejaban de lanzar los dados mientras los huéspedes bajo cubierta ya remaban en dirección a su seguridad.

Onal me aguardaba en una de las balsas, con el médico del barco y Werner Humboldt listos para empujarla de un costado justo cuando la nave chirrió y se tambaleó de nuevo.

—¡Ahí viene! —señaló—. ¡Esperémosla!

El doctor no la escuchó. Sudaba en medio de su esfuerzo por desatar la cuerda y el otro chilló detrás de él:

—¡Ya no queda tiempo! ¡Ya no queda tiempo!

Yo ya no estaba corriendo, sólo patinaba. Objetos sueltos caían de las alturas y me herían mientras bajaba. Las chimeneas de la caldera aún escupían nubes negras a la noche y yo tosía y me frotaba los ojos, incapaz de ver debido a la irritación.

El médico terminó de impulsar el bote, que impactó en el agua con una estruendosa sacudida justo en el momento en que el navío se empinaba más y yo descendía por la cubierta. Atrapé al vuelo una gruesa soga y me aferré a ella cuando se tensó. Oscilé, choqué contra una cara del casco y quedé suspendida en ese punto mientras el buque sobresalía del fiordo en una exacta línea perpendicular.

Entonces me solté.

Alineé mi cuerpo en forma de lanza y una vez que me sumergí en el océano, su frialdad embotó todas mis ideas y sensaciones. Cuando volví a salir a la superficie, escuché los gritos de Onal y nadé hacia su voz. Arriba, una explosión hizo llover sobre nosotros minúsculas astillas y escombros a manera de proyectiles.

Werner Humboldt y Onal me subieron a la balsa, en cuyo fondo me hice ovillo, temblando con violencia. El doctor se había derrumbado en la proa, desde donde miraba el cielo con ojos velados y una pieza de metal incrustada en el cráneo.

Humboldt tiró por la borda el cadáver, tomó los remos y nos arrojó uno adonde nos refugiábamos.

—¡Remen! —gritó furioso—. ¡Remen!

Pero era imposible que lo hiciera; apenas podía moverme.

A medida que se volvía hacia nosotras, el blanco de sus ojos destelló en las tinieblas.

—¡Escuchen, bichos inútiles! ¡Si no salimos de ésta ahora mismo…!

Alzó la mano como si fuera a golpearnos pero una chimenea del barco se derrumbó en ese instante y se volcó con estrépito sobre el agua. El impacto provocó que nos bamboleáramos con fuerza al tiempo que caía agua sobre nuestras cabezas. Onal y yo nos abrazamos y agazapamos lo más que pudimos, pero Humboldt fue barrido y reclamado por las profundidades.

Apenas tuvimos tiempo de limpiarnos el agua de los ojos antes de escuchar el crujido de la segunda chimenea, que también comenzó a desprenderse.

Si caía, nos aplastaría bajo su peso.

Busqué mi daga con dedos torpes y entumidos, pero cuando toqué mi piel con ella, nada de sangre emergió en respuesta. Tenía las manos demasiado frías y la sangre se espesaba en mis contraídas venas.

En ausencia de mi vital elemento, era imposible que iniciara un conjuro. Y en ausencia de un conjuro…

—Lo siento —le murmuré a Onal al oído—. No puedo. Soy incapaz de hacer algo por nosotras. Lo siento mucho…

—Deja de lloriquear… —me zarandeó—. Usa mi sangre. Sácame de aquí. Hazlo ya.

—Pero… —intenté discutir y mis ojos se detuvieron en sus vendas; estaban empapadas—. Dijiste que la magia de sangre…

—Ahora —ordenó de nuevo.

La magia en su sangre me exigía que la usara, era incitante y vivaz.

Rodeé a Onal con mis manos y respondí a la demanda.

—¡*Ut salutem!*

Chocamos con el borde de la rocosa orilla justo en el momento en que la chimenea se volcaba y destruía en mil pedazos el bote que habíamos dejado atrás.

Creí ver una sombra en el otro extremo del fiordo: un jinete que, envuelto en una capa, montaba un espigado corcel.

Sin embargo, estaba demasiado mareada, demasiado helada y demasiado aturdida para dotar de sentido a esa visión.

Cuando las oscuras aguas del fiordo devoraron al *Humildad*, la inconciencia se apoderó de mí.

Soñé con mi madre.

Sentada a su escritorio, su lustrosa cabellera castaña se vertía sobre sus hombros en rizos concéntricos. Su vestido de luto se ensanchaba por delante para dejar espacio a su hinchado vientre; Conrad nacería pronto. Posaba una mano en su vientre al tiempo que escribía, con una pila de cartas a un costado, todas ellas dirigidas al hermano Cesare.

Estaba muy triste y muy contenta a la vez.

—¿Madre? —me aproximé despacio pero no podía verme; yo era el fantasma aquí.

Dio media vuelta y sonrió jubilosa, aunque no hacia mí sino más allá.

—¿Qué sucedió, Aurelia? —pasó a toda prisa a mi lado.

Cuando volteé, tropecé con una versión más joven de mí, de rodillas huesudas, codos arañados y manchas de tierra en las mejillas. A pesar de que un cúmulo de lágrimas centelleaba en mis ojos, era demasiado testaruda para permitir que rodaran. En cambio, mi yo infantil dijo con aire impasible:

—Sé que no debo reñir, madre, pero los oí cuchichear. Iban a empujarme al lago y a sumergir mi cabeza en el agua.

—¿Quién dijo eso? —sus ojos se llenaron de un fuego que yo no recordaba.

Erguí la barbilla con obstinación, renuente a revelar los nombres de mis agresores. Si todos los que se burlaban de mí hubieran sido castigados, no habría subsistido un solo mozo en palacio.

Se arrodilló ante mí.

—Escúchame, Aurelia. Sé que te dije que mintieras de vez en cuando, que guardaras silencio y no llamaras la atención. En la mayoría de los casos, esto surtirá efecto. Pero si no es así... ¡Mírame! Si no es así, defiéndete, ¿me oyes? Ponte a salvo. Prométeme que te defenderás.

—Te lo prometo, mamá —dije con dos voces, la del pasado y la del presente.

Segundos más tarde, esa misma niña se encontraba junto a un seto de más de tres veces su altura. La madre había abandonado el luto y un bebé regordete de cabello rubio se revolvía en sus brazos mientras ella conversaba con Fredrick Greythorne y el padre Cesare.

—Pese a su juventud, Kellan es muy capaz —decía Fredrick—. Nunca he visto a un chico tan dedicado.

—¿Es él? —mi madre elevó una mano para proteger sus ojos y miró hacia los establos de Greythorne, donde un joven Kellan conducía por el prado a un plateado potrillo empíreo.

—Sí —respondió Fredrick—. Le aseguro que si le asigna la tarea de protegerla, él preferiría morir a fallar.

En el segundo siguiente, mi yo infantil se encogía en un callejón del laberinto y sollozaba de rodillas en la oscuridad. El joven Kellan se asomó desde el otro extremo del pasadizo.

—¡Ahí está! —dijo por encima del hombro y se acercó a mí con la misma parsimonia con que instruía a su potro—. ¿Princesa? —alargó su mano derecha—. ¿Aurelia? No se preocupe. No permitiré que se pierda de nuevo. Velaré por milady hasta el final.

Mi madre y el hermano de Kellan nos esperaban en los peldaños de la Stella Regina. Ella me dio un fuerte abrazo antes de abordar a Kellan.

—¡Muy bien hecho, joven Greythorne! —le dijo—. Sé que será un gran soldado. Su reina se lo agradece.

Él la miró radiante, y después a mí, aunque ya dirigía mi atención a la estatua de la fuente.

El padre Cesare, quien se veía igual que siempre a pesar de que en ese entonces era varios años menor, se desplazó a mi lado.

—¿Qué piensa acerca de nuestro santo patrón, su alteza? Se llama Urso, nombre que significa "oso".

—Se parece a él —señalé a Kellan.

—Aunque Urso nunca formó una familia —rio—, quería mucho a los Greythorne, al punto de que convenció al rey de esa época de que les otorgara la finca, así como los terrenos aledaños a la Stella Regina para que los cultivaran.

El recuerdo se desvaneció, pero la estatua y el santuario permanecieron. Miré a Urso con nuevos ojos y por fin comprendí.

Urso y *Mathuin* significaban "oso" por igual.

El conjuro de sangre con el que Galantha le había ordenado a Mathuin que volviera a casa lo envió de regreso a su lugar de origen, sólo que con cien años de anticipación.

La iglesia, el laberinto, las estatuas, el legado de proteger a las brujas…

Urso era Mathuin, Mathuin era Urso.

Lo cual quería decir que la Campana de Ilithiya se encontraba en Espino Gris. Tenía que ser así.

Yo podría salvar a Kellan.

Emergí de vuelta a la conciencia con un sobresalto, y después rodé y tosí, sumamente adolorida, y sacudí mi cabello para despojarlo de los restos de escombros y pedregosa arena.

Onal.

Me acerqué a duras penas hasta las rocas en donde ella yacía incorporada a medias para mirar el mar mientras las primeras vetas color de rosa de la mañana se propagaban en el cielo. Si bien solía mantener su cabello entrecano en un tenso moño, se le había soltado en el agua y ahora descendía en cascada sobre sus hombros, tan largo y abundante como cuando yo era niña.

Me miró y dijo débilmente:

—Ahí está mi alforja. ¿Podrías pasármela, por favor?

Lo hice y pregunté:

—¿Qué necesitas?

—Adentro hay un pequeño frasco rojo con un cuentagotas. Sí, ése es. Se lo robé a aquel médico idiota. Es estupendo para mitigar el dolor...

—¡Esto es belladona, Onal! —suspiré exasperada y lo olí—. Tiene un alto grado de concentración, además. Una o dos gotas de esto bastarían para que viajaras al otro mundo.

Me dedicó una amplia sonrisa.

—¡Muy bien, niña!

Retiré la alforja y me puse de rodillas junto a ella. Apenas pudo levantar la mano con que palmeó la mía.

—Yo causé esto —le dije—. Ya te sentías mejor, y me previniste contra los efectos de usar contigo la magia de sangre. No debí... —callé, incapaz de terminar.

—Si no hubieras utilizado mi sangre, habríamos muerto aplastadas —replicó—. Y no habríamos visto esto —señaló con la cabeza hacia donde los primeros rayos del sol ya se convertían en chispas de una luz de oro y saltaban sobre el agua—. Es mucho mejor marcharse de esta manera, si me lo preguntas.

Las lágrimas rodaban en torrentes por mi rostro. Sacudí mi cabello.

—No te vayas, Onal, ¡no me dejes!

Se llevó la mano al botón de plata en lo alto de su blusa. Lo arrancó y lo depositó en mi palma. Lo volteé: tenía la forma de una azucena.

—Los mandé a hacer cuando supe que estaba embarazada. Le di dos a Iresine, cosí otros cuatro en el primer vestido de mi hija y éste... éste lo guardé para mí —dijo—. Así iba a llamarla. Azucena.

Asentí.

—Me encargaré de que Conrad lo reciba. Él se lo heredará a sus hijas, y ellas a las suyas propias.

—No es para Conrad. Es para ti.

—¡Pero Onal! —me resistí—. Yo no voy a... no tengo...

—Deja de mortificarme, pareces una marmota huraña. Escúchame —tiró de mi cuello—. Eres mi nieta. Nunca te des por vencida. No eres una florecita que se marchite al roce del viento. Estás hecha de ortigas, hija mía. Eres obstinada y rencorosa, y tan tonta que seguirás luchando cuando otros más listos deserten. Nadie que abuse de ti se librará de tu aguijón, ¿me oyes? Ni Castillion ni Arceneaux, y ni siquiera la propia Empírea —me soltó y se recostó sobre la roca.

"No lo lamento —su voz se apagaba ya—. Tenía que elegir mi final. Ahora ve y elige el tuyo.

Encontré orilla abajo un bote de salvamento intacto y vacío, y lo arrastré hasta donde estábamos, aunque me detuve varias veces para recoger algunas cosas que despacharía con ella. Las flores escaseaban en esta temporada del año, pero de todas formas Onal no las habría apreciado. El ramo que reuní era menos bello y mucho más práctico: valeriana y acedera, diente de león y marrubio.

Su cuerpo era más ligero de lo que esperaba; me asombró que una personalidad tan imponente hubiera perdurado tanto en un cuerpo tan menudo. La tendí en el bote y coloqué el ramo de hierbas bajo sus pálidas manos.

—¡Adiós, vieja refunfuñona y desalmada! —le toqué el cabello por última ocasión antes de empujar la balsa desde la ribera.

Mientras se alejaba, me pregunté qué forma había adoptado su correa de azogue para guiarla al más allá.

La de un tejón, probablemente. O un guepardo. Algo con dientes.

Hice una nueva muesca en mi mano, larga y profunda, y esta vez la sangre salió muy pronto. La vertí en el agua a mis pies y la orienté hacia el bote.

—*Uro* —mi sangre se volvió una estela de fuego, hizo arder la madera y envió a las alturas unas llamas vigorosas del mismo naranja vivo y brillante que el telón de fondo del cielo matinal.

Detuve el fluido con la otra mano y me senté en las rocas, donde el agua lamió mis pies. Mi sangre cesó de manar justo cuando el fuego se apagaba y la balsa de Onal se sumergía bajo la superficie. Ella se había marchado.

En ese momento, me invadió la tristeza.

Apreté los nudillos contra mis dientes para ahogar el gemido que crecía en mi pecho, me mecí en la espuma y sollocé largamente.

Durante mucho tiempo me había convencido de que quería estar sola para así no lastimar a nadie, pero ahora que en verdad lo estaba no tenía otra opción que admitir que Zan había acertado.

No lo hacía por los demás. Nunca lo había hecho por ellos.

Siempre había sido por mí.

Para protegerme de esto.

Las palabras de Onal resonaron en mi cabeza. *Estás hecha de ortigas, hija mía… Y eres tan tonta que seguirás luchando cuando otros más listos deserten.*

Enjugué mis ojos, tomé aire y me obligué a levantarme.

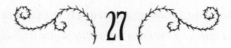

27

Tardé cuatro días en regresar al Canario Silencioso, y dediqué los dos primeros a recorrer el fiordo hasta su vértice, la ciudad arruinada y su ahusada torre. Nada había de valor que recuperar ahí, pero tropecé con Madrona mientras mordisqueaba alegremente la hierba del bosque, cerca del sitio donde la había dejado antes de que entrara a la ciudad por primera ocasión.

Nuestro reencuentro me entusiasmó mucho más que a ella.

Continuamos por el río Sentis hasta su bifurcación, donde derivamos hacia el camino que más adelante se transforma en el Urso. Y habríamos seguido hasta Espino Gris si no hubiera sido porque una imagen en mi cuenco de clarividencia me forzó a alterar el rumbo y cabalgar a todo galope al suroeste en vez de al sureste.

Sentado a una mesa iluminada por una vela, Conrad sostenía en sus manos un abanico de naipes. Frente a él, su contrincante torcía los labios, en señal inequívoca de su inminente derrota. Jessamine nunca había sido buena para controlar sus expresiones.

Las imágenes de Kellan, Rosetta y Zan resultaron menos promisorias. Lo único que logré distinguir fue que se les mantenía en un lugar muy angosto y oscuro, y que se hallaban enfermos, hambrientos y milagrosamente vivos aún.

Confié en que permanecieran así un poco más de tiempo. El apogeo de la luna roja se acercaba, y yo también.

Cuando me aproximé a la taberna, demasiado conocida para mi suerte, pronto quedó de manifiesto que algo había cambiado, algo no marchaba bien. Las ventanas estaban oscuras, los establos vacíos. El Canario Silencioso por fin hacía honor a su nombre.

Toqué con suavidad a la puerta trasera antes de animarme a abrirla.

—¿Hola? —llamé en medio de la penumbra—. ¿Se encuentra, Hicks?

Oí un crujido en las escaleras y tuve que agacharme cuando un atizador de chimenea se balanceó junto a mi cabeza.

—¿Jessamine? —me aparté.

—¿Aurelia? —arrojó el atizador y me abrazó—. ¡Gracias a las estrellas estás bien!

—¿Qué sucede? —inquirí—. ¿Dónde están todos?

Se llevó un dedo a los labios para hacerme callar, levantó la vela y me indicó a señas que la siguiera a la sala de juego. Todas las mesas y sillas habían sido alineadas a las paredes y el resto de la habitación lo ocupaban docenas de niños durmientes. Reconocí a algunos, chicos de Espino Gris: algunos refugiados, hijas e hijos de habitantes de la aldea, todos menores de doce años.

Jessamine se ajustó la capa y me hizo salir.

—El Tribunal tomó la finca Greythorne y desde ahí comenzó a extenderse; cateó todas las casas y granjas de las inmediaciones arguyendo que tenía jurisdicción sobre ellas porque buscaba al rey desaparecido. Arrestó a casi todos. No parecía que le interesara el rey, sino que deseaba reclutar prisioneros. Cuando llegó aquí, Hicks nos escondió en el almacén secreto de la bodega, como lo hizo contigo. Todos se habían esfumado para el momento en que finalmente salimos.

—¿Pero los niños? ¿Cómo hicieron ustedes para…?

—Aparecieron en nuestra puerta menos de un día después, encabezados por un diablillo rubio que me recordó mucho a ti —aguzó la boca formando una sonrisa—. Los hemos cuidado desde entonces.

—¿Dónde está mi hermano? —pregunté—. ¿Se encuentra bien?

—Mejor que bien —respondió—. Él es la razón de que todos estos pequeños hayan venido aquí. Los guio solo por los cincuenta kilómetros que separan a Espino Gris del Canario. ¡Todavía no puedo creer lo que hizo!

—Yo sí —dije—. La tenacidad es un rasgo que heredó de nuestra abuela.

Delphinia bajó las escaleras.

—¿A qué se debe tanto…? —soltó un suspiro de alivio en cuanto me vio—. ¡Rafaella, Lorelai, vengan a la sala! ¡Llegó Aurelia!

Todas se reunieron para abrazarme y se los permití. Su cariño me reconfortó. Estas hermosas y maravillosas mujeres me habían acompañado en algunas de mis horas más oscuras y ahora habían hecho lo mismo por Conrad. No merecía su amistad, pero ¿quién se merece un amigo extraordinario?

—Me gustaría ver a mi hermano —dije por fin.

—Duerme en tu habitación —un par de hoyuelos se formaron en las mejillas de Lorelai—. Ese armario espantoso le gusta tanto como a ti.

—Te advierto que ya descubrió la colección de enigmas y baratijas de Hicks —añadió Delphinia.

—¡Están por todas partes! —se lamentó Rafaella.

Conrad se arropaba con mi viejo edredón y sus ensortijados rizos se esparcían por mi almohada al tiempo que su pecho subía y bajaba en un rítmico movimiento. Alguien, quizás una de las chicas, había limpiado el cristal de mi espejo roto, pero ésta era la única mejora en la estancia desde la última vez que había estado ahí. Innumerables juguetes de madera y otros artefactos tallados cubrían ahora cada superficie. Tuve que pisar con cuidado hasta la cama.

Toqué el cabello de mi hermano.

—Conrad —susurré cuando se movió y me miró.

—¿Aurelia? —preguntó somnoliento y se frotó los ojos.

—¡Hola, hermanito!

—Ya llegaste —bostezó—. Les dije que vendrías y hete aquí. ¿Irás a Espino Gris?

—Sí.

—¿Estás lista?

—No.

—Nada malo te ocurrirá —me tranquilizó—. Eres valiente.

—Igual que tú.

—Lo sé —asintió.

Besé su frente y me acurruqué junto a él en la estrecha cama mientras ya pestañeaba y cerraba los ojos una vez más, sólo para que recibiera un pinchazo en las costillas. Sofoqué una sonrisa en cuanto descubrí que tenía metida bajo las sábanas la curiosa cajita de nueve cantos, que apretaba contra su cuerpo.

Aunque me pregunté qué dulce tesoro de infancia habría escondido ahí, esta idea duró el escaso segundo que tardé en conciliar el sueño.

Me levanté antes que todos en el Canario, me puse unos pantalones viejos y mis gastadas botas, y trencé mi largo cabello sobre un hombro. Me disponía a salir de puntillas de mi recámara cuando noté una hoja doblada sobre el tocador. La abrí titubeante y vi que contenía un boceto al carbón.

Zan estaba dibujando algo la noche en la que, embriagada de emoción y vino de gravidulce, lo encontré en este mismo lugar. Todo sucedió tan rápido desde entonces que cualquier pensamiento sobre su boceto se había borrado de mi mente hasta ahora. Que me esperara aquí significaba que él había venido a buscarme luego de mi intempestiva huida, sin que sospechara que ya no me hallaba en el Canario.

Esta sola idea hizo que mi pecho se tensara.

Era la imagen del jinete, aunque no la terrible versión que Zan había plasmado en las paredes de la callejuela de Achleva. La capa de este otro no ondulaba al viento ni él guardaba una pose imponente. Su caballo no estaba encabritado, con cascos que arañaran el aire. Este jinete, con el rostro oculto por la capucha, se hundía bajo el peso de su manto. Su caballo se mostraba exhausto. Ambos estaban molidos por la batalla, destrozados.

Aun así, avanzaban.

Una vez más, Zan había escrito al calce: *Si vivis, tu pugnas.* Y entonces comprendí: este mensaje no era un llamado a las armas para el fuerte, el valiente o quien ya está inflamado por el celo del combate. Nunca lo fue. Tenía por destino el corazón de quienes están tan cansados que apenas pueden dar un paso más, pero igual lo dan.

Como yo.

Metí el dibujo en el cajón superior, junto a los planos enrollados del desafortunado *Humildad* y el dinero con el que algún día había creído que compraría un pasaje en él, y saqué la sortija de Zan —que deslicé en mi dedo— y mi espejo de mano. Pese a que éste era uno de los premios menos espectaculares que había obtenido en los días que dediqué a jugar Ni lo uno Ni lo otro —pequeño y con un asa de latón, de burda factura y empañado tanto el metal como en el vidrio—, era justo lo que necesitaba ahora.

Con el espejo en una mano y una lámpara en la otra, bajé de puntillas un tramo de escalera y luego otro y otro más, hasta que terminé en la bodega. Me complació descubrir que Jessamine no había vendido todas mis botellas de vino de gravidulce; aún quedaban algunas en la mesa del hueco más recóndito. Deposité la lámpara en la mesa y el espejo a un lado mientras tomaba uno de esos recipientes y le quitaba el corcho. El húmedo cuarto se llenó al instante del aroma del gravidulce y por un minuto imaginé que me encontraba de vuelta en la Cuna.

El primer sorbo no tuvo consecuencias. Con el segundo sentí un hormigueo en los dedos. Bebí un tercero para confirmar que hubiera dado resultado y estaba a punto de levantar el espejo cuando me pregunté: *¿Qué sucederá si mi teoría es correcta?*

Entonces bebí un cuarto sorbo.

El reflejo cambió un minuto después de que tomé el espejo. Cuando lo hizo, la lenta transición empezó en mis ojos. Al principio eran míos, un segundo más tarde habían dejado de serlo. Esta vez, ella ni siquiera se molestó en imitar mi cabello trenzado ni mi blusa de lino. Llevaba puesto el vestido que usé en la coronación, de un rojo violáceo veteado con hilos de plata.

El uno o el otro, murmuró.

La interrogué en voz alta:

—¿Quién eres? Sé que no eres yo.

La hija de la hermana o el hijo del hermano.

—¿Eres Maléfica?

Produjo en respuesta un siseo extraño antes de continuar: *El chico con el pájaro de fuego o la chica con los ojos como estrellas.*

—No eres Ilithiya —le dije—, porque ella murió cuando creó el mundo.

Si es él, la anciana será libre. Si es ella, la anciana cesará de existir.

Formulé la última pregunta:

—¿Eres Empírea?

Endureció la mirada. En lugar de concluir su estrofa, dijo con voz áspera: *Que la campana suene para ti, Aurelia. Acepta la responsabilidad. La Novena Era es tuya.*

El espejo se sacudió con violencia y el asa se calentó en mi mano. El objeto se rompió y el único reflejo que permaneció en las esquirlas fue el mío.

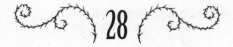

28

—¿Estás segura de esto? —el viento helado de la mañana se enredó en el cabello caoba de Jessamine. Había caminado conmigo hasta el crucero a las afueras del Canario Silencioso y ahora temblaba bajo su ligera capa; el Día de las Sombras comenzaba con un cielo gris plomizo—. No es necesario que lo hagas sola.

Enganché el pie en el estribo de Madrona, mecí la otra pierna y la subí sobre la silla.

—Lo haré —sonreí apenas—. Ojalá no tuviera que hacerlo de esta manera.

—¡Cuídate! —me dijo—. Lo que los niños cuentan sobre Espino Gris es... monstruoso. Si al menos una reducida parte de eso es cierta...

—Todo es cierto —repliqué—. Por eso debo ir —miré el edificio de yeso y madera que aún dormía a sus espaldas—. ¿Protegerás a mi hermano? —pregunté.

—Hasta que vuelvas —contestó.

—Que no te convenza de que lo colmes de caramelos.

—He jurado lealtad —se encogió de hombros con un dejo socarrón— y tendré que cumplir las órdenes del rey —su sonrisa se desvaneció—. ¿Cuándo estarás de regreso?

Avisté el camino que se tendía frente a mí.

—No sé.

—¿Regresarás?

Me demoré un segundo en repetir:

—No sé.

—¡Que Empírea te guarde, amiga! —se despidió con solemnidad.

—Y a ti.

El viento no cesó de soplar detrás de mí a todo lo largo del trayecto hasta Espino Gris, y me empujaba a medida que el temor se esparcía como una araña en mi piel. Los cultivos de linaza habían crecido más de la cuenta y ondeaban sombríamente bajo el viento frío, un campo sin segar tras otro.

La aldea dependía de la cosecha de linaza para la producción de textiles, actividad de la que obtenía su sustento durante el invierno. Jamás había permitido que ese cultivo se marchitara.

Pero por preocupantes que fueran los campos de linaza, las pasturas para las ovejas eran mucho peores.

Lo primero que me golpeó fue el olor a rancio y podrido, y aunque cubrí mi nariz y boca con la capa, el aroma no cedió. Cuanto más terreno cubría en dirección a la aldea, más intensa se volvía la fetidez.

Entonces vi los cuervos.

Congregados por miles, picoteaban los cadáveres en desintegración de los rebaños de Espino Gris. El ruido al aproximarme los perturbó y echaron a volar en una arremolinada masa de plumas negras y picos ruidosos que aleteaba con frenesí en el aire.

Cuando aquella cortina de aves se abrió al fin, recibí el primer destello de Espino Gris, siniestramente quieta a lo lejos, salvo por algunas desvaídas volutas de humo. El Día de las Sombras había llegado sin fogatas, banquetes, barriles de manzanas ni toneles de cerveza.

Madrona se detuvo tres kilómetros antes de que arribáramos a la aldea; retrocedió en una frontera que yo no podía ver, pero que ella no cruzaría jamás. No me quedó más opción que bajar y continuar a pie.

—Gracias, chica —permití que acariciara mi mejilla con su hocico—. ¡Ahora, vete de aquí! —le palmeé la grupa y salió disparada por la misma vereda por la que habíamos llegado, con las crines al vuelo.

Recorrí sola el resto del camino.

Me aproximé por el noroeste en busca del refugio de los matorrales de espinos, a pesar de que ello retardaría mi progreso. Era difícil saber si esta precaución extra se justificaba; nadie vigilaba el terreno, miembro o no del Tribunal. Si hubiera tenido un ejército como respaldo y una espada en mi puño, habría tomado por asalto el lugar con un grito de guerra, y lo habría sometido con apenas un leve enfrentamiento. Pero no contaba con grandes arsenales ni fuertes guerreros; me encontraba sola y desarmada, una chica solitaria que corría directo a su ruina. Y éste sería el resultado venturoso.

Llegué al anochecer al campo de refugiados.

El humo que había visto a la distancia no emergía de fogatas ni cocinas, sino de los restos de tiendas de campaña colapsadas y ropas dispersas. La bandera con la flor de lis de Renalt había sido izada sobre la escena, y el negro y estrellado estandarte del Tribunal ondeaba debajo de ella.

No había bastado con que aprehendieran a los inmigrantes; esto era obra de quienes deseaban ver diezmado y destruido el asentamiento de ciudadanos de Achleva y todo lo que éste representaba. Y los estragos causados los habían enorgullecido tanto que habían erigido una bandera sobre las cenizas para reclamarlos.

Con un alarido de cólera, pateé la pértiga hasta que cayó en pronunciado ángulo sobre un carro volcado, mi carreta. La misma que le había ganado a Brom y llevado al campamento. Su carga de manzanas que algún día habían sido rojas se había desparramado y se pudría ahora en el suelo.

Dejé atrás mis reservas ante el riesgo de que me reconocieran y trepé sobre una rueda del carro para destrozar el estandarte del Tribunal, que arrastré hasta el centro de la aldea, donde los carbonizados restos de los husos de la gente de Achleva formaban todavía una pila ennegrecida.

No me anuncié. Arrojé el estandarte al suelo, me extraje un poco de sangre, la hice gotear sobre el paño —justo en el centro de una estrella— y susurré:

—*Uro.*

Mientras la bandera ardía, aguardé.

Los silenciosos aldeanos no tardaron en aparecer, procedentes de lóbregas casas y edificios de piedra, y con el rostro oculto por las inmensas y gesticulantes máscaras animales del Día de las Sombras. Me quedé sin aliento cuando recordé el terror que había sentido de niña al ver por vez primera a la población de la aldea con esos disfraces. La gente reía, miraba con lascivia, bailaba danzas frenéticas; aquélla había sido una cabalgata cómica en comparación con la quietud de ahora. En cuestión de minutos, fui encerrada en un círculo de caricaturas dignas de una pesadilla: cabezas de jabalíes con largos colmillos, chacales de fauces abiertas, conejos con rojos y radiantes ojos, y caballos cuyo hocico se descomponía en una mueca retorcida.

—Resulta grotesco, ¿cierto? —Lyall, el acólito de largas piernas de Arceneaux, avanzaba a zancadas hacia mí desde el viejo molino. Mientras pasaba de una máscara a otra, su rostro adquiría una rara combinación de admiración y repugnancia—. Es una tradición tan antigua que dudo que haya alguien en esta zona que recuerde su origen.

—El Día de las Sombras es el momento en que la línea entre este plano y el espectral se desvanece casi por completo —deslicé los ojos por aquella procesión de bueyes, osos y cuervos—. Éstas son representaciones de los guías de azogue que nos conducen al Gris.

—Muy bien —dijo—, se trata de una honrosa tradición. Tuve la prudencia de reparar en la evocación específica de cada alma cuando corté sus correas. Deducir los detalles de este fenómeno será motivo de un interesante estudio una vez que nuestras exploraciones actuales lleguen a su fin. Y sé que es un capricho innecesario que se les vista de esta manera, pero me agradó la simetría del reemplazo de un tipo de celebración de la cosecha por otro. Y éste ha sido un año maravilloso para la recolección de almas.

Supe entonces que todas y cada una de esas personas estaban muertas.

Se erguían muy rectas frente a mí, y estaban *muertas*.

Distinguí los signos ahora: una piel purpurina y moteada insinuada bajo un cuello o puño, hombros colgados en un ángulo artificial... y unas cuantas quemaduras en forma de un sello profano, una corrupción de las magias fiera y de sangre por igual.

Tragué bilis y pregunté:

—¿Quiénes son ellas ahora? ¿Las almas de qué personas empleaste para este —mis labios se torcieron— experimento?

—Éstos —señaló a su alrededor— son los celestinos de Empírea, los mejores y más valientes en las filas del Tribunal, salvados para que renacieran en este día a fin de que auxilien a su reina en el inicio de su imperio humano.

—¿Su reina? ¿Te refieres a Arceneaux?

—Arceneaux se ha ganado el inmenso honor de transformarse en el recipiente humano de Empírea. Y estos celestinos… serán sus siervos —extrajo de cada uno de sus bolsillos varias piedras traslúcidas, que sostuvo entre sus dedos. Luneocita. *Piedras espirituales*, las había llamado Simon alguna vez—. Algunos de ellos han esperado mucho tiempo este momento. Es su recompensa por una vida dedicada a la honrosa ejecución de la obra de su reina.

Se volvió y levantó la cabeza de ciervo del cuerpo a su lado. Apareció el rostro descompuesto de la señora Lister, cuyos marchitos labios exhibían unos dientes ennegrecidos, fijos en un gruñido perpetuo. Lyall frunció el ceño y bajó la máscara.

—Algunos de los cuerpos que tuvimos que utilizar distan mucho de ser ideales. Ya estamos trabajando en ello.

Tomé con sigilo mi daga en la mano derecha, esperanzada en que Lyall no lo notara, pero su mirada me atrapó.

—Yo no lo haría —dijo—. La olerán.

—¿Qué sucederá entonces? —pregunté—. ¿No son los mejores y más valientes del Tribunal? ¿Acaso no obedecen tus órdenes?

—Todavía hay algunas… fallas… en el proceso —respondió—. Priva cierta medida de… degradación… en un espíritu cuando no está libre o no se aloja en el cuerpo en que nació. La mayoría de estos espíritus pasaron décadas, e incluso siglos, encerrados en estas piedras. Es probable que se requieran varios ciclos más de experimentación hasta que sea posible devolverles una conciencia plena —sus ojos destellaron—. Pero créame cuando le digo que no le conviene que en este momento huelan sangre.

—Eso me coloca en una posición muy difícil —fruncí los labios—, porque la sangre es mi mejor arma —alcé mi diminuta daga, sin intención de ocultarla más—. Eres una especie de científico, ¿cierto, Lyall? Llevas a cabo pequeños experimentos, tu curiosidad es insaciable —el estandarte del Tribunal humeaba todavía a mis plantas y me aproximé a él—. Sin embargo, has despertado mi interés en tus estudios. ¿Afirmas que ellos son capaces de oler sangre? Me gustaría verlo.

Envolví la navaja en mi mano y le di un tirón. Hice una mueca cuando la piel se abrió, y la sangre y la magia empezaron a fluir con toda libertad entre mis dedos.

El efecto fue inmediato y enorme. Los aldeanos comenzaron a babear e intentar morder dentro de sus máscaras; algunos corrieron hacia mí, otros se arrastraron en cuatro patas. Sus máscaras se agrietaban mientras ellos chocaban unos con otros en su afán de atraparme; dientes de yeso y trozos de piel pintada llovieron sobre mi cabeza y mis ojos cuando me agaché y rodé bajo esa frenética embestida. Conforme las máscaras crujían y se desintegraban, reconocí a sus portadores. Uno de ellos, una mujer, respondía al nombre de Rowena y era la esposa de un pastor de ovejas. Otro era Niall, a quien conocía del Canario Silencioso, un borracho ruidoso que entonaba canciones desde su mesa. Me encogí cuando le rebané el cuello a Rowena y contuve las náuseas en el instante en que sumergí mi cuchillo en el ojo de Niall. *No son ellos*, me decía. *No son ellos.*

—¡Ardan! —convoqué al fuego que aún crepitaba en la bandera del Tribunal y lo envié en una columna hacia el ciervo que era la señora Lister y el conejo que se reveló como Elisa Greythorne, la esposa de Fredrick. Ahogué un sollozo mientras las llamas la devoraban y apenas pude recuperar el aliento antes de atajar a una rugiente fregona de la cocina de Greythorne con un golpe del mango de mi puñal en su sien.

—¡Hazte pedazos! —exigí cuando un oso con los ojos vacíos intentó arañar mi brazo. Todos sus huesos se hicieron astillas y exhaló un último alarido mientras se desplomaba en el suelo y su cabeza de oso se desprendía del deformado semblante del padre Brandt. Entonces, el padre Harkness caminó pesadamente hacia mí con el rostro cubierto a medias por la máscara desintegrada de un caballo. Lo repelí con mis ensangrentadas manos contra el pecho mientras él intentaba sacarme los ojos—. ¡Desgárrate! —dije y su torso se abrió desde el centro, por donde sus entrañas se derramaron en la tierra.

—Que encuentren la paz —dije entre sollozos a estos dos últimos—. ¡Lo siento! Que encuentren la paz.

Gilbert Mercer usaba la cabeza de un carnero; convertí su sangre en ácido e intenté no pensar en el vino de gravidulce que habíamos compartido semanas atrás mientras sus ojos se desprendían de sus cuencas.

El chacal fue el siguiente en arrojarse sobre mí. No necesité asomarme bajo su máscara para reconocer al hombre a quien pertenecían esas nudosas y encallecidas manos.

—¡Hicks! —grité en cuanto sentí que las llamas abandonaban las puntas de mis dedos—. Perdóneme. Perdóneme.

Lyall miraba impasible, como si estuviera tomando notas mentales. Todo esto era sólo un experimento para él.

Con un grito de rabia, me arrojé sobre él. Mi furia me fortaleció. Lo atrapé por la cintura, lo derribé y rodé con él entre los juncos, a un lado del molino, y en los bajos de la ribera.

Lyall me empujó y se levantó, escurriendo agua; me observó mientras parecía hacer nuevos cálculos en el fondo de sus pupilas.

—¡Interesante! —dijo—. Tendré que medir la reacción de un sujeto a sus lazos no familiares al momento en que defina el cuerpo ideal como receptáculo de un espíritu.

—¡Estás muerto! —exclamé entre dientes y me paré en el agua somera para enfrentarlo.

—Mire detrás —dijo con aire de suficiencia.

Escuché los gruñidos, las pisadas que se arrastraban en la orilla, pero no sentí miedo.

—Mira, tú, detrás —reviré y subí la mano para dictar una orden a la noria, que colgaba precariamente de sus soportes—: *¡Autem!*

La rueda se separó con un chirrido de sus antiguos y desmoronados hierros.

—*¡Descendit!* —azoté la mano y la sangre de mi cortada más reciente se liberó en respuesta. Lyall gritó al momento en que la rueda se precipitó sobre su espalda. La sangre corrió de su nariz y boca hasta formar un charco arremolinado a su alrededor mientras hacía lo posible por mantener la cabeza afuera del agua.

—¡No! —dijo, asustado por vez primera a medida que los monstruos sedientos de sangre que él mismo había creado se abalanzaban sobre la orilla en pos de la presa más cercana—. ¡No!

—Le daré tus saludos a Arceneaux —dije— en un día tan especial para ella.

No puedes matar lo que ya está muerto, había declarado Rosetta. *Tienes que exorcizarlo.*

Respiré hondo, reuní mi fuerza y mi magia y exploté:

—¡*Et abierunt!* —*Desaparezcan.*

Uno por uno, los muertos se derrumbaron y la nube negra de su alma infectada se disipó en el aire justo cuando el último hálito de la luz del día se desvanecía más allá del horizonte.

29

Cuando llegué a las celdas en el sótano de la finca, mis brazos estaban cubiertos de nuevas heridas y contusiones, y a mi paso había observado cinco cadáveres caninos.

Rosetta parpadeó hacia mí con ojos somnolientos y las manos atrapadas en unas manoplas de hierro con aspecto de garrotes.

—¿Por qué tardaste tanto? —preguntó fríamente mientras yo intentaba forzar con mi daga el mecanismo de sus cadenas, torpes mis dedos bajo las sombras—. ¿Dónde está Onal?

Detuve todo movimiento.

—En el otro mundo.

El semblante de Rosetta se endureció y asintió.

—¿Y dónde está Zan? —pregunté por mi parte.

—Se lo llevaron —dijo.

—Arceneaux vino por él hace unas horas —explicó Kellan—. No lo hemos visto desde entonces.

Intenté mantener un rostro inexpresivo mientras continuaba forzando la cerradura, aunque se me estrujaba el corazón.

—¿Podrías apresurarte? —me urgió Rosetta.

—Eso intento —dije antes de finalmente rendirme. Si violar el cerrojo no iba a surtir efecto, había otras formas de lograrlo.

—¡No...! —Rosetta reaccionó cuando ya me había pinchado el dedo.

—*Occillo* —derramé una gota de sangre en el metal. *Rómpete.*

Las manoplas se desprendieron justo a tiempo para que ella rodara y vomitara en un rincón. Me miró desde allá y exhaló en un susurro:

—¡Maldita magia de sangre!

Vertí una segunda gota en la esposada mano izquierda de Kellan.

—*Occillo* —el hierro se trozó en un tintineo y cayó al piso.

—Retuvieron a mi hermano con todos los demás que arrestaron en la aldea —dijo Kellan.

—Atravesé la ciudad y no vi a Fredrick —repliqué—, pero Elisa... —sacudí la cabeza— no escapó.

—¡Seguramente lo trasladaron a otra parte! —insistió Kellan—. Debemos encontrarlo.

—No tenemos tiempo —repuse—. La finca está infestada de clérigos y el eclipse ocurrirá de un momento a otro...

—¿Dejarías a Conrad en poder del Tribunal? —me cuestionó—. ¡Fredrick es mi hermano!

Cedí.

—De acuerdo, busquémoslo y después nos dirigiremos a la Stella Regina. Arceneaux piensa que va a convertirse en el recipiente humano de Empírea; estará ahí, y tendrá a Zan también —Rosetta estiraba los dedos—. Es probable que necesitemos tu magia, ¿estás preparada?

—Acabo de pasar diez días en grilletes y de sufrir la experiencia de un conjuro de sangre, así que la respuesta es no, no lo estoy. ¿Pero qué otra opción tenemos?

Kellan conocía la mansión mejor que nadie y nos guio. En la primera planta encima de las celdas nos topamos con dos clérigos. Él le rompió el cuello a uno y yo rebané la garganta del otro. Aunque orilló a ambos, no se apartó de ellos hasta que tomó en préstamo una de sus espadas.

—¿Te sientes mejor? —preguntó Rosetta mientras él mecía su nueva arma entre las manos.

—Sí, mucho mejor.

Proseguimos la marcha con pies ligeros y eliminamos a quienquiera que vistiese una túnica negra y tuviera la desgracia de interponerse en nuestro camino.

Hallamos a Fredrick bajo vigilancia en el gran salón de la residencia, rodeado de candelabros de latón con cinco velas encendidas cada uno y echado sobre la silla que había servido de trono interino durante la estancia del rey en la mansión. Tenía mal aspecto, con moretones bajo los ojos y las mejillas pálidas y hundidas.

—¡No, Kellan…! —quise atajarlo pero ya estaba en medio de la refriega. En cuestión de segundos abatió a los dos clérigos más próximos mientras los demás se apresuraban a trabar combate.

Luego de que intercambiamos una mirada de aflicción, Rosetta adoptó su forma de zorro, yo alisté mi daga y lo seguimos.

La escaramuza terminó pronto. Fredrick se levantó de su asiento y tendió los brazos en señal de bienvenida.

—¡Hermano! —bramó—. ¡Gracias a las estrellas estás bien!

Kellan llegó hasta él entre cadáveres, con ojos ardientes.

—Espera —le dije, presentí algo—. ¡Espera! —y entonces lo vi: grabado en la piel del antebrazo que lo recibía, fulguraba el sello de posesión—. ¡No es él! —grité—. ¡No es tu hermano!

Pero era demasiado tarde. Fredrick lo despojó de su espada y atrapó su mano derecha en un puño de hierro. Kellan lanzó un alarido gutural cuando los huesos de su mano se quebraron. Con la otra mano, Fredrick apresó su garganta y lo izó entre risas. Kellan luchaba por soltarse y pateaba, con lo que tiró un candelero sobre el de al lado, que cayó en el tapiz justo detrás de la silla.

El Fredrick que no lo era me miró.

—¿Qué va a hacer ahora, princesa? Ya me liquidó en una ocasión. Infringió todas las reglas y utilizó mi sangre para su conjuro, aunque ni siquiera así dio resultado. Quizá la segunda vez funcione.

—¡Golightly! —espeté mientras Kellan se retorcía en su puño—. Te ves… distinto. Suéltalo y te dejaremos en paz. Nadie te detendrá ni perseguirá.

—¿Y que abandone el nuevo hogar que apenas acabo de recibir? —preguntó—. Todo esto —observó pensativo el salón, al parecer ajeno a las llamas que consumían el tapiz— me pertenece ahora y…

Rosetta se había deslizado a sus espaldas, enseguida recuperó su forma humana y lo derribó con una zancadilla. Él soltó a Kellan, quien cayó de rodillas y tomó aire a bocanadas mientras Rosetta azotaba la cabeza de Fredrick contra el suelo y conjuraba un hechizo de exorcismo sobre su espalda. Al igual que los lobos en el bosque, el cuerpo de Fredrick despidió humo negro, se contrajo y paralizó.

Kellan gruñó, intentó tomar en brazos el cuerpo de su hermano y sollozó de dolor por su arruinada mano derecha. Pese a que traté de consolarlo, me rechazó.

—¡Era mi única familia! Me crio, cuidó de mí. ¡Y ahora quería...! —apretó los ojos meciéndose adelante y atrás.

—Kellan —le dije con ternura—, Fredrick jamás te habría hecho daño. Ése no era él. Este... cascarón... lleva largo tiempo sin pertenecerle.

Rosetta guardaba silencio a su lado. Era obvio que deseaba consolarlo, pero carecía de la habilidad para hacerlo.

El humo ya llenaba la sala.

—Debemos marcharnos, Kellan. No podemos...

Respiró hondo y dijo:

—Ahora voy.

Aun entonces, en su hora más oscura, se aferraba a su causa, a su deber. Fue eso lo que le dio la entereza que necesitaba para con su mano izquierda liberarse del cuerpo inerte de Fredrick y retirar de su cadavérico cinto la legendaria espada de los Greythorne. Me miró con los ojos acerados de un soldado.

—Te dije que vería por ti hasta el final —declaró—. Y lo voy a cumplir.

Me protegería hasta la muerte. Así era él. Esa entrega —esa convicción— permitió que abandonara el cuerpo de su hermano en aquel aposento en llamas y no mirara atrás.

30

—**P**or fin lo resolví —dije en voz baja mientras Kellan nos guiaba por el laberinto—. La campana se encuentra aquí, en la finca Espino Gris.

Detrás de nosotros, el fuego empezaba a consumir las ventanas de la mansión. Arriba, la negra sombra avanzaba sobre la luna. Adelante, Arceneaux nos aguardaba en compañía de Zan.

—Aurelia… —comenzó Rosetta.

—Creo que está enterrada con Urso bajo la Stella Regina, en la cripta —continué—. Daremos con ella, la haremos sonar, el lazo se romperá de una vez por todas y Kellan no tendrá que…

—Aurelia… escucha… —insistió.

—Mathuin no se llevó la campana —dije—. O al menos no quiso hacerlo. Galantha lo echó del Gris y él acabó…

—¡Aurelia! —estalló.

—… aquí.

Habíamos llegado a la plaza de la Stella Regina, bajo la estatua de Urso.

Kellan y yo la miramos.

—Te mentí —dijo.

—¿Qué?

—Te mentí cuando afirmé que la campana rompería el lazo de sangre entre ustedes. No puede hacerlo... Permite a quien la porta recorrer el Gris sin que abandone su cuerpo. Eso es *todo* lo que hace —miró a Kellan con sus ojos amarillos, que brillaban menos de pesar que... de angustia—. No los salvará, eso escapa por completo a su poder —le tembló la barbilla.

—¿Por qué entonces...? —contuve una exclamación—. ¿Para qué exploré tantas veces el Gris? ¿Cuál fue el propósito de ello?

—Quería la campana para destruirla —respondió— y para conseguir que esta cosa que aprisiona mi espíritu muera al fin. Soy una Guardiana del Bosque, heredera directa de Ilithiya. Debo proteger el orden natural, mantener el equilibrio entre los planos... y yo misma no soy del todo humana.

—Sé lo que eres —dije—. Sé lo que hizo Galantha para salvarte. ¿Significa para ti tan poco su sacrificio? ¿En verdad, la idea de la vida eterna es tan terrible?

—¿Vida eterna, dices? —no daba crédito a mis palabras—. ¡Pero si ni siquiera estoy viva! Soy un espíritu atado a un cuerpo de azogue. No como, no duermo, no sangro, no brindo nueva vida. Jamás daré a luz una hija a la que pueda transferirle mi cargo —avanzó trémula—. No tengo reflejo ni sombra. Sobreviviré a cualquier otro ser vivo sobre la Tierra. ¿Preguntas qué es tan terrible de la vida eterna? Pues yo te hago esta pregunta: ¿qué podría ser peor que vivir sola para siempre en un mundo que agoniza?

Cerré los ojos.

—Nos orientaste mal, Rosetta. Nos diste una esperanza que no teníamos. ¿Cómo pudiste hacerlo?

No me miraba a mí. Miraba a Kellan.

—¡Cuánto lo siento! Jamás pensé que… que… —era incapaz de admitir que en algún momento entre el día que se conocieron y el final de su reclusión, se había enamorado de él.

Las nubes se habían tornado jirones, eran hilos de plata bajo la luna radiante. La sombra de la Tierra ya corroía el disco, y hacía que pareciera la curvada cuchilla de una guadaña.

En lugar de dirigirse a Rosetta, Kellan tendió la espada de su hermano junto a la fuente y posó su mano sana en mi mejilla.

—No te preocupes —dijo en voz baja—. Sabía que esto era una posibilidad y lo acepté —y agregó en memoria del ritual del paño de sangre—: Unidos por la sangre, por la sangre separados.

Di un paso atrás.

Por la *sangre* separados, no por la *muerte*.

El lazo sólo puede romperse con la muerte, había dicho Simon, *o algo parecido*.

La luz menguaba; restaba sólo un gajo de la luna. En unos segundos, el mundo se teñiría de rojo.

Era el Sueño de la Sangre.

En los últimos meses, había vivido cien veces este momento. Había hecho hasta lo indecible para impedir que ocurriera: había rechazado a Kellan, me había apartado de él y de todo aquel a quien pudiera lastimar, pero mis esfuerzos habían sido en vano. Y ahora caminaba justo a este terrible destino.

¡Sus manos, sus hermosas manos de músico! Incluso herida, era posible que su mano derecha sanara. Que sostuviera la espada de nuevo. Que le otorgara la reputación que con tanto ahínco perseguía: la de caballero valiente, fiel al reino y la corona hasta el final.

Esa posibilidad era lo que yo debía cancelar para siempre.

En un movimiento grácil, pateé sus rodillas y le arrebaté la espada de Fredrick.

Puso las manos sobre el borde de la fuente para no desplomarse y gritó cuando su mano derecha recibió el impacto.

—¿Qué haces, Aurelia? ¡Espera...!

—¡Lo siento! —levanté la espada sobre mi cabeza y proferí—: Unidos por la sangre, por la sangre separados.

Justo mientras enunciaba estas palabras, el último fragmento de la sombra cubrió la luna.

Dejé caer la espada en su mano derecha. Atravesó el hueso y la carne hasta encontrar el mármol de la fuente.

Y el mundo se vistió de rojo.

31

Lanzó un grito. Cuando me miró, tocando su sanguinolento muñón del brazo derecho, sus ojos se llenaron de rabia, pesar y una nueva emoción que nunca pensé que vería: odio.

Kellan era un soldado nacido para proteger, educado para combatir. El grifo leal y noble que, ahora inutilizado, veía cómo su futuro se derrumbaba en un golpe decisivo.

Unidos por la sangre, por la sangre separados.

Sentí que el vínculo entre nosotros se rompía.

Su sangre —sangre de Greythorne, sangre de Mathuin— corrió sobre la inscripción de la fuente, enrojeció las cinceladas palabras y goteó dentro de la fuente misma.

Rosetta cargó en brazos su conmocionado cuerpo y miró el muñón donde antes se había movido su mano. Lo consoló con murmullos, dirigió sortilegios a su piel, cauterizó su herida, alivió su dolor e indujo con arrullos un sueño que lo hipnotizara, como había hecho conmigo en cada ocasión en que abandoné mi cuerpo para pasear por el Gris.

Es preferible que lo prive de su propósito que de su vida. Le había dicho eso mismo a Castillion en referencia a Zan, y era lo que acababa de hacerle a Kellan. Lo había desprovisto de su capacidad para pelear. Lo había traicionado de la más ruin de las maneras. Lo había despojado de su noble fin y reemplazado éste por una vida preñada de dificultades.

Y con ello le había salvado la vida.

Rosetta me miró cuando arreciaba el viento, con el cabello ondulante y danzarín como una flama.

—Cuida de él —le dije.

La magia de la sangre de Kellan me rodeó crepitante. La atraje, me volví hacia Rosetta y él, y pronuncié el conjuro que alguna vez estuvo destinado a Mathuin.

—¡*Ut salutem!* —empujé la magia cual si fuera una ola.

Pónganse a salvo.

Ascendí sola los escalones de la Stella Regina. Además de sus puertas, el edificio entero estaba bañado en sangre ahora.

Dentro, Arceneaux oraba.

Su suelto y oscuro cabello caía por su espalda y ella unía fervorosa las manos a la par que entonaba alabanzas a la diosa en el vitral que descendía del cielo. Libre de sus guantes, atravesaban sus brazos las marcas propias de la degradación.

Suspendido entre cadenas de cada muñeca a dos postes de mármol, Zan tendía los brazos, una ofrenda en estrella a la Empírea de cristal y rojo fulgurante. La sangre manaba profusa de las heridas que cruzaban su torso y sus brazos desnudos; aunque ella no ignoraba que debía matarlo si quería poner en libertad a su señora, se tomaba su tiempo y disfrutaba cada momento.

—¡Oh, divina Empírea! —cantó—. He hecho todo lo que me has pedido. Estoy lista para transfigurarme en tu receptáculo. Sé que mi cuerpo es frágil, débil y humano, y que no soy digna de ti, pero tómalo. ¡Tómalo y hazlo tuyo!

Zan emitió un gruñido e intentó moverse.

Enfadada, ella abandonó su rezo, se incorporó y rodeó el cuello de Zan con sus manos putrefactas.

—¡Calla! —ordenó—. Escucha la voluntad de Empírea.

Ricé mis dedos en un puño y avancé a sus espaldas.

—¡Libéralo! —dije tranquila y amedrentadora. No tenía que alzar la voz aquí; la Stella Regina había sido construida para magnificar el sonido.

Dejó caer su mano justo cuando Zan comenzaba a reanimarse y succionaba una jadeante respiración, al borde mismo de la inconciencia. Ella se volvió hacia mí y me impresionó el cuidado que había puesto en cultivar su imagen para que fuera igual a la de Empírea en el vitral de la Stella Regina: una larga y oscura cabellera; un par de cautivadores ojos azules; un semblante distante y desdeñoso. Pero por ostentosa que fuera su parafernalia —las estrellas de diamante prendidas de sus rizos, su cegadora túnica blanca, el febril resplandor de sus ojos—, en nada se parecía a la diosa.

—Maté a tus acólitos favoritos, a tus "celestinos" y a todos tus clérigos. Si lo sueltas, no acabaré contigo.

—Ellos duermen ahora en brazos de Empírea —aseguró—. ¡Que la diosa perdone sus faltas!

—¿Crees que haya perdonado las de Toris? —se tensó—. Todos los hombres que se han cruzado en tu camino te han decepcionado, ¿no es así? Querían gobernarte, usarte, controlarte, eliminarte. Sólo te valoraban por lo que podían hacer contigo o tomar de ti. Toris fue distinto. Me atrevo a decir que lo estimas como la única persona en este infame universo que te concedió un propósito —me encontraba a unos cuantos pasos de ella, evaluaba con atención la posición de su mandíbula, el temblor de sus dedos, el ritmo de su respiración—. Y yo le quité la vida.

Me lanzó una mirada fulminante.

—¡Tú, siempre tú! Lo arruinas todo. Tomas lo que es mío.

—¿Qué he tomado alguna vez de ti? —la desafié—. ¿Qué tienes que pudiera yo querer siquiera?

—Debiste ser eliminada —respondió furiosa—, como los demás. Debiste ser echada a la basura como nosotros. Debiste ser tú quien pasara de un hombre a otro para que el raptor que se decía tu padre obtuviera un buen par de monedas.

Ya estaba tan cerca de Zan que olía su sangre, dulcemente cobriza. ¡Si pudiera llegar hasta él y tocarlo, le entregaría mi vitalidad! Haría que todo esto terminara.

Pero en ese momento vi los botones de Isobel.

Decoraban su túnica cuatro botones idénticos de un oro blanco y reluciente en forma de flor.

—Son azucenas —le dije.

—¿Qué? —preguntó por inercia.

—Azucenas —la miré a los ojos—. Tu nombre tendría que haber sido Azucena.

—¡Cierra la boca! —me previno—. Nada sabes de mí.

—Lyall se refería a eso cuando dijo que ésta sería tu coronación. A que fuiste la hija de un rey.

—Fui hija de un rey y una reina, ¿y eso qué importa ahora? Me relegaron, me hicieron a un lado.

—Iresine no era tu madre —sentí lo dulce y amargo de esta afirmación, como si fuera uno de sus remedios herbales—. Tu verdadera madre fue Onal. Ella hizo esos botones para ti. Pues te nombraría Azucena.

—¡Calla! —tembló.

—Te quiso. Te esperó tanto.

—¡No!

—Pero fuiste arrebatada de su lado. Ni siquiera le dieron la oportunidad de despedirse.

—¡No! —gritaba cada vez más fuerte.

—Quisieron persuadirla de su delirio de que tú no habías existido, pero ella sabía la verdad... Y aunque intentó localizarte, lo único que halló de ti fue el destrozado carruaje reducido a cenizas. Pensó que habías muerto.

—Es imposible que *esa mujer* haya sido mi madre. No. ¡Eres una mentirosa!

—Murió sin saber que habías sobrevivido a su separación —guardé silencio—. Es una de las mejores mujeres que he conocido nunca. Me honro en ser su nieta. Y a ti debería honrarte saber que fue tu madre.

Exhibió los dientes.

—¡Soy el recipiente elegido de Empírea! No tengo madre. Jamás seré una anciana. Empírea se adueñará de mi cuerpo y seré la Doncella eterna mientras ella gobierna el mundo.

—¿Se adueñará de tu cuerpo y no te dejará un resquicio propio? Te condenarás a eclipsarte. Tu conciencia, aquello mismo que te forma, desaparecerá. Isobel Arceneaux no habrá existido, menos aún Azucena; sólo quedará ella —me acerqué para que sintiese lo hirviente de mi hostilidad—. Y *ella* no es Empírea. No sirves a la deidad de las estrellas, nunca lo hiciste. Sirves a la diosa del inframundo. Estás a punto de permitir que Maléfica te posea.

—Llámala como gustes —replicó—. Conozco a quien sirvo.

—Mira tus manos —insistí—. ¿Acaso no intentaste ya retener su espíritu en una ocasión? Fue la noche de la luna negra, cuando Toris aplastó una ciudad para dejarla en libertad a ella...

—Toris también falló —dijo—. Yo no lo haré. Lyall lo calculó todo. Ya me he impuesto el sello. Ella vendrá por mí y me rendiré por entero. ¡Seré una reina, una diosa!

—Nada serás —escupí—. Desaparecerás. Te eclipsarás. Se te olvidará para siempre —sólo faltaba un paso para poder arrojarme sobre Zan.

Pero no tendría oportunidad de consumar mi propósito. Arceneaux hundió en mi vientre su cuchillo, sobre el costado izquierdo.

Miré estupefacta la herida, tomé a Isobel por la muñeca y cubrí mi torso con la otra mano. El talismán que había impreso en su brazo transmitía una sensación de calor, incluso calcinante.

Tan cerca y ahora tan inalcanzable, Valentin balbuceaba. El arribo de Maléfica al plano material estaba cerca.

Arcenaux soltó su puñal.

—No debí haber hecho eso —dijo asqueada—. ¡Me has hecho enojar tanto! Pero no puedo permitir que fenezcas. Es él quien debe morir, no tú. Debo terminar lo que Toris empezó.

Caí de espaldas sobre el altar. Y aunque el dolor me hizo ver una lluvia de chispas, esas palabras me lastimaron más que su cuchillo.

Es él quien debe morir, no tú.

El uno o el otro.

Rodé para quedar de frente al altar y seguí la secuencia de golpecillos que una vez vi que los curas de la Stella Regina completaban. No esperé a que los mecanismos cesaran en su operación para lanzarme al vacío. Mientras las sogas chirriaban en su movimiento, me abatí sobre la oscuridad de la cripta y quedé sin aire cuando me estrellé contra el suelo.

Llegué a duras penas al sarcófago de Urso, donde la única luz era el rojo cuadrado del hueco del altar en la capilla. El ataúd de piedra estaba labrado con tallos de gravidulce: así debía ser. Aquí debía ser donde la Campana de Ilithiya había reposado a lo largo de tres siglos.

Con los pies apoyados contra el muro de piedra, empujé con la espalda la pesada tapa y grité conforme desgarraba más la herida en mi costado debido al esfuerzo. La tapa resbaló y cayó junto al sarcófago en medio de un estrépito clamoroso y una nube de polvo.

Dentro, los huesos de Urso —los huesos de Mathuin— descansaban en paz, ordenados en un beatífico remedo de oración. Lo habían sepultado con abalorios, otros objetos y una banda de oro en el cráneo, salpicada de estrellas dispuestas al modo de la constelación a la que él debía su nombre, la de la osa. Pero por más que escarbé, no encontré señal alguna de lo que buscaba. No había campana alguna.

Ninguna campana... pero había un libro. Debajo de sus huesudas y entrelazadas manos extraje el grimorio verde de Galantha encuadernado en piel. Había estado con ellos en la Cuna la noche en que resucitaron a Rosetta. Y volvió a este mundo con él. No era una mera copia; era el mismo libro que yo había visto en la biblioteca con Rosetta. Nadie lo había movido de aquí desde que fuera depositado en la sepultura de Urso.

No tuve tiempo de maravillarme por este misterio. Arceneaux ya había bajado a la cripta y cayó tan fuerte que se torció el tobillo. Grimorio en mano, intenté escurrirme por un flanco mientras ella renqueaba desde el cuadro de luz. Una sombra se erigía a sus espaldas y un rojo resplandor se arremolinaba en sus pupilas.

Giré sobre mis talones y cuando corrí a la puerta del campanario la sangre marcó mi sendero con un rastro serpenteante. La puerta cedió y caí de bruces en la rústica escalera.

—¿Adónde vas? —gritó Arceneaux pese a que lo sabía.

Iba a la cúspide del campanario, desde donde saltaría.

El uno o el otro.

Sería yo.

Aunque ignoraba si esto salvaría a Zan, al menos le daría una oportunidad.

A él y al mundo entero.

Había llegado apenas a la segunda espiral cuando Arceneaux irrumpió en el campanario. Sus dedos como zarpas desgarraron mi manto. El humo negro se aferraba a su piel, anidaba debajo de ella.

—¿Adónde vas? —su boca habló esta vez con dos voces discordantes. En respuesta a cada una de las patadas que le propiné, los peldaños crujieron y se estremecieron.

Me quedaba sin fuerzas, mi energía se agotaba. Incluso la magia en mi sangre callaba y se desvanecía con la inminencia de mi partida. Pero recordé el dibujo que Zan había hecho del jinete cansado y subí el escalón siguiente y luego el otro y otro más, y no me detuve hasta que alcancé la cima.

Con ojos ennegrecidos, Isobel atrapó mi capa entre las manos. Me desprendí con un grito y corrí al alféizar de la ventana abierta que daba a Espino Gris, la aldea llena de cadáveres y la mansión envuelta en llamas. El calor y las cenizas se estamparon en mi rostro cuando ascendí al pretil.

El reloj en lo alto dio la medianoche y las campanas empezaron a tañer.

El repicar era grave y penetrante, una ola de vibraciones que obstruía los sentidos y embotaba el pensamiento.

Miré los carillones, con sus acompasados badajos que cumplían un orden establecido cuatro centurias atrás.

Eran las campanas de Urso.

No... las de Mathuin.

Y justo en ese instante la vi, la última campana de la hilera, apenas más grande que un dedal. Hecha de un metal deslumbrante, una joya de un blanco nieve adoptaba la forma de un capullo de gravidulce. Y contra la sonoridad de los cavernosos carillones, su llamado era como una gota de lluvia en un lago en calma, esparciendo ondulaciones por doquier.

Y por fin, *por fin*, comprendí.

En el apogeo de la luna roja, uno de los dos morirá. Esas dos vidas no eran la de Zan y la mía, y tampoco la mía y la de Arceneaux.

Ambas vidas eran mías.

Durante siglos en esta ventosa torre, la Campana de Ilithiya había esperado este momento.

Me había esperado a mí, para darme esta última y desesperada oportunidad.

Extendí la mano y la tomé.

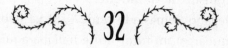

32

Levanté la cadenilla de la campana sobre mi cabeza y en cuanto el frío azogue del artefacto tocó mi piel, fui arrojada al Gris. Pero a diferencia de las ocasiones en que ya había caminado por ese lugar, esta vez no tuve que renunciar a mi cuerpo físico. Gracias a la campana, mis dos partes —mi ser material y mi ser etéreo— eran una y la misma.

Sentí la fuerza de atracción de las corrientes de aquel sitio, mientras el tiempo y el espacio fluían en torbellinos a mi alrededor como un río que se divide en una roca infranqueable. Aunque permanecía en el mismo momento del campanario en la Stella Regina, no era ya un instante sino cientos, miles de ellos, atrás y adelante de mí y a mi entera disposición.

Supe adónde debía dirigirme. Tomé la campana y recreé en mi mente la Asamblea. La bruma se agitó y cristalizó en una serie de peldaños frente a mí.

Los subí a tientas, con una mano en el costado y la pesada campana al cuello.

—¿Simon? —susurré en el tenebroso salón sin obtener respuesta. En torno a mí, dioses sin cabeza y bellos monstruos trababan combate en relieves de piedra, oscurecidos por los siglos y cubiertos de telarañas. Me encontraba sin duda en el mismo lugar que había visto cuando Simon apareció delante de mí en el tránsito de su muerte.

¿Había llegado demasiado tarde? ¿Él ya había fallecido? Me sentí flaquear; si mi tutor no se hallaba aquí, quizás una nueva tentativa de buscarlo más atrás no me dejaría fuerza suficiente para consumar lo que debía hacer.

Llegué jadeante a la cima, con puntos flotando entre mis ojos. Me desplomé en una columna; el dolor aumentaba desde la herida bajo mi tórax y me dificultaba respirar.

—¿Simon? —llamé más fuerte y mi voz retumbó en las vigas, donde asustó a las palomas que se posaban en los arbotantes.

Parpadeé en un ajuste de mi visión y la nave mayor del santuario se tendió frente a mí sin fin aparente, como metros que se trasmutaran en kilómetros. Al fondo, el vítreo ataúd descansaba vacío en el altar. Era el catafalco de Cael. El mismo donde había reposado por siglos antes de que un malhadado historiador llamado Toris lo despertara y pusiera en libertad para hacer estragos en la Asamblea y el mundo. Mientras arrastraba en el polvo mis torpes pies, distinguí varios talismanes de magia fiera similares a los del libro de Galantha, aunque todos éstos rezaban lo mismo, uno tras otro. *Duerme. Duerme. Duerme.*

Los magos de la Asamblea no habían podido matarlo, así que hicieron lo único que sabían: lo encerraron en su caja de luneocita, ciertos de que así estarían a salvo y podían darlo por muerto.

Pero dormir nunca ha sido morir.

La noche puede alargarse, pero llega a su término.

El sueño termina. La muerte no.

Con un gruñido por el esfuerzo, crucé la nave hacia el catafalco y me recargué en los restos astillados de las bancas, donde cadavéricos miembros de la Asamblea permanecían doblados en una imploración eterna. Resultaba imposible saber si habían muerto rogando perdón a Empírea o misericordia a Cael.

Sea como fuere, su clamor no había hallado respuesta.

Muy cerca del féretro, con los pies inestables y las manos temblando, oí una voz a mis espaldas.

—¿Aurelia?

Me volví lentamente y vi a Simon en la nave, con un libro abierto que resbalaba de sus manos mientras me miraba. Aun aquí, en este lugar perdido y solitario, vestía su fino brocado de satén y su negra cabellera relucía como el ala de un cuervo. Pese a su regia postura y prendas elegantes, sus prominentes pómulos contrastaban con su piel hundida y las ojeras que enmarcaban sus verdes luceros.

—Simon —dije con una voz quebrada que contenía mis lágrimas. Por más que ya sabía demasiado sobre la Campana de Ilithiya y había acumulado una valiosa experiencia en mis exploraciones del Gris, era una dicha enorme verlo vivo otra vez, o al menos no muerto aún—. Revélame el día —le pedí.

—Estás herida, Aurelia...

—¡El día! —demandé—. Necesito que me digas el día.

—*Nonus* —se apresuró hasta mí cuando mis rodillas comenzaron a ceder—. El... veinte, creo. ¿Por qué?, ¿qué sucede? —me ayudó a sentarme en el suelo, donde apoyé la espalda contra el altar, haciendo muecas, mientras él desplazaba hacia un lado mi capa e inspeccionaba la lesión en mi torso.

—Remediaré esto —dijo—, aunque no será grato...

—¡No! —repuse sin aliento y aparté sus manos—. Hay mucho que decir y poco tiempo para hacerlo. Escúchame.

—Pero…

Agité el borde de su túnica.

—¡Escúchame! Zan no murió en Stiria. Logró dejar el barco y llegar a la orilla. Sabía que Castillion lo quería muerto y se ocultó.

Sus ojos destellaron.

—¿Vive?

—Sí, pero por un corto periodo; morirá a menos que…

—¿A menos que qué…?

—Lo impidamos.

—¿Cómo lo haremos?

—Con mi muerte —cerré los ojos para que mis párpados reposaran antes de abrirlos de nuevo.

—¿Eso significa que yo moriré también? —inquirió.

—No —levanté hasta sus mejillas mis trémulos dedos manchados de sangre—. Tú ya moriste.

Su mirada descendió al amuleto en mi cuello, la campana en forma de gravidulce y su badajo de lágrima de cristal.

—Conozco esta reliquia —afirmó asombrado—. He visto dibujos de ella, menciones en textos antiguos… —bajó las comisuras de sus labios y tensó la piel junto a sus ojos cuando comprendió—. ¡Ya veo! En el mundo del que vienes, Zan está vivo y yo no.

Asentí y dije:

—Todavía hay tiempo para ti si deseas salvarte, Simon. Yo puedo ponerte en libertad. Lo hice con Kellan, rompí el lazo de sangre entre nosotros —sacudí la cabeza como si echara de ella recuerdos que se resistían a desaparecer: el golpe sordo de la espada de Fredrick, el alarido de Kellan, el chasquido de nuestro vínculo trozado para siempre—. Podría hacer lo mismo por ti antes de que sea demasiado tarde.

—¡Lo siento tanto, hermosa! —murmuró—. Por ti y tu caballero.

—¿Sabes qué se requiere para que rompamos nuestro lazo?

Se inclinó sombríamente.

—Sí —tragó saliva—. Si no acepto lo que me sugieres, ¿de cuánto tiempo dispondría a partir de este instante?

—Unos cuantos días.

—¿Y cómo ocurriría?

—Hallo la muerte en brazos de Zan —contesté—. Su fuerza vital, chispa divina o como la llamen los magos, reconoce la mía como propia, así que cuando posa sus manos sobre mí... —fui incapaz de rematar la frase. Aquí estaba yo una vez más, al inicio de un nuevo ciclo: le decía a Simon algo que él me repetiría con posterioridad—. Todo termina antes de que yo sepa qué ocurre.

—La magia jamás te perjudicó.

—No —dije—. ¡Lo siento mucho, Simon! Fue tan rápido, tan súbito...

—No lo sabías.

—Pero tú sí —repuse—. Todavía hay tiempo para que cambies tu destino. Sólo debo saber a qué le temes más que a la muerte...

—Lo único que temo más que a la muerte es a la vida eterna —respondió—. Y eso no es algo que tú puedas darme, por más que lo pida.

Pensé en Rosetta y miré el ataúd arriba de nosotros.

—¿Deseas morir?

—No es algo que ambicione, ciertamente —contestó—. ¿Y tú?

Cerré los ojos.

—Debo hacerlo. Me lo han dicho más veces de las que puedo contar. *El uno o el otro*. Si no soy yo, será Zan, y es imposible que sea él. Empírea ha hablado.

—¿Y desde cuándo confías en ella? —se inclinó hacia atrás—. No respondiste mi pregunta: ¿deseas morir?

Me volví hacia el techo y abrí los ojos. Las bóvedas estaban pintadas con el tono índigo del cielo nocturno y tachonadas de estrellas de oro.

—No —era la verdad, mi verdad, que por vez primera escapaba fuera de mis labios. *Si vivis, tu pugnas*.

Asintió.

—Ése es el motivo de tu presencia aquí, ¿o me equivoco?

—El día en que te presentaste ante mí, después de que yo... cuando tú... —carraspeé— moriste... me dijiste que buscara una tercera vía. Ésta es.

—¿Qué necesitas?

—Primero, que confirmes que esto permanezca a mi lado —extraje el grimorio de Galantha de debajo de mi capa y lo deposité en sus manos.

Me puse en pie con una mueca y me incliné pesadamente sobre el féretro. Intenté retirar un poco de polvo, pero lo único que conseguí fue imprimir mis rojas huellas en el cristal. Pese a la suciedad y la sangre, distinguí la plateada superficie en la que Cael había yacido en paz por varios siglos.

—Luego necesitaré que separes mi cuerpo incorpóreo del material —dije— y que lo encierres aquí hasta que mi conciencia sea capaz de acoplarse de nuevo en él.

Quedó atónito.

—¡Es una proeza de monumentales proporciones...!

—Dos personas la han consumado ya —dije—: el fundador del Tribunal y una Guardiana del Bosque. Es mi turno.

—Se requerirá sangre tuya para que vuelvas —explicó—. Y un mago de sangre que pueda conjurarla. Fuera de ti y de mí...

—Conozco a otro —le dije— y tengo esto —saqué el frasco vacío que le había pertenecido tiempo atrás—. ¿Me ayudarías a llenarlo?

Tomó la botellita con entereza, retiró la tapa y me auxilió en la ejecución de una cortada de buen tamaño que liberara un abundante flujo sanguíneo antes de poner mi mano sobre el frasco para que la cosechara. En cuanto se llenó, lo tapó y tendió el cordón sobre mi cabeza. El cristal tintineó en contacto con la flor de la campana.

—Si esta sangre se pierde —me advirtió—, nada de lo necesario pasará.

—No te preocupes —repliqué—. Conozco a la persona que la cuidará.

Me ayudó a levantarme.

—¿Estás lista?

Asentí y me obligué a adoptar un gesto de valentía mientras él trazaba un corte en su mano y la unía con la mía.

Cuando dio inicio al conjuro, su voz me recordó los carillones de la Stella Regina: era grave, resonante, musical y conmovedora. Sentí que su magia y la mía respondían por igual a ese llamado. Daba la impresión de que cada palabra fuera una nueva herida, que desprendiera despacio *lo desprovisto de* vísceras y dividiese lo físico de lo metafísico.

—*Et sanguis meus tua...*
Por tu sangre y por la mía...
—*... divinae luce...*
... y la luz de lo divino...

—*... et ego tres partes dividio.*
... tres partes yo divido.

—*Anima mea, visus, et substantia...*
Alma, vista y sustancia...
—*... nunc in sanguine quod factum est...*
... hoy por la sangre disjuntas...
—*... faciet, a sanguine rursus...*
... serán, por la sangre de nuevo...
—*... ut uniatur.*
... unidas como una.

—¡Piadosa Empírea! —concluyó.

Yo no era más un simple yo, era doble ahora: mis seres espectral y material se habían separado.

Ordené a mi ser etéreo que se apartara de mi lado y obedeció. Nos miramos una a otra un segundo, entre parpadeos. Éramos las dos caras de la misma moneda. La misma pero no igual. Ella tenía el cabello oscuro, yo claro; sus ojos eran azules, plateados los míos; yo estaba herida y lastimada, ella libre de cicatrices y de daño.

Sin decir palabra, levanté la tapa del ataúd de luneocita, me introduje en él y me recosté lánguidamente mientras miraba. Vi que me establecía en el sarcófago de cristal al tiempo que lo hacía. Sólo cuando mi ser etéreo cerró los ojos —mis ojos—, mi visión recuperó su índole singular.

En tanto ella descansaba ahí, deslicé de mis dedos la sortija de Zan y la coloqué bajo sus manos unidas.

Simon colocó la tapa sobre mi cuerpo sutil y sentí que otra atadura se trozaba, justo como el día en que se rompió el lazo de sangre que me unía a Kellan. Sólo que ahora se disolvía el último lazo de azogue que había ligado a mis dos seres.

—¡Luceros ancestrales! —exclamé cuando la plata se derretía. No fue hasta que empezó a hacerlo que reparé en el alto grado en que ella formaba parte de mí. Había caminado en el Gris, me dijo una vez Onal, antes siquiera de que tomara aliento por primera ocasión en el mundo físico. Mis ojos de plata y mi cabello cenizo eran las manifestaciones materiales de la ruta inusual que había seguido a la existencia, un recuerdo de azogue del mundo espectral.

Pero ahora que esa sustancia se vertía en plateadas estelas desde mis ojos y las yemas de mis dedos, mi ser material se revelaba tal como habría encarnado si mi nacimiento hubiera sido fácil; si yo no hubiese recibido la flor de hoja de sangre antes siquiera de que aspirara mi inaugural aliento.

Tenía los ojos de mi madre, la sonrisa de mi padre y el denso y oscuro cabello de mi abuela.

Ningún espejo podía brindarme ahora mi reflejo; éste reposaba a salvo en otra clase de cristal.

—¡Por todas las estrellas! —exclamó Simon, vivamente impresionado—. ¡Mira!

Una humeante silueta se presentó ante mí, y con lágrimas plateadas en los ojos alargué la mano y un hocico se materializó tras ella. Sonreí, estallé en carcajadas y rodeé su cuello con mis brazos. ¡Por supuesto que ésta debía ser la forma que adoptara mi guía de azogue!

La forma de Falada.

Lanzó un resuello y acarició con tersura mi vientre, manchado de sangre.

—¡No estoy preparada todavía para recibir al después, preciosa! —le dije—. Debo hacer antes un par de escalas.

33

Cuenta la leyenda que el rey Theobald II se encontraba solo en las bancas de la Stella Regina la noche en la que tuvo su gran visión de Empírea. Él y su séquito se habían detenido en territorio de Espino Gris en su camino al Ebonwilde; tomarían provisiones para sus soldados en el frente de guerra con Achleva, pero aquél era un verano difícil, con una mala cosecha. Y con el invierno en puerta, el monarca sabía que pese a su esfuerzo por recabar esos suministros, no bastaría con ellos. La muralla de Achleva era tan impenetrable como siempre. Los habitantes de esa urbe jamás se quedarían sin alimentos; muros adentro, siempre campearía el verano.

Aquella guerra significaría la quiebra de Renalt. El rey perdería su título. El Tribunal ansiaba más poder y no era escrupuloso con las vidas ajenas, fuesen de Achleva o de Renalt.

—¡Piadosa Empírea! —oró a los cielos—. ¡Dime lo que debo hacer!

En respuesta, la tierra se sacudió a sus plantas y la atmósfera del santuario se inundó de luz. Como salida de la nada, una gloriosa mujer sobre un caballo tan luminoso y fulgurante que no podía ser de otra cosa que de plata y polvo de estrellas, galopó a la vista.

Todas las veces que escuché este relato, jamás imaginé que la mujer a la que el antiguo rey describiría era yo misma.

—¿Rey Theobald? —cayó a mis pies y besó mi calzado.

—¡Oh, reina mía, diosa revestida de gloria! Has descendido de tu trono celestial a responder al ruego de tu siervo. ¡Dime qué debo hacer, sacratísima Empírea, y yo escucharé!

Lancé un profundo suspiro.

—¿Deseas poner fin a esta guerra? Esto es lo que harás: marcharás con el rey de Achleva y pactarás un acuerdo con él. La próxima hija de tu linaje se desposará con el próximo heredero del suyo. ¿Te hace falta pluma para anotarlo?

—¡No, sabia y hermosísima Empírea! Tus palabras han quedado grabadas con fuego en mi memoria. ¡Erigiré para ti un monumento, una torre que llegue a los cielos, más grande que todo…!

Falada juzgó a mi ancestro tan tedioso como yo y retornó a paso firme al Gris, sin aguardar a que terminase su perorata.

Cuando volví al *Humildad*, Dominic Castillion estaba sumergido en su silla, con la cabeza echada en el escritorio entre las manos que yo había inmovilizado con mi hechizo, mientras todo aquello que no estaba atornillado al suelo se deslizaba junto a él durante el lento hundimiento de su embarcación. Cuando me vio, su efímera sorpresa fue reemplazada por la zozobra y el desconcierto.

—¡No debiste regresar! —exclamó—. Ahora no saldrás de aquí.

Sus ojos se ensancharon de cara a mis ropas ensangrentadas, mi cabello nuevo, mis ojos de diferente color.

—¡Aurelia! —se sobresaltó.

—Voy a pedirte un favor —le dije.

—¿Qué...?

—Quien gana la partida debe elegir entre secreto o favor. Tú me dijiste un secreto que yo no pedí —puse las manos en mis caderas—. Así que aquí me tienes para demandar mi favor.

Me miró con fijeza y desconfianza.

—No sé si lo notaste, pero no dispongo de mucho tiempo.

—Ya veo —repuse—. Si aceptas mis condiciones, te salvaré la vida.

—¿Por qué?

—Para que tú salves la mía.

Dejé un barco en llamas por otro.

Abandoné a Falada en la orilla de esquisto de Stiria, bañada por el anaranjado fulgor de la nave, que ardía en un plano de agua tan quieta y oscura como la obsidiana. Pese a que Zan nadaba para ponerse a salvo en tierra, su vigor decaía. Tosía y cabeceaba, manoteaba inútilmente en la superficie hasta que al final desapareció, succionado por ella.

La densa oscuridad bajo el agua era de aquellas que nunca serán saciadas, por más que absorban. Pero yo no permitiría que se saliera con la suya. No permitiría que la oscuridad se llevara a Zan. Su cuerpo descendía hacia las vacuas profundidades con el rostro cubierto por su cabello desordenado y su ondulante y oscura capa.

Zan.

Me acerqué a él con pulmones restallantes y piernas casi entumecidas. Envolví su torso con mis brazos de acero y pataleé hacia el reluciente naranja del barco en llamas.

Lo saqué a la superficie en medio de un acceso de tos y borboteo de agua helada y con el cabello sobre los ojos, así que nadé completamente cegada y con una energía que menguaba en razón del esfuerzo, la resistencia del agua y el contacto con la piel de Zan.

Cuando llegamos a la orilla, arrastré su cuerpo hasta la rocosa playa y lo recosté de espaldas para poder golpear su pecho.

—¡Lo peor pasó ya —dije enfadada y entre labios entumecidos—, así que despierta! *Si vivis, tu pugnas.* ¡Pelea, torpe!

Él tosió y escupió a un lado agua y flemas. Corrí hasta Falada y monté en su lomo, pese al deseo de permanecer con él un rato más.

Pero no podía.

Hinqué los talones en Falada mientras Zan retiraba el agua de su ojos. Con un relincho triunfal, se irguió sobre sus patas traseras y rasgó el cielo.

Zan vio que nos alejábamos a galope y nuestra imagen quedó grabada en su mente. Yo sentí que quizá... sólo quizás... esto daría resultado.

Le había transmitido el mensaje que un día él tendría que entregarme a mí.

Mientras vivas, lucharás.

Conrad Costin Altenar, de ocho años de edad y próximo rey del insigne señorío de Renalt, tarareaba al ritmo de los chirridos y sacudidas de su carruaje. Era una canción popular de Renalt, concebida para recitarse en un tono menor y melancólico: *No vayas nunca al Ebonwilde, / donde una bruja encontrarás...*

Vi el momento frente a nosotros y guie a Falada en dirección a él, con el vivo deseo de que el tiempo se detuviese para que lo alcanzáramos. La Campana de Ilithiya pulsaba en mi cuello, una fuerza de un poder radiante con una capacidad que yo tenía que desentrañar aún.

Conrad percibió que algo había cambiado y bajó del carruaje.

—¿Hay alguien ahí? —tragó saliva—. ¿Fredrick? —tomó el puñal que portaba al cinto y entornó los ojos—. ¿Kellan? —preguntó al silencio de nuevo.

Falada irrumpió triunfante en ese momento, arañó el viento con sus magníficos cascos y se elevó ante mi hermano, quien se paralizó con ojos desorbitados.

—¡Estrellas infernales! —giró sobre las puntas de sus zapatos y se puso a cubierto en los espinos que bordeaban el sendero.

—¡Conrad! —llamé—. ¡Espera!

Voló entre las ramas, ágil como un conejo, pese a lo cual lo seguíamos muy de cerca. El espeso matorral era casi impenetrable incluso para él, así que sería imposible que cualquier otro pudiera entrar; pero estábamos en el Gris y yo cargaba al cuello la Campana de Ilithiya, lo que permitió que Falada y yo resbaláramos por las zarzas como el humo por una tela de alambre.

Intenté cambiar ese paisaje por otro que él reconociera y de pronto ya lo estábamos guiando hacia el centro del laberinto. Avanzaba de prisa mientras murmuraba una incomprensible mezcla de invocaciones, lamentos y maldiciones.

—¡Conrad! —grité otra vez.

Llegamos juntos al centro. Falada relinchó y se encabritó, y en cuanto desmonté perseguí a mi hermano, a quien estreché entre los sueltos pliegues de mi capa sin color. Como se retorcía e intentaba zafarse, lo fijé bajo mi barbilla.

—¡Espera, tranquilo! ¡Soy yo, hermanito!

Sus gritos y sacudidas desaparecieron.

—¿Aurelia? —miró mi túnica manchada de sangre—. ¿Estás herida?

—En tu tiempo, me encuentro bien. Esto no sucederá hasta mucho después.

—¿No estás… en mi tiempo?

Negué con la cabeza y me arrodillé frente a él.

—Sé que esto es extraño y te asusta, pero necesito que me ayudes. Sólo a ti puedo confiarte esta tarea.

Asintió y envainó su puñal.

En nuestro trayecto al carruaje le relaté todo lo que pude: de la coronación, Arceneaux, el Gris. Escuchó con solemnidad, asimilando cada detalle sin inmutarse. Junto al vehículo le pregunté:

—¿Conservas aún la caja sorpresa que te regalé?

La sacó del coche y dijo:

—¡Estoy muy cerca de resolverla!

—A ver, enséñame.

Me mostró la secuencia: giro, vuelta, golpe.

—¡Espera, lo tengo! —y añadió otra vuelta y golpe.

Cuando el compartimento se abrió, dejó ver el caramelo de canela envuelto en cera que yo había ocultado ahí.

Me miró con una sonrisa luminosa.

—¡Conseguiste mi caramelo favorito!

—Cómelo —sentí que un torrente de lágrimas acudía a mis ojos—. Vacía la caja lo más pronto que puedas, porque tengo otra cosa que deberás guardar ahí.

—¿Ahora mismo? —inquirió animado.

¡Era tan dulce mi hermanito! Dulce, listo, señorial y bondadoso.

—Lo más pronto que puedas —sonreí a medias, consciente de lo que le esperaba y con la ilusión de distraerlo de la sangre en mi blusa y la pena en mi mirada—. Y entonces te contaré un cuento sobre un valiente reyecito que escondió a una legión de pequeños en la cripta de un antiguo profeta para ponerlos a salvo de una reina malvada, y después los guio en un viaje de miles de kilómetros hasta la libertad y la paz.

—¿Tiene un final feliz? —preguntó.

—Sí —contesté—. Porque ese final será obra tuya.

34

Las campanas zumbaban aún cuando regresé a la torre. Arceneaux avanzaba todavía hacia mí, ajena al parecer a cualquier cambio ocurrido en el relampagueante segundo que había transcurrido desde que hubiera tomado la campana. La posesión de su cuerpo por Maléfica se había consumado casi por entero; apenas un leve lustre de negro humo flotaba a su alrededor. Al pie del campanario, el nudo mágico del pórtico del laberinto estaba abierto aún, aunque sólo permanecería así por el resto del eclipse, y el rojo ya se decoloraba en naranja. En unos segundos más, la sombra habría pasado y, con ella, mi oportunidad.

En vez de repeler el ataque de Arceneaux, la atrapé entre mis brazos y la empujé conmigo por la ventana de la torre. Caímos juntas al portal, por donde entramos al mundo reflejado del Gris.

Rodamos hasta detenernos y fijé sus manos al suelo.

—¿Qué haces? —preguntó la voz que no era suya.

—¡*Manere!* —le ordené. *Paralízate.*

Levanté la campana y toqué con ella su cabeza.

—¡Isobel Arceneaux, hija de Onal, descendiente de Nola, hija verdadera de Ilithiya, te declaro Guardiana de la Novena Era, la Era de la Anciana!

Si Empírea había deseado que yo fuera la guardiana siguiente, esto significaba que debería serlo. Y, por lo tanto, sólo había otra candidata al puesto.

—¡Isobel Arceneaux, Guardiana de la Novena Era! ¡A partir de este instante tendrás la responsabilidad de mantener el equilibrio entre los planos, garantizar la permanencia de la obra de Ilithiya y proteger a todos los seres vivos, grandes y pequeños!

Isobel Arceneaux se había esfumado ya, borrada por entero para dejar espacio a la entidad que ahora ocupaba su cuerpo. Debajo de su piel traslúcida se retorcían unas venas negras, que pugnaban por contener el espíritu de una diosa condenada a no existir en el plano material.

Y ahora era un hecho que jamás existiría en él.

Lanzó gritos incomprensibles al tiempo que yo cruzaba una vez más el portal, el cual devolví al plano físico justo cuando la sombra de la Tierra desaparecía de la superficie de la luna.

Zan se agitó mientras lo liberaba de sus cadenas.

—¡No! —deliraba, obstinado en rechazarme—. No debes hacer esto. ¡No me toques!

—¡Está bien, tranquilo! —le dije—. Mírame —retiré el cabello de su frente y tomé su mentón entre mis manos—. Yo decido mi propio final. Debo seguir una dirección u otra. ¿Por qué no tendría que ser así?

Posé mis labios contra sus ojos, su mejilla, su boca, cada beso una gota de miel, una estrella chispeante. Y cada uno le devolvía la vida un poco más.

Me tomó entre sus brazos cuando me debilité, se aferró a la fragilidad de mi cuerpo pese a que sabía que era él quien lo hacía flaquear. Un amor imposible batallaba en sus ojos con la pérdida inevitable: deseaba abrazarme más fuerte, quería que me apartara de su lado.

Bajó la cabeza hasta mi hombro y dijo con voz quebrada:

—¡No me dejes! ¿Qué voy a hacer sin ti? ¿Qué será de mí?

Sonreí débilmente, sentí que otra oleada de vida se escapaba.

—Harás lo que tengas que hacer —respondí—. Aunque no por mucho tiempo, no para siempre —palpé el dije del pájaro de fuego, que había vuelto a su sitio en el brazalete de piel—. Lo terrible de un pájaro de fuego es que no se acopla bien con la muerte.

Con respiración entrecortada, sus ojos se llenaron de una precaria esperanza.

Llevé su frente hasta la mía.

—Una vez me dijiste que dejara de correr y te permitiera alcanzarme —moví mis labios a su oído y vacié ahí un último y elusivo susurro—: Así que ven y encuéntrame.

EPÍLOGO

Aurelia Altenar, princesa de Renalt, había muerto.

Su cuerpo esperaba a ser sepultado en la cripta de la Stella Regina, en el último sarcófago del círculo de doce, entre los restos de Urso, fundador del santuario y su amigo recién desaparecido, el padre Cesare. Muy contadas personas asistieron a la ceremonia: las cuatro hermosas chicas del Canario Silencioso; Conrad, el niño de los rulos de oro que era también rey de Renalt; Rosetta, la rústica mujer del bosque, de ojos amarillos y cabello llameante, y dos jóvenes que portaban dijes en forma de animales mitológicos, uno en una cadena que colgaba de su cuello, otro en un brazalete de cuero. Kellan, con el brazo derecho vendado y envuelto en un cabestrillo, desvió los ojos y tensó la quijada cuando Zan, Conrad, Jessamine y Rosetta levantaron el cuerpo sobre la caja de piedra y lo depositaron en ella, donde alisaron su cabello junto a su rostro y acomodaron suavemente sus manos sobre el pecho.

—¿Querrías decir tus últimas palabras, cariño? —Jessamine se hincó a un costado de Conrad—. ¿Querrías despedirte?

—No —el chico se encogió de hombros—. Ciérrenla.

Aunque los adultos intercambiaron miradas de sorpresa, hicieron lo que se les indicó, y el sereno rostro de Aurelia desapareció en la oscuridad, bajo la tapa de piedra.

Kellan ocultó la cara en el hombro de Rosetta. Delphinia sollozó, consolada por Rafaella y Lorelai. Jessamine tomó un sorbo de vino de gravidulce y colocó la botella al pie del ataúd.

Zan enmudeció. Sólo miraba la piedra y medía su respiración. *Uno, inhala. Dos, exhala. Tres, inhala. Cuatro, exhala.* Detrás de la oscura caída de su cabello, sus ojos emitían un resplandor áureo.

El sombrío grupo se dispersó poco a poco hasta que dejó solos a Conrad y Zan.

Aquél tiró de la manga de éste y extrajo una caja puntiaguda de su cerúlea capa. Luego de propinarle un par de vueltas y golpecillos, la tapa se abrió. Adentro se hallaba un frasco de cristal, lleno de un espeso líquido escarlata.

—Ella me dio esto —le dijo— para que lo guardara. Y ahora debo dártelo a ti.

Zan tomó vacilante el ofrecido obsequio, que dejó colgar en su cordón mientras lo miraba. Entre los magos de sangre subsistía la tradición de regalar un frasco de su vital líquido a quienes más amaban; un último fragmento de su alma, su magia.

—No ha muerto, Zan —dijo el joven rey.

Zan posó la mano en el hombro de Conrad, se inclinó para mirarlo a los ojos y dijo con delicadeza:

—Es difícil de aceptar, lo sé, pero tu hermana… ya no se encuentra entre nosotros.

—¡Sí está! —repuso Conrad, impasible—. Duerme en la Asamblea, donde espera a que la despiertes —ladeó la dorada cabeza—. Yo ya hice mi parte, ahora es tu turno.

En pos de los demás, apartó de su hombro la mano de Zan, a quien dejó solo, de rodillas y encorvado junto al ataúd de piedra de Aurelia. Las últimas palabras de ella resonaron en su cabeza, mitad invitación, mitad provocación.

Ven y encuéntrame.

Apretó el frasco en su palma y se puso en pie.

UN AÑO DESPUÉS

Los hombres que cincelaban un costado de la roca ignoraban si esta zona de búsqueda rendiría nuevos frutos. Seguían órdenes. No era su función interrogar, sólo obedecer.

Tras aproximarse en varias ocasiones, les impactó que una puerta apareciera de pronto en la pared montañosa y se abriese con un chirrido, como si les diera la bienvenida.

Sus linternas proyectaban escalofriantes sombras en las antiguas tallas cubiertas de telarañas cuando pasaban de una cámara a otra, hasta que por fin encontraron la entrada del santuario.

Al fondo de la nave mayor, sus lámparas centellearon contra el cristal.

Corrieron a la entrada y gritaron montaña abajo:

—¡Denle la noticia, de prisa! ¡Está aquí! ¡Por fin la encontramos!

AGRADECIMIENTOS

Hoja de sangre se desarrolló en el curso de ocho años; *Espino Gris* se escribió en ocho meses. Fue una tarea a menudo abrumadora, siempre exigente y que puso a prueba la fe en mis capacidades demasiadas veces para contarlas. Le debo mucho a mi editor, Cat Onder, quien me ayudó a navegar los altibajos de elaborar una secuela con aplomo. Al principio del viaje, apenas podía concebir *terminar* el segundo volumen de la historia de Aurelia, menos todavía apreciarlo, pero lo amo. Mucho. Gracias, Cat, por llevarla (¡y a mí!) hasta la línea de meta.

Mi agradecimiento y respeto también a mi agente, Pete Knapp. Es el ser humano más amable, dedicado, concienzudo... y un abogado feroz y apasionado de mí y de mi trabajo, aun cuando olvido enviarle el noventa por ciento de mis correos electrónicos de respuesta. Eres el mejor, Pete. En verdad. Todos los días agradezco a los cielos ese regalo de retroalimentaciones de búsqueda. Y a todos en Park & Fine: soy muy afortunada de tener a mi lado un equipo tan increíble.

Mucho amor a todos en HMH Teen: Gabby, Mary, Sam, Zoe, Celeste, Alia, Tara, Lisa, Jessica, John, Anna y el incontable resto de personas que trabajaron tras bastidores para lanzar la historia de Aurelia al mundo. Muchísimas gracias. Abrazos a todos.

A Austin y Berni en CAA y Jen en Cavalry: gracias.

A Chantal Horeis: gracias por esta preciosa portada, y por capturar a Aurelia exactamente como yo la imaginaba: llena de brío y determinación.

El año de debut es siempre de altibajos, pero yo me saqué la lotería con los Novel Nineteens, y en especial con mis compañeros en Utah Nineteens: Tiana, Samantha, Ruthanne, Erin, Dan y Sofiya. Si no hubiera sido por ustedes, quizás habría pasado gran parte de mi año de debutante escondida en un rincón de mi casa en pijama. Gracias por sacarme a rastras al mundo de vez en cuando. Considérense diseños de marcapáginas de libro de por vida, ja. Gracias por los chats y los GIF de cabras, Sofiya. Algún día Zan crecerá en ti, lo juro.

Y a los lectores y libreros independientes y blogueros y Youtubers y podcasters e Instagrammers que nos han colmado de amor a *Hoja de sangre* y a mí: ¡gracias! Lloro con regularidad por culpa de ustedes. (En buen sentido, jaja.)

Tuve la suerte de nacer en el seno de una familia obsesionada por los libros, que fueron, y son, mis primeros lectores y mis más fieles seguidores: Carolanne, Carma, Brandon, Melody, Stacy, Katey y Tiffany. Sus parejas también: Zack, Steve, Kel, Mike y Jesse. Y mi reserva de sobrinas y sobrinos: William, Sam, Kaitlyn, Lucy, Pete y Abby. Mamá y papá, gracias por enseñarme a amar los libros. ¡Hey, al menos una cosa aprendí!, ¿cierto?

Y a mis suegros: Paula y Stan, es imposible exagerar lo increíbles que son y lo agradecida que estoy por su entusiasmo por mis libros. Algún día haré camisetas de apoyo para ustedes para devolverles el favor. Amy: gracias por ser la líder de mi equipo de animadores. Logan, Marcus, Whitney, Sean... nadie tiene cuñados como ustedes: #bendecida.

A mi pequeño escuadrón: Keaton, Jamison y Lincoln. Los quiero tanto que duele. Gracias por estar ahí para mí, por hacerme reír, por colmarme de abrazos y besos, por mantenerme ubicada. Por cerrar la computadora por mí cuando ustedes sabían que necesitaba un receso y abrirla cuando sabían que era hora de que regresara a trabajar. ¿Saben qué? Los amo.

Esta obra se imprimió y encuadernó
en el mes de octubre de 2020, en los talleres
de Corporativo Prográfico, S.A. de C.V.,
Calle Dos #257, bodega 4, Col. Granjas San Antonio,
09070, Iztapalapa, Ciudad de México.

REINOS OCCIDENTALES

PUNTA EXTRÉMITAS

Castillion

Lago Aranca

Percival

Bahía de Stiria

MAR GLACIAL

Asamblea

ACHLEVA

Silvis

Aylward

Ruinas de Achleva

Ingram

Morais

BOSQUE DE EBONWILDE

Heredad de Rosetta

Gaskin

Hallet

El Canario Silencioso

RÍO URSO

Espino Gris

RENALT

De Lena

RÍO SENTIS

Graves

Parik

Bahía de Cálidi

LAS ISLAS

Syric

Si Vivis Tu Pugnas

ESPINO GRIS
Finca y aldea

Campamento
de Achleva

RÍO URSO

Antiguo
molino

Aldea de
Espino Gris

Taller de
Mercer

Finca Greythorne

Al
continente

Stella Regina